DIME ALGO SOBRE CUBA

Jesús Díaz

DIME ALGO SOBRE CUBA

ESPASA

ESPASA ℭ NARRATIVA

Director Editorial: Juan González Álvaro
Editora: Constanza Aguilera Carmona

© Jesús Díaz, 1998
© Espasa Calpe, 1998

Diseño de la colección: Tasmanias
Ilustración de cubierta: Juan Pablo Rada
Realización de cubierta: Ángel Sanz Martín
Foto del autor: Anna Lóscher

Depósito legal: M. 32.492-1998
ISBN: 84-239-7942-3

Impreso en España/Printed in Spain
Impresión: HUERTAS, S. A.

Editorial Espasa Calpe, S. A.
Carretera de Irún, km 12,200. 28049 Madrid

1998

Mis amigos Fernando Trueba y José Luis García Sánchez
querían hacer una película sobre Cuba, escribieron una idea
y viajaron a la isla, donde el proyecto se varó. Al regresar
a España me propusieron que llevara a cabo un guión
cinematográfico inspirándome en aquella idea.
La invitación me atrajo muchísimo, empecé a trabajar
y desde el principio tuve otro aliciente, Rafael Azcona, a mi
juicio el más grande guionista de la lengua española, se unió
a nuestro grupo. A lo largo de algunos meses nos reunimos
más o menos cada quince días en un restorán de Madrid.
Yo les contaba lo que había escrito, ellos lo comentaban
y nos lo pasábamos bomba. Así hasta que un día terminé
el guión sin haberme separado del tema. Pensé entonces
que sería chévere escribir una novela inspirándome
libremente en el guión. Por distintas razones la película no
ha podido filmarse todavía. Esta es la novela, y la dedico
(por orden de aparición) a:

> José Luis García Sánchez,
> Fernando Trueba
> y Rafael Azcona,
> que me acompañaron en el viaje.

... examinando sus documentos generales
y mirando con lentes aquel certificado
que prueba que nació, muy pequeñito,
le hago una seña, viene,
y le doy un abrazo emocionado.
¿Qué más da? Emocionado, emocionado.

VALLEJO

MIÉRCOLES 22

Martínez miró el pálido perfil de los rascacielos que se divisaban por sobre los postes de la empalizada y se mesó la barba preguntándose si habría despertado o si aquella extraña ciudad sería un sueño. De pronto, comprendió que había amanecido en Miami y rompió a reír de puro nervio, consciente de que su delirio no había hecho más que empezar y de que sólo el diablo sabía cómo coño iba a terminar todo aquello. ¿De qué se reía entonces? Dejó de hacerlo diciéndose que quizá ya había empezado a volverse loco, y se dedicó a pasear la vista por la empalizada que su hermano había construido a toda mecha en un extremo de la azotea. En eso sintió una punzada en la vejiga, abandonó el catre de campaña donde había dormido, y se dirigió hacia el extremo de aquella especie de corral donde desembocaba el tubo de desagüe que a su vez descargaba en el jardín y por el que estaba autorizado a orinar. Se abrió la portañuela con la mano izquierda, pues tenía la derecha escayolada, y em-

pezó a aliviarse mientras recordaba el descomunal encabronamiento que había cogido su hermano el día anterior,
cuando lo vio aparecer como un fantasma en la puerta de
la casa y le sonó la descarga que le había repetido una y
otra vez desde que concibió la estrambótica y según él salvadora idea de construir la empalizada, desgarrarle la
ropa y encerrarlo allí como a un prisionero con aspecto de
mendigo.

En todo momento, le había dicho su hermano, debía
tener en cuenta que había entrado ilegalmente a los Estados Unidos proveniente de un tercer país, no de Cuba. Si
lo descubrían, en el mejor de los casos le costaría un año y
un mes obtener permiso de residencia y trabajo, trece meses que tendría que vivir a cargo de su familia o de la caridad de los anglicanos o de los baptistas, cagándose de frío
en algún refugio del norte o del *mid west* donde ni las le-
chugas hablaban español. Lo primero no podía asumirlo,
dijo su hermano, y no le recomendaba lo segundo. Así que
para resolver aquel lío había elaborado un plan de acuerdo
con el cual su estancia en la azotea debía ser absolutamente clandestina. Nunca podía salir de la empalizada ni
mucho menos bajar a la casa durante el día. Ningún familiar, amigo, visitante, cobrador o vendedor debía verlo o
saber de su existencia, ni siquiera Jeff, su sobrino, que sólo
tenía cinco años, había nacido en Miami y por tanto no conocía a su tío cubano. Sentía mucho que las cosas tuvieran
que ser así, pues la familia era algo bien chévere, pero no
quería correr el riesgo de que Jeff le contara a algún amiguito que un tío suyo recién llegado de Cuba a través de
México estaba escondido en la azotea. La gente en Miami
era muy chismosa; todos, anglos, judíos, hispanos y negros odiaban a los cubanos, envidiosos de su éxito, y una
vez conocida aquella información no habría manera de
atajarla e impedir que terminara en la policía. Por tanto,
sólo estaba autorizado a bajar a la casa de madrugada,

para ir al baño, y aún entonces, en cuanto saliera de la empalizada tenía que avanzar en cuatro patas, por debajo del nivel del muro que rodeaba la azotea, hasta ganar la caseta donde moría la escalera de caracol que permitía acceder al patio del fondo de la casa, para que en ningún caso pudiera ser avistado desde los edificios colindantes. Una vez abajo encontraría una reja de hierro cerrada a cal y canto cuya llave estaría escondida debajo de la alfombra que rezaba *Welcome,* detalle que no debía revelar ni a su sombra, pues Miami estaba llena de ladrones. La susodicha llave le permitiría entrar a la cocina, donde la luz estaría siempre encendida; desde allí se llegaba al baño de Jeff a través de un *hall* en forma de L que pasaba justamente frente a la habitación del niño, por lo que debía, primero, caminar descalzo y en puntillas, y segundo, no descargar la cisterna con la puerta del baño abierta para no despertar a Jeff que tenía el sueño ligero y poco tiempo atrás había sufrido pesadillas que lo hacían mearse en la cama; entonces había sido necesario llevarlo a un psiquiatra especializado en trastornos infantiles, servicio que no estaba cubierto por el *social security* y que costó tan caro que todavía estaban pagando el crédito. Por tanto, el regreso a la azotea debía ser igualmente sigiloso y una vez arriba tenía que volver a avanzar en cuatro patas hasta ganar el paraíso. Porque allí, en la empalizada, no tendría más obligaciones que tomar el sol, empaparse tres veces al día en el agua de mar de la que estaba relleno el latón situado en un extremo, apretarse el cinturón para aguantar un poquito de hambre y de sed y esperar tranquilo.

«Esperar tranquilo», repitió irónicamente Martínez cuando terminó de mear en el desagüe. Se cerró la portañuela, dio un par de pasos sin rumbo fijo y se detuvo de pronto, sin saber por qué. Se sentía tan desvalido y culpable como cuando era niño, su hermano se largaba a jugar béisbol con sus amigos mayores, y él rechazaba a la hermana pequeña y prefería encerrarse en el balconcito del apartamento de sus padres a imaginar con todo detalle la muerte de su hermano. Ahora, sin embargo, sus sentimientos eran más bien ambivalentes. Odiaba a su hermano por haberlo confinado en aquella empalizada como a un criminal y por no estar dispuesto a mantenerlo durante trece meses, pero también le agradecía que no le hubiese pasado cuentas viejas, que estuviese corriendo el riesgo de tenerlo escondido y sobre todo que hubiese inventado una estrategia para resolver en una semana el acertijo en que él, Martínez, se había metido solito. Pese a todo, aquella era la mejor solución; tampoco él soportaría vivir trece meses a costa de su hermano. Escupió, disfrutando la mezquina satisfacción de colar la saliva en el tubo donde antes había orinado. Sentía la boca pastosa y hubiese pagado cualquier cantidad de dinero con tal de poder lavársela y después desayunar como dios manda y luego volver a cepillarse los dientes, pues era estomatólogo de profesión y la higiene bucal lo obsesionaba. En Cuba se había acostumbrado a carecer de hilo dental, qué remedio, pero estaba convencido de que no había pobreza mayor que no tener tampoco cepillo ni pasta ni siquiera un chorrito de agua con que lavarse la boca, y en aquella azotea sólo disponía del maldito tanque de agua de mar, con la que se limpió las legañas como un gato.

Sintió un latigazo en la barriga y cedió al impulso de recorrer los costados de la rústica empalizada que cercaba su mundo, como si con aquel juego pudiese engañar al hambre. «¡Shuaaa, shuaaa, shuaaa!», dijo, imitando el silbato de una locomotora, y fue mirando por sobre los palos los cuatro puntos cardinales de la ciudad. Al este pudo ver una de las largas, rectas, desangeladas calles de Miami, flanqueada por edificaciones demasiado bajas en relación con el ancho de la vía, que, miradas desde su perspectiva, le otorgaban a la ciudad el aire desconcertante de una suma de suburbios sin centro. «Aunque Miami tiene centro, desde luego», se dijo mientras enfilaba el imaginario convoy hacia el norte, vadeaba el tanque de agua de mar exclamando «¡Shuaaa, shuaaa, shuaaa!», y se enfrentaba a la línea irreal de los rascacielos del *downtown*, cuyas cúpulas flotaban en el resplandor de la mañana como un espejismo. Torció hacia el oeste, y encontró la imagen vertiginosa de un *expressway* por el que circulaban centenares de automóviles que le parecieron filas de hormigas metálicas y multicolores. Entonces se dirigió al sur; vio una acumulación de tejados, algunos jardines, y tuvo sobre todo la dolorosa certidumbre de que más allá del horizonte se hallaba Cuba, por lo que gritó con más fuerza «¡Shuaaa, shuaaa, shuaaa!», dándole espacio a la ilusión de que aquel tren inexistente lo estaba conduciendo a su casa. «No quiero volver», se dijo entonces, derrotado, enfiló el convoy hacia el centro de la azotea exclamando «¡Píii, píii, píiii!», y se tendió bocarriba en el catre con la convicción de haber arribado a la nada.

Fue entonces cuando decidió reconstruir con todo detalle la inextricable suma de acontecimientos que lo habían conducido hasta allí, a ver si así lograba entender a la suerte y sobre todo entenderse a sí mismo, y de golpe y porrazo le vino a la cabeza la imagen de Pepe, su viejo ventilador Westinghouse. Se había portado francamente mal con Pepe, tanto, que la insolación que ya había empezado a enrojecerle la piel le pareció un castigo merecido. Pepe había sido algo así como un hermano metálico que lo alivió de los calores mercuriales de La Habana durante mil y una noches, justamente hasta aquélla en que se detuvo, despertándolo y dejándolo listo para advertir el primer eslabón de la cadena que habría de conducirlo a la empalizada donde ahora recordaba como un preso en su celda.

Evocó la W que Pepe tenía dibujada en la chapilla frontal y que a él siempre le había parecido el símbolo de una carcajada. ¡Ah, si lo tuviera aquí, en la azotea, el bueno de Pepe lo ayudaría a soportar también del bochorno de Miami! Sintió un ramalazo de ternura hacia el viejo ventilador perdido, y supuso que si alcanzaba a emitir una suerte de zumbido bronco, semejante al que Pepe producía en las noches, conseguiría aliviarse de aquel calor húmedo como los ojos de un sapo. Empezó a zumbar e imitó sucesivamente a una abeja, a un mosquito, a un moscardón y a un abejorro, hasta que consiguió el milagro. Sí, Pepe zumbaba como un viejo abejorro, que pese a sufrir a veces repentinos accesos de tos sería capaz de mover incluso el aire plomizo del sur de la Florida. Se dio la vuelta en la catre, cerró los ojos imitando el zumbido del ventilador y resultó invadido por la ilusión del fresco. Pero entonces lo asaltó la memoria del momento fatal en que las aspas y el zumbido de Pepe se detuvieron, con lo que la ilusión se deshizo de golpe y el súbito sofoco lo remitió otra vez a Cuba y a la madrugada en que había empezado el delirio que habría de conducirlo a la desgracia.

Aquella vez se había despertado entre sábanas empapadas, preguntándose si habría vuelto a orinarse en la cama como solía hacerlo cuando chiquito. Por suerte, no estaba ensopado en orina sino en sudor; por desgracia, Pepe se había detenido. Durante un segundo albergó la esperanza de que el ventilador no estuviese roto y se dijo que si no funcionaba era simplemente porque en la ciudad habían vuelto a cortar el fluido eléctrico por falta de petróleo. Presionó el interruptor de la lamparita de noche para comprobar su hipótesis y un fogonazo lo obligó a cerrar los ojos. «Hay corriente, Pepe», masculló mientras caminaba torpemente hacia el ventilador, «¿qué pasa entonces, viejo?». Le acarició el motor, que solía llamar la cabeza de acuerdo a su costumbre de atribuirle a Pepe características humanas, y el aparato volvió a toser, a zumbar y a mover el aire y él regresó a la cama y apagó la luz del velador. Pero en cuanto puso la cabeza en la almohada Pepe volvió a detenerse.

«¿Otra vez?», preguntó con cierta sorna. Regresó donde Pepe, le pegó una suave bofetada en la cara, que identificaba con la esfera de varillas metálicas destinada a encerrar las aspas, y el ventilador volvió a funcionar de inmediato. No obstante, Martínez regresó a la cama muy lentamente, temiendo la repetición de aquel chiste tan pesado como el bochorno que lo aplastaba ahora, en la azotea. Se sentó en el borde de la cama y miró a Pepe, que seguía zumbando broncamente, como lo había hecho durante años, iluminado apenas por la turbia luz del farol que se filtraba desde la calle a través de las persianas rotas de la única ventana de la habitación. Era un magnífico ventilador, sin duda alguna. Un equipo sólido, metálico, fabricado para durar, como los automóviles, las neveras y los televisores que hacían los norteamericanos en los remotos años cuarenta y cincuenta y que aún ahora, cuarenta o cincuenta años después, seguían funcionando como si Cuba fuese un museo vivo y gigantesco. Confiado y muerto de cansancio se volvió a acostar; pero apenas había cerrado los ojos cuando Pepe se detuvo de nuevo.

Llegó junto al ventilador de un salto, lo abofeteó con saña y siguió pegándole pese a que Pepe había vuelto a funcionar en cuanto recibió el primer golpe. «¡No te voy a echar aceite, cabrón!», exclamó, «¡Aquí el que no trabaja no come!», y permaneció escudriñando aquel singular humanoide que hasta entonces le había dado seguridad, pero que en ese instante empezó a inspirarle una extraña mezcla de rencor y miedo. Pepe descansaba en una amplia base metálica, negra y redonda, que Martínez llamaba los pies, de la que emergía una única pata, sólida como la de un caballo, en cuya parte superior trasera se apoyaba el motor o cabeza, mientras que en la delantera se sustentaban las aspas o brazos, encerrados en el entramado de varillas, esfera protectora o cara de caballero medieval, en cuyo centro brillaba la chapilla o boca donde estaba inscrita la W como una carcajada.

«¡No te rías de mí, cabrón!», exclamó amenazándolo con el índice, mientras luchaba por rechazar la idea de que Pepe había cobrado vida e iniciado por su cuenta una especie de juego sin fin. «Que mañana tengo que trabajar, viejo», añadió de pronto en un tono mezcla de explicación y ruego, como si necesitara vencer el rencor, exorcizar el miedo, compensar de algún modo golpes y ofensas y ganar urgentemente la complicidad de Pepe. «Yo sé que tú me entiendes, compadre», susurró, «tú que lo matas sabes que el calor es del carajo, que no lo soporto». Empezó a regresar a la cama con una suerte de zozobra, sin darle la espalda a Pepe, hasta que se sentó frente a él, el pelo batido por el viento y los párpados cada vez más pesados. No consiguió evitar caer de espaldas, muerto de sueño, ni mucho menos saltar rojo de ira en cuanto comprobó que Pepe había vuelto a detenerse. «¡Tá bueno ya, hijoeputa!», exclamó en medio del salto. Agarró a Pepe por el pescuezo, que su imaginación ubicaba inmediatamente debajo de la esfera de varillas o cara, y empezó a zarandearlo al tiempo que gritaba: «¡A mí hay que respetarme!»

Fue entonces cuando escuchó toser al viejo motor del automóvil que se detuvo exactamente frente a la puerta de su casa. Abandonó el intento de ahorcar a Pepe, y se dirigió a la ventana preguntándose si alguien habría hecho el favor de traer a Idalys, a la que aquella madrugada le había tocado el segundo show. En caso positivo, ¿quién?, y sobre todo, ¿por qué? Se acuclilló junto a las persianas rotas para atisbar sin ser visto. El farol de la esquina iluminaba un venerable Chevrolet del cuarenta y ocho, cuyo color solferino lo identificaba como sindicado en la Asociación

Nacional de Chóferes de Alquiler Revolucionarios. Idalys hablaba animadamente con el conductor y Martínez se preguntó quién sería ese tipo, qué quería. «El culo de mi mujer, evidentemente», se respondió sintiendo en las tripas un reconcomio tan ácido como el que le producía el hambre que había empezado a atenazarlo ahora, en la azotea. En eso los vio besarse, pero la distancia le impidió distinguir si lo habían hecho en la mejilla o en la boca, si se había tratado de un gesto de cortesía o de lascivia. Ella bajó del auto y él se metió en la cama y se hizo el dormido. No quería montar un número de espanto. Idalys no los soportaba y él estaba enamorado como un caballo y además no tenía datos suficientes como para acusarla. Aunque sí para desconfiar de las intenciones de aquel chófer que ahora ponía en marcha su viejo Chevrolet y partía dejando a Martínez en vilo, dispuesto a espiar a Idalys por el rabo del ojo.

Ella entró a la habitación con los zapatos en la mano. Al principio, él se sintió enternecido por aquella voluntad de respetar su sueño, pero de inmediato se preguntó si la muy cabrona no estaría tratando de pasar de guille, clandestinamente, para que él no supiera que había llegado acompañada. Idalys se despojó del vestido de golpe, con elegancia de gata y sabrosura de lo que era, cabaretera de Tropicana, y él no pudo menos que concentrarse en admirarla. Solo la mezcla de sangres negra, blanca y china que corría por sus venas permitía explicar la sinuosidad de movimientos de aquella mulata que ahora se despojaba del sostén con un bostezo. Para defenderse, él se dijo que Idalys no era perfecta, que sus tetas eran demasiado grandes y sus piernas un pelín flacas; pero no consiguió olvidar que tenía quince años menos que él, ni evitó percibir en la penumbra el reverberar de aquella piel color chocolate con leche, en cuyo fondo fulguraba oscuramente una lejana pátina que recordaba el brillo mate del oro viejo. Sí, su hembra era una reina, se dijo, sintiendo una mezcla inextricable de orgullo y celos, Yemayá en persona, la diosa yoruba de las aguas en vivo y en directo, como la piropeaba cuando iban a la playa y ella salía del mar chorreando sandunga, aquella mezcla criolla de ingenuidad y putería que lo volvía loco. Entregado, le paseó la vista por las nalgas, ricas y redondas como naranjas de china, por la cintura hecha para el baile y la gozadera, como solía decir ella misma cuando reventaba un rumbón en el barrio en honor a Yemayá, su santa patrona, y terminó espiándole los ojos grandes, rasgados, de color avellana, que ahora brillaban en la penumbra como los de una pantera.

En eso, Idalys cayó en la cuenta de que el ventilador estaba detenido, le dio un empujoncito con la cadera y Pepe empezó a funcionar de inmediato.

—¡Esto es el colmo! —bramó él, maldiciéndose por no haber podido dominarse y sobre todo por no haber terminado de ahorcar a Pepe en su momento.

—¿Te desperté, mi amor? —preguntó ella con una ingenuidad tan bien actuada que a él le pareció perfectamente falsa—. Perdona.

—El colmo —repitió él mientras encendía la luz del velador, consciente de que estaba dejándose llevar por el oscuro placer de sentirse víctima.

Ella se sentó en la cama, dispuesta a pedirle excusas, con lo que cometió el error de aceptar implícitamente el papel de victimaria.

—Perdona —dijo, pasándose la palma de la mano derecha por las plantas de los pies en un gesto maquinal que repetía siempre que había caminado descalza—. No quise hacer ruido. Hasta me quité los zapatos. Por cierto —añadió mirándose los pies desnudos—, necesito zapatos.

Martínez sintió que la estratagema de reducir el asunto a una simple imprudencia lo sacaba de quicio. Además, la muy sinvergüenza se las había ingeniado al sentarse para

que las tetas quedaran colgando apenas a unos centíme-
tros de sus labios, probablemente con la aviesa intención
de invitarlo a mamárselas y a olvidarlo todo. Estuvo a
punto de caer en la trampa, llegó a formar una O con la
boca y se dispuso a chupar como un niño, pero en ese momento se representó al chófer del Chevrolet mamando
aquel mismo pezón aquella misma noche y su gesto infantil se trocó en una mueca.

—¿Qué pasa, mi amor? —preguntó ella, dulce y extra-
ñada a la vez, sin renunciar a hacerse la mosquita muerta.

El se preguntó si debía abrir la espita de los reproches,
no lo hizo justamente por miedo a tener razón y prefirió
refugiarse en cualquier pretexto.

—Que Pepe no funciona.

Desconcertada, ella se acarició la larga cabellera batida
por el aire del ventilador.

—Funciona perfectamente.

Martínez se sintió como un idiota, se había metido en
una ratonera de la que sólo podría escapar cogiendo el
toro por los cuernos.

—Porque llegaste tú —replicó antes de caer en la
cuenta de que los cuernos que debía coger eran en realidad los suyos. Entonces añadió—: Y no llegaste sola.

—Ah, era eso —Ella se retiró un tanto, separándole las
tetas de la cara, y empezó a enumerar explicaciones—:
Vine con Jesús, es taxista, se mudó cerca, trabaja con turistas a la salida del show, es muy amable y se ofreció a
traerme gratis —Hizo una pausa antes de rematar—: Mejor que venir sola de madrugada, ¿no crees?

La pregunta era una invitación a hacer las paces, que
le ofrecía a la vez la posibilidad de una retirada honorable.
Él concluyó que con responder que sí todo estaría resuelto,
y dijo:

—No.

Entonces ella desplegó su mejor arma: una sonrisa desconcertada. Martínez se maldijo por haber respondido «No» cuando hubiese debido decir «Sí», y se permitió el placer de recordar que la había conocido en su sillón de dentista, la tarde en que ella se fue a empastar una carie insignificante en la segunda bicúspide y él se supo prendado para siempre de aquellos incisivos levemente separados y un poquitín botados hacia adelante, que le resultaron tan provocadores como los de una coneja en celo. Quizá si se hubiese atrevido a recorrérselos ahora con la lengua la tensión se hubiese resuelto. No lo hizo porque a ella le parecía ridícula aquella deformación profesional; nunca había conseguido entender que a él lo excitase tanto una simple dentadura. Así que la tensión seguía en el aire cuando ella se puso de pie, llevó ambas manos tras la nuca y dio un cálido golpe de caderas.

—¿Quieres hacer shuapi shuapi? —dijo.

La expresión formaba parte del diccionario particular de la pareja. A Idalys, «hacer el amor» le parecía una frase particularmente picúa, cursi hasta el delirio, mientras que las expresiones directas le resultaban en extremo groseras; de ahí que se hubiese inventado aquella jitanjáfora capaz de evocar el acto sexual por su sonoridad. Martínez estaba loco por hacer shuapi shuapi, pero ella había cometido el error de poner en juego uno de sus personajes preferidos, el de la bailarina puta, cuya salacidad siempre había tenido la virtud de volverlo loco de excitación, pero también de celos, y que ahora, además, lo remitió de nuevo al recuerdo del taxista. De modo que por segunda vez consecutiva quiso responder que sí y dijo:

—No.

Lejos de darse por vencida ella terminó de desnudarse en un santiamén y empezó a cantar y a bailar *Sobre una tumba una rumba*. El cerró los ojos con tal de no entregarse, pero no tuvo valor para taparse los oídos y se permitió la debilidad de escuchar aquella voz grave y sensual como el cuero de una tumbadora, cantando: «Enterrador, te suplico, que por mi bien cantes mucho/ Al despedir los despojos, de la que fue mis amores.» No se permitió mirarla, sabía que ella representaba para él, pero era incapaz de quitarse de la cabeza la idea de que cada noche hacía lo mismo para decenas de turistas babosos, quienes simplemente por poder pagar en dólares se daban el lujo de comérsela con la vista mientras escuchaban el soneo de su voz de caramelo. Era cierto que en el cabaré Idalys no actuaba desnuda, que cantaba con el sexo cubierto por un brevísimo triángulo y los pezones por sendas estrellitas rutilantes, de lamé; pero no lo era menos que llevaba las nalgas al aire, surcadas apenas, justamente en la raja, por una tirita conocida como hilo dental, sarcasmo difícilmente soportable para un dentista que tenía la desgracia de que su mujer fuese cabaretera.

De pronto, sintió que ella se le tendía encima al tiempo que atacaba el montuno, «No la llores, no la llores/ que fue la gran bandolera, enterrador, no la llores», y un golpe de sangre le afluyó al sexo, levantándoselo. Idalys repitió el versito y Martínez se contrajo al pensar que aquella ironía pasaba de castaño oscuro. ¿Quién si no ella era la gran bandolera? ¿Quién si no él había estado a punto de llorar? Hizo un intento por rechazarla, pero ella empezó a ruñir sobre su cuerpo como una gata y él no tuvo fuerzas para separarse de aquella piel sudada, que exhalaba un olor ligeramente acre, turbio y encantador como la rumba que Idalys seguía destilando en su oído. Entonces se preguntó por qué había de llorarla cuando ella misma le estaba pidiendo que no lo hiciera, por qué no dejarse ir si ella le deslizaba el sexo abierto, húmedo y quemante sobre un muslo y le buscaba los labios, llevándolo a acariciarle los dientes con la lengua y a penetrarla mientras sentía que del frotar de sus sexos brotaba al fin la rumbita sagrada, shuapi shuapi.

«¡Idaaalyyys!», exclamó saltando del catre y volviéndose hacia el sur, hacia la inalcanzable Cuba, al tiempo que caía en la cuenta de que el sexo se le había vuelto a levantar como aquella noche, la última en que había hecho shuapi shuapi con Idalys, una delicia que no podría repetir jamás porque ya ella no era su mujer ni él volvería nunca a la isla. Las piernas empezaron a temblarle y regresó al catre pensando en hacerse una paja, pero en cuanto se hubo acostado desechó la idea; se sabía sin fuerzas para enfrentarse a pecho descubierto con la humillación de la soledad. Miró al sol, que ya había alcanzado su cenit, entrecerró los ojos e intentó hacerse la ilusión de que estaba en la playa de Varadero achicharrándose por puro placer, con un cubalibre en la mano. Empezó a cantar *Lágrimas negras* e hizo un abrupto silencio cuando lo asaltó el temor de que alguien pudiese escucharlo y dar el chivatazo. De pronto, cayó en la cuenta de que le había llegado la hora de mojarse con agua salada, se levantó del catre, feliz de tener al menos una obligación que cumplir, se encaminó hacia el extremo norte de la empalizada, se detuvo frente al tanque relleno con cincuenta y cinco galones de agua de mar, miró la brillante superficie, hundió allí la cabeza y súbitamente lo asaltó la idea de que sería fantástico no sacarla nunca.

La sacó de inmediato, aterrado ante aquella tentación suicida, y quedó estupefacto, mirando los lejanos rascacielos del *downtown* mientras el agua le chorreaba desde el pelo y la barba, refrescándolo. La humedad lo indujo a pasarse la lengua por los labios, que inmediatamente le supieron a sal; entonces se preguntó cuántos días podría soportar la sed que ya lo atenazaba antes de que empezara el delirio. Regresó al catre pensando que al menos había conseguido atenuar el calor, decidido a retomar el hilo del cuento que quizá le permitiría olvidar la sed y descifrar las claves de su locura. Pero al evocar el sueño en que se había sumido inmediatamente después del shuapi shuapi se fue amodorrando y se dejó ir, con la ilusión de despertar en otro lugar y en otro tiempo.

Lo hizo en el mismo sitio, apenas unas horas más tarde, ardiendo como si hubiese dormido en medio del desierto. ¿Qué otra cosa podía hacer en aquella azotea? «Recordar», se dijo. «¿Jura usted recordar, solamente recordar y nada más que recordar?», se preguntó, consciente de que se había dormido al pensar en aquel otro sueño del que emergió al amanecer, muerto de cansancio, cuando sonó el despertador. Idalys dormía junto a él como una bendita y seguiría haciéndolo durante toda la mañana, pues para eso trabajaba de noche. Pero él no era más que un simple mortal, un dentista, a su jefa no le importaría que se hubiese despertado de madrugada por culpa de Pepe, ni que hubiese seguido despierto a causa de los celos, ni que hubiese gozado haciendo shuapi shuapi, ni muchísimo menos que después se hubiese desvelado pensando en Idalys y en su taxista. Tenía que joderse, asearse, vestirse, tomar a Fredesvinda, su pesadísima bicicleta china, y salir sin hacer ruido para no despertar a Idalys. Por si todo esto fuera poco no podía desayunar porque la despensa estaba casi tan vacía como su estómago; apenas quedaba un pedazo de pan y un poco de leche y estaban reservados para Idalys, que gastaba mucha más energía en el cabaré de la que él consumía en la consulta.

Se acarició la panza diciéndose que ahora, en la azotea, sentía tanta hambre como entonces, pero al menos no tenía que salir de la casa con el maletín de dentista atado a la parrilla de Fredesvinda, aquella bicicleta lenta y resabiosa como una yegua vieja sobre la que montaba apenas dos semanas atrás, cuando vivía en Casablanca, un pueblito situado junto a la bahía de La Habana, por cuyas calles desastradas e inolvidables volvía a pedalear ahora en la memoria. Llegó a la plaza del embarcadero con la intención de abordar la lancha de las siete, como cada día; pero justamente aquella mañana se había retrasado unos minutos como consecuencia del desvelo que siguió al shuapi shuapi, la lancha estaba a punto de zarpar y el tren eléctrico de Hershey se acercaba como una peligrosísima mole de óxido. Si hubiese dispuesto de una bicicleta más ligera habría logrado cruzar a tiempo las paralelas, pero la maldita Fredesvinda pesaba tanto que no se sintió con fuerzas para correr el riesgo de intentarlo y dejó que el convoy se interpusiera entre él y la lancha, lo que le impidió llegar a tiempo para abordarla.

Ahora, mirando el ajeno perfil de Miami, se preguntó si aquel retraso habría tenido alguna influencia en su destino. No supo qué responderse, cerró los ojos, y evocó la bahía de La Habana vista desde el embarcadero de Casablanca. Tenía forma de sexo de mujer, una entrada estrecha y un canal profundo y disfrutable que de pronto se abría al puerto amplio, cálido y seguro como un útero, donde, sin embargo, aquella misma noche habría de incubarse su desgracia. «Pero en esta parte del cuento todavía soy el de siempre», se dijo evocando La Habana, una ciudad, pensó, infinitamente más hermosa que Miami. Suspiró al recuperar el sabor de aquel mundo perdido mientras tarareaba el rico son donde «Los Van Van» proclamaban la verdad del día a día de la isla, «No es fácil. No es fácil poder vivir. No es fácil». Entonces lo había escuchado en la grabadora de Wilber, el empleado de la cafetería Futuro Luminoso, situada junto al embarcadero, a la que entró arrastrando a Fredesvinda con la ilusión de desayunar algo caliente.

—Buenos días por la mañana —dijo—. ¿Qué tenemos de beber y masticar por ahí?

—Un té especial, de cáscaras de plátano —respondió Wilber, un negro desdentado, de pelo algodonoso.

—¿Té de qué?

—De eso mismo —dijo Wilber, levantando el índice hacia el techo—. Lo orientaron de arriba.

Martínez no preguntó quién lo había orientado ni dónde habían ido a parar los plátanos cuyas cáscaras se apilaban sobre el mostrador. Sabiendo que toda inquietud era inútil aceptó aquel engendro. Wilber se aplicó a machacar las cáscaras, sobrevoladas por una nube de moscas, mientras le explicaba, socarrón, que el café, la leche, el pan y la mantequilla eran rezagos del pasado que afortunadamente el socialismo había remitido al basurero de la historia. Martínez sonreía cuando, por primera vez en aquel día aciago, escuchó su nombre.

—¡Stalin!

Se volvió de un salto, como si hubiera recibido un corrientazo en la nuca, y se encontró frente a Chichi el Maldito, que acababa de entrar a la cafetería. Era un tipo rubio, casi albino, tan bajo de estatura que hubiese parecido enano de no ser por la gorra de los New York Yankees que coronaba su cabeza en forma de melón; usaba grandes espejuelos negros y tenía el tórax ancho, enfundado en un pulóver color vino con una moto amarilla pintada de modo tan agresivo que parecía a punto de salírsele del pecho.

—No me digas así, Maldito —susurró—. Tú sabes que no me gusta.

—¡Ah, pero ven acá, ven acá! ¿Tú te llamas Stalin Martínez o tú no te llamas Stalin Martínez?

Martínez hundió la cabeza entre los hombros mientras maldecía mentalmente a su padre. De pronto, se sintió fatal por haber cedido a aquel impulso y lo bendijo. Esteban Martínez había sido un padre cojonudo. Nacido en Chantada, Galicia, emigró a Cuba siendo casi un niño y desde entonces trabajó como un forzado, con la misma pasión desmedida que ponía en todos los actos centrales de su vida. Añorar a su tierra lejana, integrarse en su isla de promisión, proteger a su esposa, educar a su prole y defender fervorosamente las ideas comunistas, a las que se había convertido en Cuba, durante la Segunda Guerra Mundial, y en honor de las cuales nombró a sus hijos Lenin, Stalin y Stalina.

—Me llamo así —reconoció sin decidirse a subir la voz ni la cabeza—, pero no me gusta.

—¡Oye esto, chen, oye esto! —el Maldito llamó a Wilber, que acababa de poner a hervir las cáscaras recién machacadas—. En la primaria el profe pasaba lista, «¡Stalin Martínez!», y éste, «¡Presente!», y nosotros, «¡Stalin, cabrón, ruso maricón!».

Wilber soltó la carcajada, secundado de inmediato por el Maldito, mientras Martínez sentía una confusa mezcla de rabia y vergüenza. Nunca le había gustado su nombre, ni siquiera en los primeros años de la revolución, cuando incluso su hermano estaba orgulloso de llamarse Lenin. Aunque entonces, al menos, la situación era relativamente soportable. Pero a mediados de los setenta, cuando llegó a la Universidad, y pese a que aún se consideraba a sí mismo un revolucionario, no consiguió nunca evitar sobresaltarse al oír hablar en los corrillos de los crímenes de Stalin. La década siguiente fue todavía peor, pues para sorpresa de todos Lenin se metió en la embajada del Perú y se largó a Miami por el puerto del Mariel. Martínez, sin embargo, permaneció en Cuba porque recién se había enamorado de Idalys, que a la sazón era muy jovencita; fue entonces cuando algunos de sus compañeros empezaron a calificar aquella relación como el crimen de Stalin Martínez.

Por suerte, el Maldito no había terminado siquiera la escuela primaria y lo ignoraba todo acerca del otro Stalin y de sus crímenes; le bastaba con pensar que había sido ruso. Martínez, en cambio, sabía un montón de cosas sobre su odiado tocayo. No había sido ruso sino osetio, se llamaba en realidad Iosif Viassarovich Dhugazvili, y había respondido a los pseudónimos de *Soso* y *Koba* antes de decidirse por el pétreo Stalin con el que designaría una remota ciudad que le daría nombre a una batalla que estaría en su cenit en el mismo día del mismo mes en que él, Martínez, vería la luz en La Habana, diez años más tarde.

Decidió no hacerle caso al Maldito, confiado en que éste ya había dicho todo cuanto sabía sobre el otro Stalin y se vería obligado a cambiar de tema, como efectivamente lo hizo al volver a dirigirse a Wilber.

—¿Tienes lo mío ahí, chen?

Wilber intentó ocultar su sobresalto haciéndose el sordo, pero Martínez cayó en la cuenta de que en aquella pregunta había gato encerrado.

—Sácalo, asere —insistió el Maldito al tiempo que extraía una bola de dólares del bolsillo derecho de su pantalón Levys 501—. Stalin es hombre y amigo.

Los ojos de Wilber se desorbitaron tanto al mirar el dinero, que Martínez pensó en las imágenes estereotipadas de los sirvientes negros de las viejas películas americanas que ponían en la tele. Pero tampoco él había visto nunca tal cantidad de dólares juntos, se dijo que sus ojos también estarían como platos, y los abrió aún más al ver y oler el jamón de pierna que Wilber sacó de debajo del mostrador.

—Tá buena —dijo el Maldito examinando la pieza—. ¿Verdá, Stalin?

Martínez hubiese preferido mantener la dignidad mirando hacia otra parte, pero no pudo evitar la tentación de acercarse a la pierna, olerla, mirarla y tocarla, mientras sentía un dragón revolviéndosele en el estómago.

—¡No me la babees, asere! —exclamó el Maldito empujándolo con el antebrazo.

El hilo de saliva que unía el labio inferior de Martínez con la pierna de jamón quedó en el aire, y él lo sorbió humillado, alejándose un tanto.

—Mi té, Wilber —exigió, imitando inconscientemente la estirada afectación de que hacían gala los caballeros ingleses en el cine.

El camarero no le hizo el menor caso. Martínez sintió que la defensa infantil de refugiarse en que también él tenía algo se había deshecho. El Maldito estaba entresacando dólares del montón y depositando en el mostrador billetes de a diez.

—Cuarenta fulas —dijo.

Wilber introdujo el dinero en el bolsillo en un santiamén y empujó el jamón hacia el Maldito. Sólo entonces se dignó a rellenar un abollado jarro de aluminio con té de cáscaras de plátano. Martínez tomó el recipiente por el asa, sopló la superficie para templar el líquido, y le dirigió una sonrisa altanera al Maldito antes de echarse al pico un trago de aquella pócima.

—Excelente —dijo, mientras sentía un retortijón en las tripas.

—Stalin, cará —suspiró el Maldito con un dejo nostálgico—, estás hecho mierda.

Martínez se puso de espaldas al mostrador, como si quisiera hurtarle a los otros la visión de su cuerpo. Fue peor porque quedó de frente a un espejo empañado por el polvo y el tiempo que le devolvió la imagen de sí mismo: un tipo flaco, encorvado, con bolsitas de grasa bajo los ojos, cabello y barba grises, y bata blanca, barata y arrugada, en cuyo bolsillo superior izquierdo podía leerse «Doctor Martínez», bordado en un ridículo amarillo pollito por la primorosa caligrafía de su madre. Suspiró al concluir que parecía al menos diez años más viejo de lo que era.

—Es que anoche no dormí bien —dijo—. El ventilador se paraba y arrancaba, se paraba y arrancaba...

—Te vendo uno, estéreo —propuso de inmediato el Maldito—. Doscientos cincuenta dolores de cabeza.

Wilber soltó una carcajada mostrando sin recato las encías desdentadas.

—Un ventilador estéreo —dijo en medio de la risa—. Tá bueno eso.

—¿Cómo estéreo, chico? —preguntó Martínez.

El Maldito los miró haciéndose el ofendido, se separó dos pasos del mostrador y puso los cortos brazos en cruz.

—Estéreo y bien —dijo, e hizo rotar la mano izquierda mientras emitía un sordo sonido gutural—: Brbrbrbrbrbrbr... —Se interrumpió para guiñar el ojo e informar—: Aire bajo por este lado —sin detener la izquierda hizo girar la derecha en sentido contrario, soltando a la vez una especie de silbido—: Síiiiiiiii... Aire agudo por este otro —Entonces sonrió, entornando los ojos al concluir—: Felicidá en el centro.

Wilber volvió a soltar la carcajada y Martínez lo secundó esta vez, admirado ante aquella imagen atrabiliaria que seguía moviendo los brazos como si estuviese a punto de echarse a volar. Sí, el Maldito era un cómico natural, como tantos cubanos capaces de reírse de la desgracia en que vivían. Sólo que el Maldito no era un desgraciado sino un pícaro con los bolsillos llenos de dólares, una sanguijuela simpática, capaz de comerciar con la desgracia ajena.

—Déjame pensarlo —murmuró Martínez—. Doscientos cincuenta son demasiados dolores de cabeza.

—Allá tú con tu condena —dijo el Maldito encogiéndose de hombros.

Martínez calculó que con el cambio a treinta pesos por dólar, doscientos cincuenta fulas equivalían a siete mil quinientos pesos, o sea, a su salario de dos años y medio. ¿De qué coño le había valido tragar tanta saliva ajena para hacerse dentista, si incluso un ignorante como el Maldito, que no sabía siquiera quién había sido el otro Stalin, vivía treinta veces mejor que él haciendo chanchullos? «Mierda de vida», pensó.

—¿Cuánto te debo? —dijo.

—Piedrafina —respondió Wilber.

«Veinticinco», tradujo inmediatamente Martínez, a quien le encantaba la charada, un juego de azar que había dotado a los cubanos de la capacidad de expresar a través de símbolos los números del uno al treinta y seis. Extrajo un peso del bolsillo y pensó, «Uno, caballo».

—Quédate con el vuelto —dijo.

—Pa´ lo que sirve esa mierda —observó *el Maldito* mirando despectivamente el billete—. Bueno, Stalin, ¿qué bolá con el estéreo?

Martínez se dirigió a la puerta llevando a *Fredesvinda* por el manubrio.

—Desmaya eso —dijo, echándole una última mirada al jamón—, voy quitao.

Ahora, al recordar sus palabras en el bochorno de la azotea, sintió una punzada de nostalgia en el pecho, se dio la vuelta en el catre y quedó de cara al cielo, donde creyó ver una gran nube gris en forma de caimán. ¡Ah, cuánto le gustaba hablar en cubano! Decir desmaya por olvida, voy quitao en vez me voy, pensó, entrecerrando los ojos, mientras intentaba olvidar cuánto lo había humillado el encuentro con el Maldito, a quien había despreciado cuando niño por bruto, vago y tramposo, sólo para terminar envidiándolo de adulto por su endiablada habilidad para conseguir dólares. Se preguntó si aquella envidia habría influido de algún modo en sus pasos. Se dijo que no, que sí, que dios sabría, que a él sólo le era dado interrogarse y recordar, por ejemplo, el rutinario viaje en lancha que aquel día fatal lo condujo a La Habana y lo dejó en el embarcadero de la avenida del Puerto con la culpable conciencia de que llegaría tarde al hospital. «Doscientos cincuenta dólares», se había dicho entonces, mientras empezaba a pedalear Malecón arriba, «siete mil quinientos pesos», calculó repitiendo el nauseabundo aroma del té de cáscaras de plátano, «dos años y medio de trabajo», concluyó al pasar frente al parque de los Enamorados, «¿cuántas obturaciones, extracciones, limpiezas, puentes, tratamientos de canal, tendría que hacer para poder comprarse un simple ventilador japonés y jubilar a su querido Pepe?», se preguntó al sobrepasar la avenida de las Misiones y enfrentarse al inigualable perfil de la ciudad recostada frente al Atlántico.

«¡Pero a partir de hoy todo será distinto!», exclamó sonriendo, al recordar que justamente esa noche inaugurarían en casa de su madre La Cazuela Cubana, un restorán de comida criolla para turistas, donde sólo se operaría en dólares. Tiempo atrás, cuando el gobierno legalizó la circulación de esa moneda y autorizó la creación de minirestoranes privados que la gente bautizó inmediatamente como paladares, su hermana Stalina propuso instalar uno en el que ella y su madre se ocuparían de la cocina, Martínez del salón e Idalys de atraer a los clientes. Él se opuso, argumentando que no se había hecho odontólogo para terminar como camarero, y se enzarzó en una violenta discusión con Idalys, que apoyaba fervientemente la idea de Stalina.

—Más vale un camarero con dólares que un dentista bruja —sentenció Idalys, antes de añadir—: Camarón que se duerme se lo comen los turistas.

Él se opuso con vehemencia a aquella lógica que llegó a calificar de mercenaria, e Idalys dio por terminada la disputa diciéndole lo que en verdad pensaba sobre él.

—Árbol que nace torcido... pa´l consumo nacional.

Martínez entendió que si no aceptaba convertirse en camarero terminaría por perder a Idalys y al otro día bajó bandera. Pero puso como condición que La Cazuela Cubana abriera exclusivamente en las noches para poder seguir trabajando en el hospital durante el día. Una vez que hubo aceptado, la posibilidad de obtener dólares lo fue entusiasmando, y cuando todo estuvo listo solo se preguntaba cuántos clientes acudirían a La Cazuela, cuánto di-

nero serían capaces de ganar. Llegó jadeando al parque
Maceo y dejó Malecón camino de San Lázaro, donde tenía
que pedalear cuesta arriba. A mitad de la loma se le cortó
el resuello, las piernas empezaron a temblarle y tuvo que
descender de Fredesvinda sintiendo que no podía con ella,
que la odiaba, que nunca la querría como a Pepe. No tuvo
más remedio que empezar a llevarla por el manubrio, pero
antes le propinó una patada y la maldijo. ¿Por qué cojones
casi no había guaguas en este país? ¿Simples vehículos pú-
blicos donde poder viajar como las personas y llegar al trabajo a tiempo, tranquilamente, y no tembloroso y empapado en sudor como estaba ahora? ¡Ah, si pudiera utilizar
los dólares que ganaría en la paladar para comprarse una
bicicleta nueva, ligera y linda como una gacela, en lugar
de un ventilador! Aunque pensándolo bien, ¿por qué no
las dos cosas? Eso, las dos cosas. ¿Y si además de bicicleta
y ventilador comprara una casa, una buena casa para
Idalys? La gente que no podía conseguir dólares de otra
manera estaba ofreciendo verdaderas gangas a los extranjeros aprovechados, palacetes con piscina inclusive. Claro
que él no era extranjero. ¿Y qué? ¿Acaso los cubanos no
eran personas? ¿No tenían derechos? No los tenían, la verdad; no en Cuba al menos. Pero en el fondo ése no era el
problema, porque había todo tipo de trucos para burlar la
ley. A cambio de una buena tajada el Maldito podría ayudarlo a resolver una casa y un carro.

¡Un carro! ¿Cómo no se le había ocurrido antes? ¡Bicicleta, ventilador, casa y carro! ¡Completo Camagüey! Pero
¿cuántos dólares tendría que ganar para costearse todo
aquello?, se preguntó al doblar hacia arriba, por el costado
de la Universidad. Montón pila burujón puñao de dólares,
sin duda. ¿No estaría aspirando a demasiado? ¿Por qué a
demasiado, a ver, por qué? ¿Acaso no disponían de todo
aquello los colegas extranjeros que habían asistido al
II Congreso Latinoamericano de Periodoncia, celebrado

en La Habana un año atrás? ¿Acaso un odontólogo, un profesional con quince años de ejercicio no tenía derecho a vivir como una persona? Sí, claro, desde luego; pero no obstante estaba razonando mal. Había perdido el rumbo. Un estomatólogo cubano no era igual a los otros, por tanto, con los trescientos pesos mensuales de su salario no podría comprar bicicleta ni ventilador, casa ni carro. Todo aquello tendría que salir de La Cazuela Cubana. ¿Sería posible? ¿Por qué no, si su madre era una diosa en la cocina? Los turistas se chuparían los dedos, y además él iba a atenderlos con verdadero mimo, como a niños, y así le dejarían buenas propinas.

Pero, ¿vendrían turistas?, se preguntó al detenerse a coger un respiro en la cima de la cuesta de H. Se enjugó la frente y el cuello con un pañuelo que quedó empapado en sudor, gris de churre, volvió a montar en Fredesvinda y se impulsó cuesta abajo con renovado entusiasmo. ¡Claro que vendrían! Idalys los atraería desde el cabaré con su gracia y su sandunga y en poquísimo tiempo La Cazuela sería el primero de las paladares del país. ¡Se harían ricos! ¡No sólo comprarían bicicletas, ventiladores, casas y carros sino también yates y viajes de placer al extranjero! El gobierno, ¿los autorizaría a salir del país? No, desde luego. Aunque tampoco había que entristecerse por eso, se dijo al bordear la falda del Castillo del Príncipe y seguir pedaleando en dirección a la calle Zapata. Cuba era una isla grande, desconocida para él, que apenas había salido de la ciudad de La Habana porque en el interior del país era virtualmente imposible conseguir transporte, posada o comida, salvo que uno pudiera pagarlos en dólares. Pues bien, en lugar de ir a gastarse las divisas a Cancún o Miami viajaría a Varadero, Cienfuegos y a los valles de Viñales y Yumurí, con lo que además saldría ganando porque no había en el mundo sitios comparables a los de su Cubita bella.

¡Uaaaooo!, exclamó al doblar por la curva del cementerio de Colón, entusiasmado ante la certeza de que pronto dejaría de ser un simple indígena para convertirse en algo parecido a un extranjero. Se detuvo en la luz roja del semáforo situado a la altura de la puerta de la Paz de los Sepulcros, miró la triste escultura que la coronaba, y sonrió al leer el cartel que indicaba la dirección del tránsito en aquel acceso principal del camposanto: «Entrada solamente.» Volvió a secarse el sudor; esta vez el pañuelo quedó tan percudido que estuvo a punto de tirarlo a la basura. No lo hizo porque no tenía repuesto ni manera de conseguirlo. En cuanto pusieron la verde arrancó de nuevo en dirección a la calle 23, pese a que había empezado a sentir calambres en los gemelos. ¿Qué pasaría si uno, dos o diez turistas hijoeputas se encoñaban con Idalys? ¿Si querían tirársela? Ni cojones, se dijo, a ningún precio. Ella era intocable; sería bailarina, pero no jinetera. Ganó el gran puente sobre el río Almendares y enfiló por la avenida 41. A la altura de La Tropical un calambre tan doloroso como una puñalada le atenazó la pierna izquierda, haciéndolo perder el equilibrio.

Cayó al suelo cagándose en la hora en que nació. Tuvo que acudir a la esperanza de los dólares que le proporcionaría La Cazuela para no echarse a llorar de rabia. Le quedaba poco tiempo de miseria, se dijo mientras saltaba a la pata coja hacia la acera, donde se dejó caer en un banco y se aplicó un masaje. El problema estaba en que la cabrona de Fredesvinda pesaba tanto como un matrimonio mal llevado. ¿Como su propio matrimonio quizá? No, Idalys y él vivían felices, si bien era verdad que no comían perdices. Pero esa miseria terminaría mañana mismo gracias a La Cazuela. ¿Y Jesús, el taxista?, se preguntó al volver a montar en Fredesvinda y retomar lentamente el camino, atento al temblor de sus gemelos. No tenía ninguna razón para preocuparse por él. Idalys le había explicado que era un amigo, un tipo chévere, un buen vecino. Tal vez cuando fueran ricos podrían contratarlo como chófer. No, eso no. ¿Por qué? Porque no. ¿Y por qué no? Pues porque no le salía de los reverendísimos cojones. ¡Vade retro, Jesús! ¡Apártate de Idalys, cabrón!, exclamó al divisar el hospital. Faltaba poco. No debía desesperarse. Empezó a cantar «Carapacho pa´ la jicotea, pa´l que camina tan despacito naturaleza tuvo esa buena idea», un tumbaito que le dio calma para llegar hasta el parqueo del hospital. Allí extrajo una cadena y un candado de su maletín de dentista, ató a Fredesvinda al tubo dispuesto para las bicicletas y entró al edificio con la esperanza de no toparse con su jefa.

Se topó. La doctora Bárbara Cifuentes, bajita, gorda, malencarada y cuellicorta, parecía estar esperándolo junto al reloj donde se marcaba la entrada.

—¡Doctor Stalin! Parece mentira. Por lo menos debería hacerle honor a su nombre. El verdadero siempre llegaba a tiempo.

—Es verdad —concedió Martínez suspirando—, pero él no tenía que coger la lancha ni atravesar la ciudad en bicicleta.

En cuanto hizo el intento de seguir su camino la Cifuentes lo detuvo, cerrándole el paso.

—¿Y cuándo se va a afeitar? No está nada bien que un estomatólogo tenga barba.

—Ya...

Martínez hundió la cabeza entre los hombros, sin el más mínimo deseo de explicar que la piel de su cara era muy delicada, su barba muy dura, las buenas cuchillitas se vendían en dólares y para él afeitarse con una mala equivalía más bien a desollarse.

—¿Entonces, cuándo? —insistió la Cifuentes con un movimiento admonitorio de su mano derecha; tenía los dedos gruesos como salchichitas.

—Un día de éstos, pero recuerde que el verdadero Stalin usaba bigote.

Se sintió feliz de haberse atrevido a marcarle una estocada a aquella arpía; sin embargo, no pudo evitar una mueca de disgusto por haberle llamado verdadero al otro Stalin, como si él, Martínez, fuera falso, y añadió, decidido a huir de una buena vez de las garras de su jefa, que iba a lavarse las manos.

Sintió una urgente necesidad de hacerlo, se levantó del catre y fue hasta el latón de agua de mar donde hundió la cabeza y la mano izquierda para no empaparse la escayola que le protegía la derecha. De inmediato supo que el frescor que ahora sentía era tan ilusorio como su esperanza de ser feliz alguna vez. El agua se evaporaba, pero la sal quedaba fijada en su piel como un mal recuerdo que el sol se encargaría de convertir en llagas. Regresó al catre, entrecerró los ojos, y en una especie de ensoñación recordó la boca abierta de la primera paciente a quien había atendido en cuanto abandonó a la jefa. Era una mujer relativamente joven, que sin embargo tenía la boca destrozada por falta de atención. Sufría intensos dolores en un canino que él hubiera podido extraer sin grandes cargos de conciencia pero que decidió salvar por humanidad, aplicándole un tratamiento de canal, pese a lo laborioso del asunto. La operación requería arte y a él se le daba bien, pensó, recordando con cierto orgullo pueril el momento en que ya había aplicado anestesia, instalado el extractor de saliva e iniciado el tratamiento. Entonces sonrió, pues le sedaba sobremanera rememorar su trabajo. Sólo lo difícil es estimulante, se dijo, preguntándose cuándo podría establecerse legalmente en Miami, revalidar el título y ahorrar plata suficiente como para fundar la Gran Clínica Estomatológica Martínez. ¿Cómo se diría en inglés? ¿Y si en lugar de su apellido escribía simplemente Marti? Sí, sonaba mejor, más americano, pensó, volviendo a evocar el momento en que ya había abierto el diente, desbastado la zona averiada y retirado la pulpa, de modo que el nervio que tenía que matar estaba al aire como un minúsculo gusanito negro.

—Más anestesia —dijo.

—No hay —le espetó Fermina, su asistenta, una negrita flaca, de cabeza pequeña, boca grande y voz de pito.

La paciente abrió los ojos desmesuradamente y siguió con la mirada el movimiento pendular de la cabecita de Fermina, que experimentaba un extraño placer al seguir subrayando así su negativa. Martínez resopló. Aquél era el primer caso del día, no era posible que la provisión de anestesia se limitase a una ampolleta.

—¿Cómo que no hay?

—Porque se acabó —dijo Fermina moviendo ahora la cabeza arriba y abajo.

Aterrada, la paciente clavó los dedos en los brazos del sillón amenazando con levantarse, al tiempo que soltaba una especie de jerigonza.

—Tranquiiilaaa —dijo él, empleando el tono grave y el ritmo lento conque solía hipnotizar a los pacientes—. Calmaaa. No le duele nadaaa.

La mujer se fue relajando lentamente y él se dispuso a acelerar su trabajo. En el mejor de los casos a aquella anestesia barata le quedarían unos cinco minutos de efecto; si no había conseguido terminar para entonces la pobre mujer vería no sólo estrellas sino también planetas, soles, constelaciones enteras de dolor. El asunto se enredaba aún más debido a que la paciente segregaba verdaderos ríos de saliva, que a él le costaba dios y ayuda secar. Para mayor complicación el emisor de aire caliente estaba roto y no había algodón, por lo que tenía que trabajar con trapos vagamente estériles. No obstante, había logrado un buen ritmo en su tarea cuando el sistema de música indirecta interrumpió la emisión de *Caballería rusticana* para dar paso a la aséptica voz de la secretaria del centro.

—Doctor Martínez, doctor Stalin Martínez, preséntese en la dirección. Doctor Martínez, doctor Stalin Martínez, por favor.

—No puedo —dijo dirigiéndose a Fermina, pero con los ojos fijos en la boca de la paciente, que a su vez lo miraba implorante—. Vaya y diga que no puedo —De mala gana, Fermina abandonó la lectura del periódico *Granma* y se encaminó a la puerta. Entonces Martínez añadió—: Y ruégueles que no me digan más Stalin, por favor.

Volvió a su trabajo. El caudal de saliva segregado por la paciente había crecido tanto que estuvo a punto de perder la paciencia.

—Escupa —dijo, quitándole provisionalmente el extractor.

La mujer obedeció, asustada como una cordera. La *Caballería rusticana* había reiniciado su galopar y él alcanzó a decirse que tendría que trabajar a ese mismo ritmo para ganarle la carrera al dolor, cuando la música volvió a interrumpirse.

—Doctor Martínez, doctor Stalin Martínez, preséntese en la dirección. Doctor Martínez, doctor Stalin Martínez, por favor.

Decidido a olvidar que habían vuelto a llamarlo por su nombre reinstaló el extractor de saliva y siguió en su tarea. No se volvió siquiera al escuchar que la puerta del consultorio había vuelto a abrirse.

—Que dice la jefa que le dijera que se presente ya, sin excusa ni pretexto —informó Fermina en un tono autoritario, que sonó particularmente ridículo en su voz aflautada—. Hay un caso especial.

Irritado, Martínez se volvió hacia ella.

—Dígale que no puedo.

Fermina lo llamó moviendo el índice de la mano derecha hacia sí misma con una expresión de complicidad tan intensa que él cedió a la tentación de acercársele.

—El caso es un turista —le sopló ella al oído—. Va y hasta le paga en verdes.

—Pero... ¿y este caso?

—Dice la jefa que ella se ocupa —dijo Fermina, liberándolo de la responsabilidad.

¿De verdad lo habían liberado?, se preguntó él ahora, mientras se removía en el catre atenazado por la sed y el hambre. ¿O simplemente se había comportado como un canalla al abandonar a aquella pobre mujer con la boca abierta, el efecto de la anestesia a punto de vencerse y el nervio del canino vivo y al aire, para correr en pos de los dólares de un extranjero? Luchó por olvidar la pregunta, y también el hecho de que había considerado a aquel extranjero no como a un paciente ni tampoco como a alguien que iba a pagarle directamente en dólares sino sobre todo como a un cliente potencial de La Cazuela Cubana.

¿Habría violado la ética de la profesión al actuar como un comerciante y no como un dentista? Experimentó una compulsiva necesidad de huir de sí mismo y empezó a correr alrededor de la empalizada, tal y como lo había hecho por las calles de La Habana la ambulancia en que salió del hospital como un perro moviendo la cola. Emitió una especie de aullido y de pronto hizo silencio, recordando que a aquella desvencijada ambulancia no le funcionaban la sirena ni las luces del techo, que los ciclistas que inundaban las calles le abrían paso simplemente porque Paco, el ambulanciero, iba armando un escándalo padre al golpear la carrocería con la mano abierta, y que él se había sentido endiabladamente bien entonces, como alguien importante que va a cumplir una misión urgente. Además, le gustaba La Habana, pensó ahora, rememorando el placer de mirar las calles, las casonas, los parques de la ciudad desde una ambulancia a la que todos respetaban por instinto. Intuía que su memoria borraba el deterioro que crecía allí como la lepra y prefería privilegiar el recuerdo rojo y amarillo de las parkisonias y los flamboyanes, el recuerdo siena de las casonas señoriales del Vedado y sobre todo la memoria de la súbita visión del mar, que se le impuso enfrente cuando el vehículo llegó a la esquina de 23 y L. Era cierto que entonces se había encabronado al fijarse en la alta mole rectangular del Habana Hilton, que durante los años de su pasión revolucionaria se llamó orgullosamente Habana Libre, y que después, como coincidiendo con la decadencia de sus propias ilusiones, había pasado a ser operado por una firma extranjera, pero ahora prefería recrearse en el recuerdo de la visión que tuvo entonces del Atlántico, verdinegro en la orilla, azul cobalto hasta la altura del primer veril, intensamente índigo en la Corriente del Golfo.

Aquella imagen duró poco porque Paco pegó un barquinazo, dio un giro prohibido y cogió izquierda en L, con lo que la ambulancia estuvo en un tris de atropellar a un ciclista. El tipo, un negro fuerte como un boxeador, tuvo que encaramarse con su bicicleta en la acera de Radiocentro y desde allí les gritó «¡Tarrús!» mientras elevaba el índice y el meñique como una acusación. Martínez escuchó el insulto, alcanzó a mirar a través del retrovisor aquellos dedos negros como los del mismísimo diablo, sintió un vuelco en el estómago al pensar que el prieto tenía razón, que Jesús, el taxista, se estaba tirando a Idalys, e inmediatamente hizo un esfuerzo por convencerse de que aquella barabaridad no podía ser cierta. De puro nervioso le hizo un corte de mangas al prieto y se echó a reír, Pacó lo secundó, y entonces él pudo engañarse creyendo que no era un tarrudo y que su alteración se debía a los celos. Pero ahora, en Miami, sabía perfectamente que Idalys lo había engañado y que además se había ido con Jesús para siempre.

Detuvo aquella carrera sin sentido y regresó al catre, donde sintió que la piel le hervía y se dedicó a adivinar cómo el sol iba sorbiendo las gotas de sudor de su pellejo. «Me achicharraré», se dijo, «y cuando Lenin suba a buscarme sólo encontrará un chorrito de sudor». La idea lo llenó de júbilo; cuando niño, más de una vez había deseado morir simplemente para que Lenin sufriera, y ahora llegó a desear incluso que el sol absorbiera el sudor y que Lenin, al subir, no encontrara nada. «¡Ni Idalys tampoco!», exclamó, «¡ni nadie!». De pronto, la súbita satisfacción que le había proporcionado aquella venganza se deshizo, dejándolo vacío como un globo que hubiese perdido el gas. Necesitaba fresco y podía obtenerlo si movía el catre hacia la zona de la empalizada donde el sol del atardecer ya no pegaba. No se atrevió a hacerlo por temor a incumplir la palabra dada a Lenin, e intentó refrescarse recordando el avance de la ambulancia bajo la doble hilera de palmeras que dulcificaban el paseo de entrada al Hotel Nacional, donde paraba el turista que lo había tentado. El fresco que sintió al descender del vehículo maletín en mano lo reanimó hasta el extremo de permitirle olvidar la seña insultante que le había dirigido poco antes el negro con pinta de boxeador.

—¡Oye, tú! —Martínez se volvió sobresaltado; el portero del hotel, tocado con un rutilante uniforme rojo, lo señalaba con un índice acusador—. ¿Dónde vas? Tú eres cubano, ¿no? ¿Dónde vas?

—Al hotel. Soy dentista —explicó él humildemente, al tiempo que indicaba el letrero de Dr. Martínez bordado en su bata—. Me han llamado por un caso urgente, un extranjero.

—Cualquiera se puede poner un letrerito en la frente —dijo el tipo mientras sacaba el pecho y se ajustaba la chaqueta del uniforme—. Ábreme el maletín.

Martínez obedeció como un militar llamado a capítulo por un superior. El portero, un mulato de ojos saltones, repasó concienzudamente el autoclave portátil, las tenazas, la hipodérmica y las ampolletas de anestesia especial que la Cifuentes había entregado para la atención del turista.

—Tá bien —dijo—. Pero antes de subir pasa por la carpeta a ver si te dan un pase. Voy a estar, mira... —dejó la frase en el aire y señaló su ojo izquierdo con el índice.

Martínez se dirigió al lobby presa de una insoportable aprehensión, perseguido por la insistente mirada del portero. El noble edificio del hotel, que se levantaba en un suave promontorio situado frente al mar, había sido escrupulosamente rehabilitado por una compañía francesa; al entrar, Martínez experimentó la paradójica impresión de haber arribado a otro mundo, perteneciente a la vez al pasado y al futuro. Los muebles de maderas preciosas, los lampadarios criollos y los *bellboys* de uniformes color terracota, como los de antiguos soldados ingleses, remitían directa, vívida e inmediatamente a un pasado preciso y lujoso, el de la película *A La Habana me voy*, de Carmen Miranda, filmada allí mismo a finales de los años cuarenta y recién repuesta en la televisión. En cambio, el desaliño, la seguridad y la provocativa satisfacción de los turistas que se desplazaban en short por el lobby con sus cámaras de vídeo, sugería una edad futura, una especie de bienestar deportivo tan distante de la vida de los cubanos de a pie como podía estarlo Júpiter.

—Me hace el favor, compañera —dijo, dirigiéndose a la empleada de carpeta, que levantó los ojos interrogantes hacia él—. Soy el doctor Martínez, vengo a...

—¿Stalin Martínez? —lo interrumpió ella, golpeando con la uña una tarjetita que tenía dispuesta sobre el pulido mostrador de mármol.

—Sí . Vengo a ver a Carlos Vidal, un turista.

—Carlos no, Carles, don Carles Vidal —lo rectificó ella de inmediato, entregándole la tarjetita—, está en la seis uno dos. Ese es su pase, me lo devuelve a la salida. Y apúrese, es urgente.

—Sí, sí, sí —dijo él, dispuesto a partir hacia los ascensores—. Enseguida, enseguida.

¿Por qué había respondido como un criado?, se preguntó ahora, al darse vuelta en el catre para que el sol que ya le había achicharrado suficientemente el pecho se cebara en su espalda. Quedó de cara al sucio suelo de la azotea y descubrió dos lagartijas mimetizadas con la sombra verduzca que proyectaba la loneta del catre. Pensó en cazarlas e inventar algún juego con ellas para entretenerse, pero una nueva batería de preguntas le hizo posponer la idea. ¿Qué fuerza diabólica lo llevó a doblar el espinazo ante la carpetera? ¿Por qué había sentido tanta vergüenza mientras se desplazaba entre turistas camino de los ascensores? ¿Cómo era posible que hubiese llegado al extremo de desear desaparecer, esfumarse, hacerse invisible como quien está cometiendo un delito? ¡Ah, si pudiera trasmitirle a alguien alguna vez la exasperante humillación que significaba ser cubano en Cuba, pensó mientras evocaba el respeto reverencial que le produjeron los espejos y los cobres brillantísimos del elevador de manija al que entró bajo la mirada inquisitiva del ascensorista, un mulato joven, de piel color papel de estraza, que de inmediato reconoció su condición de indígena y le exigió que mostrara el pase. Él obedeció dócilmente, refugiándose en la certeza de que aquella tarjetita le otorgaba el derecho a subir, mientras admiraba la esquizofrénica capacidad del mulato para revisar con desconfianza el cartoncito al tiempo que le dirigía una sonrisa entre sexy y reverente a una vieja pelleja extranjera que había subido en el quinto. Él salió en el sexto, aliviado de poder desplazarse por un pasillo desierto.

Llamó a la puerta y le abrió un gordo cuarentón que tenía marcada en el rostro la expresión angustiada de quien ha pasado la noche sufriendo un dolor de muelas.

—¡Doctor! —exclamó de inmediato, tendiéndole la mano—. Buenos días. Mi nombre es Carles.

—Martínez —respondió él estrechando aquella mano regordeta, fría y sudorosa.

—¡Bienvenido! —exclamó Carles abriendo la puerta de par en par— ¡Pase, pase!

Martínez le dirigió una sonrisa agradecida; al fin alguien lo había tratado como a un profesional, como a una persona, y entró a la habitación precediendo a Carles, que giró hacia el baño y tocó en la puerta.

—Mi amor —dijo con voz dulce—, el dentista está aquí, vístete para salir.

Martínez olvidó el agradecimiento, y se contrajo al sentir que había empezado a odiar a aquella especie de gorila rubio y que estaba dispuesto a hacerle pagar en brutales monedas de dolor el sexo barato que había venido a disfrutar en Cuba.

—Dígame qué le pasa —dijo. Fue consciente de que la irritación podía delatar su rabia y se contuvo al añadir—: Por favor.

Carles se dejó caer en una butaca con las piernas abiertas y la mano sobre la mejilla izquierda. Calzaba chancletas japonesas, short color morado obispo y camisa verde, decorada con motivos tropicales; tenía los pies tan gordos que apenas se le notaban los tobillos, las piernas y los muslos anchos como jamones, cubiertos por una breve pelusilla rubia, y la panza abultada hasta el extremo de doblarle el elástico del short y oprimirle los faldones de la camisa abierta.

—¡Ay, doctor, doctor! —Tomó una botella de Chivas Regal que tenía sobre la mesita y medió un vaso—. Siéntese. ¿Me acompaña?

—No —dijo Martínez con cierta brusquedad, mante-
niéndose de pie, con el maletín en la mano—, gracias.

¿Y por qué, vamos a ver, se preguntó ahora, mientras
sorbía ávidamente una gota de sudor que cayó en sus labios, se había atrevido a ser brusco con Carles y no con el
portero o la carpetera? Por sentido patriótico, pensó. La
frase le produjo una súbita hilaridad. La patria no le había
causado más que desventuras y se podía ir al mismísimo
carajo, se dijo, reconociendo, sin embargo, que entonces
ciertamente sentía una sorda indignación contra aquel extranjero que usaba a Cuba como un burdel, sin tener en
cuenta que el portero, la carpetera, la puta, y aun él
mismo, el dentista, estaban a su servicio; que tan culpable
era quien mataba la vaca como quien le aguantaba la pata.

—¿Vino, quizá?

—No bebo.

Carles vació el vaso de un trago, lo puso en la mesita y
señaló una caja de tabacos que estaba junto a la botella de
Chivas.

—¿Un puro?

—No fumo.

—¿Tiene mujer?

Él recordó ahora que aquella sorpresiva pregunta lo
había dejado perplejo durante un segundo y lo había hecho sonreír después, a su pesar.

—Tengo —dijo.

Entonces todavía podía pensar que tenía a Idalys, pese
a que probablemente ya eso no era verdad. Tomando en
cuenta cómo se habían desarrollado las cosas, a esas alturas ella debía estar engañándolo con Jesús; sólo que él aún
no se había enterado.

—¿Quiere picar algo? ¿Jamón, un pan *tumaca?*

—No. Ya desayuné.

Se sintió súbitamente irritado consigo mismo por haber sido tan imbécil como para rechazar aquella oferta. En-

tonces sentía casi tanta hambre como ahora, en la azotea, cuando experimentó una punzada en la barriga al evocar aquellos trozos de pan fresco, aliñados con aceite de oliva, sal y tomate, que estaban en una bandejita sobre la mesa de centro, a un costado de Carles, y que había rechazado por confusión, por rabia, o por una estúpida dignidad de cubano hambriento.

—Usted no puede comer ahora —dijo como si se vengara al ver que Carles se disponía a morder un trozo de pan *tumaca*—. Dígame qué le pasa.

Carles permaneció boquiabierto durante unos segundos; después devolvió lentamente el pan a la bandeja.

—Mi dentista me lo advirtió en Barcelona —dijo mientras volvía a rellenar el vaso de whisky—, que no viajara sin extraerme ese supernumerario superdoloroso que me presiona el nervio. Y yo, claro, no le hice caso porque este viaje era muy urgente.

—¡Mentira, muchacho! —exclamó una burlona voz de soprano.

Martínez se volvió sobresaltado y quedó frente a un negro joven, alto, de piel lustrosa, que había salido del baño envuelto en un rutilante albornoz amarillo y le tendía la mano al tiempo que se presentaba.

—Umberto.

Él aceptó el saludo sin salir de su asombro, experimentando un confuso sentimiento, mezcla de ternura y vergüenza, al descubrir que las cosas no eran como las había imaginado al entrar. En la época de la expulsión de homosexuales de la Universidad se había sentido secretamente solidario con ellos, pero no había tenido el valor de defenderlos en público, para no resultar expulsado también, pese a que estaba convencido de que aquella persecución era un crimen. Ahora se sentó en el catre, sonriendo tristemente al recordar que algunos implicados murmuraron en los pasillos que aquel proceso era puro estalinismo, con lo que se sintió personalmente culpable de la barbarie. Pero nunca levantó su voz contra ella, se dijo, reconociendo que sólo había sido capaz de defender sus convicciones cuando éstas iban a favor de la corriente. Pensó que eso, en buen cubano, se llamaba apendejamiento, y recordó el chiste según el cual Fidel Castro seguía en el poder porque su barba estaba formada por diez millones de pendejos. Pero no sonrió siquiera. Volvió a refugiarse en la memoria de Carles y Umberto, hacia quienes supo comportarse con cariño como si así pudiera compensar al menos en parte su culpable silencio del pasado. No le fue difícil; Umberto le resultó extraordinariamente simpático desde el momento mismo en que dijo, moviendo las manos con una especie de comedido aspaviento.

—Dile la verdad, Charli, que no te lo sacaste por miedo. Eso es lo que pasa, doctor, que éste es un miedoso.

Martínez pensó que también él lo era, y esa fue otra razón que lo hizo sentirse cercano al catalán.

—¿Puedo pasar al baño? —dijo.

—¡Desde luego! —exclamó Carles.

—Quiere ganar tiempo, doctor —observó Umberto.

Martínez atravesó la habitación y entró al precioso cuarto de baño que ahora volvió a ver en la memoria. Los restos del vapor de la ducha recién tomada por Umberto habían dejado la habitación envuelta en una especie de bruma; en el centro del gran espejo situado sobre el lavamanos decía I ♥ Carles. Martínez evocó la sonrisa que le provocó aquella efusión sentimental, y se preguntó por qué había entrado al baño con el maletín en la mano. ¿Quizá porque no lo había soltado desde que entró a la habitación? ¿O más bien porque desde el principio tuvo la secreta intención de robarse algo? Todavía hoy no sería capaz de decirlo en conciencia, pero sí de avergonzarse al recordar la decisión y la rapidez con que, después de orinar, metió en el maletín un pomito de champú, otro de gel, un jaboncito, unas servilletas, un peinecito e incluso el rollo de papel higiénico de reserva. Ni Carles ni Umberto sufrirían su falta, les bastaría con solicitarle otros al ama de llaves; en cambio, Idalys se pondría tan contenta al recibirlos.

Regresó a la habitación con las manos limpias, feliz y decidido.

—¿Dónde hay un toma? —dijo.

—Enchufe, doctor; estos españoles dicen enchufe —le rectificó Umberto; después se dirigió a Carles—: Te dije español, chínchate —y le explicó a Martínez—: Chínchate quiere decir jódete.

Él no entendió por qué a Carles debería joderle que le dijeran español, pero no lo preguntó tampoco. Umberto señalaba el tomacorriente, donde Martínez conectó de inmediato el autoclave que extrajo del maletín, cuidando que los otros no vieran lo que recién había hurtado en el baño, y se volvió hacia Carles.

—Abra la boca y dígame dónde le duele.

Carles se puso pálido y se dio un largo trago de whisky antes de obedecer, señalando tembloroso el diente supernumerario. Martínez suspiró satisfecho; era un caso diáfano y sencillo, de libro; un molarcito de más, que había restado espacio a sus hermanos y ahora presionaba a uno de ellos. En rigor habría que haberlo extraído hacía tiempo, pero evidentemente Carles sentía tanto miedo ante el dentista que no lo había permitido.

—Hay que extraer —dijo.

Carles cerró la boca y apretó los labios de inmediato.

—¡Candela! —exclamó jubilosamente Umberto, propinándose una sonora palmada en los muslos.

Martínez extrajo la hipodérmica del autoclave y se dispuso a rellenarla. Fue entonces, recordó ahora, cuando miró otra vez a Carles y concluyó que si quería salir bien de aquel trance tenía que jugarse el todo por el todo. El tipo, lívido como un muerto, pertenecía a la raza de pacientes que los estomatólogos cubanos conocían como pendejos profesionales, gentes cuyo horror al dentista era absolutamente infantil e irracional, de modo que casi siempre era mejor sorprenderlos. El golpe de mano, sin embargo, debía ser tan perfecto que dejara nocao al catalán, porque si un pendejo profesional tenía tiempo de pegar el primer grito ya no había manera de dominarlo. Con los pendejos cubanos no había problemas, podían gritar cuanto quisieran, pero Carles era extranjero, y si armaba un escándalo, Martínez tendría que responder ante Bárbara Cifuentes, que además de ser una estomatóloga de primer nivel era una hijadeputa de órdago y sería capaz de incoarle un expediente por impericia. Podría inhibirse ante el caso, claro, pero esto significaba reconocer su impotencia y perder dos posibles clientes de La Cazuela Cubana.

Suspirando, se levantó del catre, miró al cielo quemado por la deslumbrante claridad rojiza del atardecer, y reconoció que sí, que se la había jugado con Carles tanto por orgullo profesional como por razones comerciales. Avanzó lentamente hasta el latón y empezó a echarse agua con la mano izquierda, por miedo a que la asquerosa escayola que le cubría la derecha se reblandeciera. ¿Le quedarían bien los dedos cuando le retiraran el yeso? ¿Conservaría aquella rara combinación de sensibilidad de pianista y fuerza bruta que había constituido su orgullo como profesional? Hizo un esfuerzo por olvidar las insoportables interrogantes y volvió a empaparse el pecho, la espalda y la cabeza con agua de mar. Sabía que el frescor que ahora experimentaba era pasajero, que la resolana lo tornaría en tortura al clavarle los brillantes cristales de sal en el pellejo, como ardientes gotas de manteca; pero estaba dispuesto a pagar ese precio con tal de poder recordar con la cabeza fresca su soberbia actuación de aquel día.

«Tengo que actuar como un mago», se dijo, devolviendo la jeringuilla al autoclave ante la mirada agradecida de Carles, que inmediatamente aflojó las mandíbulas. Martínez suspiró entonces, mirando a través del ventanal hacia los amplios jardines del hotel.

—Fíjese en esos cañones —dijo. Carles volvió la cabeza hacia los enormes cañones que el gobierno español había fijado en aquel promontorio a fines del siglo XIX, cuando el hotel ni siquiera existía—. No dispararon nunca.

—No es raro —comentó Carles, muy interesado en aquel tema que le permitía olvidar su obsesión—. Madrid lo hace mal absolutamente todo.

—¡Toma crema catalana! —exclamó Umberto, propinándose otra jubilosa palmada en los muslos.

Usando la técnica elemental de ciertos magos, Martínez aprovechó que Carles seguía mirando hacia otro lado para sacar la tenaza del maletín y esconderla tras la espalda en un santiamén. Umberto se dio cuenta, abrió la boca asombrado, la mantuvo así durante unos segundos, como si se dispusiese a advertir a Carles, y volvió a cerrarla lentamente sin decir ni pío.

—¿Le gusta La Habana? —Martínez le habló a Carles, mientras le dirigía a Umberto una mirada cómplice.

—Desde luego —Carles miraba la ciudad a través del ventanal, evidentemente complacido por el giro imprevisto que había tomado la conversación—. Me recuerda Barcelona.

El momento de la verdad estaba cercano. Martínez hizo rotar la muñeca derecha, que mantenía escondida tras la espalda, sabiendo que ésta era estrecha pero poderosa como la de ciertos boxeadores y que de ella dependía el éxito de la operación.

—Abra la boca —dijo parándose frente a Carles, que volvió la cabeza y lo miró desconsolado y temeroso como un niño—. Es para inspeccionar, a ver si puedo evitarle a la vez extracción y dolor. No voy a hacerle nada.

Carles rellenó el vaso de whisky hasta los topes y bebió sin respirar. Umberto se paró detrás de él y frente a Martínez, que hizo rotar otra vez la muñeca tras la espalda pensando que el exceso de whisky funcionaría en cierto modo como un anestésico. Estaba pendiente del instante en que debía operar, dispuesto a hacerlo con la inteligencia, la velocidad y la precisión de un gato al saltar sobre su presa. Al fin, Carles dejó el vaso vacío sobre la mesita, se decidió a abrir la boca y, exactamente como Martínez había previsto, cerró los ojos. Umberto, que probablemente esperaba una acción instántanea por parte de Martínez, parpadeó como extrañado ante la inmovilidad de las manos de éste, que se limitó a inclinar brevemente el tronco para acercarse a la boca de Carles y comprobar la posición exacta del maldito supernumerario. Entonces, Martínez supo que había llegado el momento de la verdad y sintió una especie de embriaguez, una suerte de determinación intuitiva y dichosa comparable a la lúcida mirada de los músicos ciegos en el momento de dar la nota única; sacó la mano derecha de detrás de la espalda, atenazó directamente el cuello del molar, dio dos golpes de muñeca tan profundamente sabios como los de tumbador al alcanzar el climax de un son, extrajo la pieza limpiamente y la mostró en el aire con la alegría de un cazador.

«¡De pingaaa! ¡Soy un dentista de pinga!», exclamó ahora, elevando los brazos al cielo de Miami como un poseído; de pronto, se miró la mano escayolada y su furiosa alegría se trocó en desaliento al preguntarse si en el futuro podría seguir siendo tan bueno en su oficio como lo había sido en el pasado. Regresó al catre dispuesto a olvidar su desgracia presente y a continuar recreando aquellos cinco minutos de gloria, que ahora le parecieron tan lejanos como la propia Cuba. Se dijo que ya tendría tiempo de sobra para sufrir y se tendió bocabajo a recordar la mezcla de estupefacción e incredulidad que se dibujó en el rostro mofletudo de Carles cuando se decidió a abrir los ojos y descubrió el pequeño molar aprisionado en la punta de la tenaza.

—¡Qué bonita! —exclamó Umberto mirando alelado la pieza, que sangraba brevemente por las raíces—. ¡Pero si es una joya! ¡Ay, doctor, regálemela para ponérmela en la oreja como un arete!

Umberto puso la palma de la mano bajo la tenaza y Martínez dejó caer allí la muela, feliz de poder regalar algo valioso.

—¿Ya? —dijo Carles, como si fuese incapaz de creer que todo había terminado.

—Ya —respondió Martínez con la dignidad de un actor dispuesto a retirarse de escena.

—¿Cuánto le debo, doctor? —Carles sonreía, admirado como un niño ante un mago.

Él cortó un trozo de algodón.

—Nada. En nuestro país la salud pública es gratuita.

Pero no se decidió a poner el algodón sobre la cesura; eso lo acercaría peligrosamente al final y antes tenía que ser capaz de vencer la timidez que había empezado a anudarle la garganta, impidiéndole decidirse a invitar a la parejita a que visitara La Cazuela Cubana. En eso, Carles metió la mano en el bolsillo del short, extrajo una abultada cartera y le alargó cuatro billetes de veinte dólares.

—Tenga.

—De ninguna manera, de ninguna manera —protestó Martínez—. Abra la boca, por favor.

Carles dejó el dinero y la cartera en la mesita, junto a la botella de Whisky, y obedeció la orden.

—Coge los fulas, muchacho —dijo Umberto, zumbón—. No seas bobo.

Martínez introdujo el trozo de algodón sobre la cesura.

—Muerda duro —dijo, y cedió a la tentación de guardarse los dólares en el bolsillo con tal velocidad como si fuesen producto de un robo.

Carles obedeció con una especie de desconcertada seriedad tras la que continuaba dibujándose la sonrisa de agradecimiento, llamó a Umberto con un gesto y le dijo algo al oído una frase incomprensible para Martínez, que estaba devolviendo rápidamente sus andariveles al maletín con la intención de evidenciar que la función había terminado. Necesitaba largarse inmediatamente de allí, huir del sentimiento de autodesprecio que le provocaba haber robado los jaboncitos y cogido los dólares y también de su incapacidad para trocarse en agente comercial y conseguir que un paciente acudiera a La Cazuela.

—Bueno... —murmuró con cierta precipitación—. Esta noche sólo puede tomar sopa o puré; o sea, dieta blanda. Yo me tengo que retirar.

—Un momento, doctor —dijo Umberto, que se había sentado en un brazo del butacón y acariciaba suavemente la mejilla de Carles—, queremos invitarlo a cenar esta noche con nosotros, ¿puede?

—No. O sea, sí; es decir... —Martínez hizo una pausa, abrumado por la confusión—. Vaya que... que esta noche se inaugura el restorán paladar de mi madre y que si quieren... pues ya saben.

Habían querido, claro, pensó, sintiendo que el exceso de sol soportado durante el día le había licuado el cerebro. No tuvo fuerzas para evocar la doble humillación que sufrió aquella noche en La Cazuela ni la insólita aventura en que se vio envuelto después, cuando los músicos secuestraron la lancha de Casablanca, pero experimentó un vértigo insoportable al recordar, sin pretenderlo, el pánico que lo acometió al encontrar al portero en el momento de abandonar el hotel aquella tarde. Sólo cuando estuvo frente al tipo cayó en la cuenta de que las tonterías robadas en el baño de la habitación de Carles estaban en su maletín, se preguntó qué hacer si aquel lacayo le ordenaba que lo abriera, como lo había hecho a la entrada, y descubría, proclamaba y probaba, al entregarlo a la policía económica, que él no era un dentista sino un vulgar ladrón de jaboncitos. El corazón volvió a latirle tan brutalmente al recordar como cuando se detuvo ante aquel sinvergüenza sudando frío, mareado de miedo, con la cabeza a punto de reventar, la mirada vidriosa y la certidumbre de que muy pronto estaría cubierto de ignominia.

—¿Por qué sudas así? —preguntó el portero—. ¿Qué te pasa?

—Tengo mareos. Me siento muy mal.

El tipo le agarró la muñeca y empezó a tomarle el pulso.

—Soy médico —explicó al terminar—. Y tú estás al borde de un soponcio, de un ataque de nervios, como las mujeres de la película. Tienes la mínima en ciento ochenta —Se volvió hacia Paco, que esperaba a la sombra, recostado a una columna, y añadió—: Tu jefe está en candela, trae la ambulancia y llévatelo al hospital.

No fue necesario, pues desde que Martínez se supo liberado la tensión empezó a bajarle y la migraña que le taladraba los sesos cedió su lugar a un agotamiento infinito. Un médico portero, pensó ahora, mandaba carajo. ¿Y acaso él, se dijo, uno de los primeros estomatólogos de su promoción, no estaba a punto de estrenarse como camarero aquella misma noche? Rendido a la evidencia, se pasó la lengua por los labios cuarteados y volvió a darse la vuelta en el catre. ¿Hasta cuándo podría aguantar la sed, la soledad, el hambre y los recuerdos en aquella azotea? ¿Estar allí, semidesnudo y solo, con la cabeza y el pellejo hirviendo, no era muchísimo más insoportable que ser a la vez dentista y camarero? ¿Por qué no se rendía, bajaba a la calle, se presentaba ante un policía y le decía: «Mire mís-

ter, yo soy cubano y quiero volver a Cuba»? Pero, ¿volver
a qué cojones, si en Cuba era considerado un desertor y no
tenía mujer, trabajo, ventilador ni bicicleta? En cambio,
cuando lograra legalizar su situación aquí, en Miami, con-
venciendo a los yankis de que había llegado en balsa, recibiría de inmediato permiso de residencia y trabajo, podría
prepararse para revalidar el título, abrir la Gran Clínica
Estomatológica Marti, comprarse una casa con piscina, un
carro, traer a su madre, a Stalina y a su sobrina Carmencita y matar de envidia a la puta de Idalys y al cabrón de
Jesús. Sólo tenía que aguantar seis días más. Sí, era verdad
que su piel hervía y que la picazón bajo la escayola amenazaba con volverlo loco, pero después de todo su sacrificio era minúsculo si se le comparaba con el que le hubiese
deparado el pasar trece meses como un piojo pegado a su
hermano, o en un refugio administrado por religiosos, o
con la tragedia de los balseros. Estar en la azotea lo jodería
mucho, pero al menos no estaba corriendo el riesgo de
morir ahogado o de que los tiburones lo devorasen; sabía
perfectamente que jamás hubiera tenido el coraje de lanzarse al océano montado en un neumático o en unos ma-
deros. Mejor pasar una semana en aquella azotea que tres
días en el estrecho de la Florida arrostrando la fuerza brutal de la Corriente del Golfo; mucho mejor insolarse ahora
y reaparecer después sobre cuatro tablas en las costas de
Cayo Hueso, quemado, deshidratado y hambriento como
todo un balsero a quien los yankis aceptarían automáticamente; muchísimo mejor darse el gustazo de engañarlos
como antes había engañado a Fidel Castro. Pero la feroz
exaltación que lo invadía duró poco; al considerar cuánto
esfuerzo le quedaba por delante el cansancio volvió a
aplastarlo, los párpados, inflamados por el exceso de calor, se le cerraron, y empezó a sentir que se iba precipi-
tando irremisiblemente hacia el fondo de una cavidad tan
oscura como la boca de la paciente abandonada.

JUEVES 23

Una violentísima ola golpeó el estribor de la lancha, escorándola, y el timonel empezó a gritarle al pasaje que viniera hacia él y se agarrara a la borda para equilibrar la embarcación o todos se iban a ir al carajo en un dos por tres. Martínez tomó a Fredesvinda por el manubrio e intentó obedecer, pero el suelo de la lancha estaba cubierto de limo y la bicicleta pesaba tanto que le impedía avanzar. Los restantes pasajeros formaron una cuerda para afrontar juntos los golpes de agua y viento y consiguieron empezar a moverse poco a poco. Martínez le tendió al último la mano escayolada; cuando se la agarraron experimentó un dolor tan intenso en los dedos rotos que se soltó en medio de un aullido, cayendo contra la borda de babor como un saco de papas. Entonces sintió que la embarcación iba a hundirse por su culpa, abandonó a Fredesvinda con la intención de soltar lastre e hizo un esfuerzo por ascender y equilibrar la lancha, que ahora estaba tan cuesta arriba como una montaña pese a que los otros pasajeros habían alcanzado la borda de estribor, desde donde le exigían a grito pelado que se les uniera.

A través de las ráfagas de agua pudo ver los rostros de-sesperados de los jóvenes músicos que habían estado ani-mando el viaje hasta que la lancha fue sorprendida por el huracán. Junto a ellos lloraba la embarazada, que había conseguido llegar a la borda pese al peso de su enorme barriga. Aquella mujer iba a romper aguas en medio del ciclón y él tenía el deber de acercársele, equilibrar la lan-cha y ayudarla a parir; se dijo gritándole que lo esperara, que ya iba. Apretó los dientes y consiguió avanzar un par de pasos contra las brutales ráfagas de viento, pero una ola lo golpeó en el pecho zarandeándolo como a un pelele hasta tirarlo al suelo. Se incorporó escupiendo agua, con el cuerpo adolorido por el trechonazo, a tiempo para ver levantarse un nuevo golpe de mar que cayó sobre la lan-cha con estrépito y se retiró de pronto, succionando a la cuerda de pasajeros y llevándoselos al fondo en un dos por tres, como había previsto el timonel. «¡Ayúdame, Ye-maya!» exclamó él entonces, espantado ante el horror que había visto en los ojos de los náufragos, «¡Sálvame diosa!».

Un intensísimo fulgor rasgó las tinieblas y Martínez cayó posternado. Ante su mirada atónita, Yemayá emergió desde el fondo del mar y se detuvo en el aire, sobre la lan-cha, nimbada por un halo de luz. «¡Mi amor!», exclamó él al comprobar lo que había intuido en un golpe de pasión. Yemayá tenía la cara, el cuerpo y la mirada de Idalys. Elevó los brazos hacia ella y dijo: «¡Mi santa!», temblando de alegría. Pero la diosa se mantuvo inmóvil, lejana, inal-canzable, pese a que el viento había vuelto a rugir y el mar a levantarse en un golpe voraz que volteó la lancha y lo arrastró al abismo mientras Idalys sonreía complacida y él sentía que la humillación del abandono se sumaba al horror del naufragio. «¡Mi amor, no me dejes!», exclamó inutilmente, sabiendo que su diosa lo había abandonado y que con llamarla no conseguiría más que tragar agua y hundirse para siempre en unas tinieblas tan luminosas como la negra luz del infierno.

Despertó gritando juramentos de amor, manoteando contra el horror de la pesadilla, con la barba empapada en llanto. Y aún cuando cobró conciencia de que estaba todavía en la azotea muerto de miedo, de hambre, de soledad y de sed, le dio gracias a Dios por seguir vivo. Se sentó en el catre para evitar que el sol continuara hiriéndole las pupilas mientras comprendía que el oscuro fulgor adivinado en sueños no era otra cosa que la transposición de aquella cegadora luz que ya lo achicharraba. Se dirigió lentamente hacia el tubo de desagüe y empezó a orinar diciéndose que no debía seguir obsesionado con el recuerdo de Idalys si no quería volverse loco. Se dijo que la borraría de su vida como ella lo había borrado a él, y se preguntó cuándo lo asaltaría la necesidad de bajar al baño, asociando conscientemente a Idalys con la mierda. Hoy no, sin duda; por suerte, su vientre estaba tan vacío y tranquilo como llena y desesperada estaba su cabeza. Aquella calma en su barriga no era rara, desde pequeño su madre lo había habituado a hacer sus necesidades exclusivamente en el inodoro de su casa, de modo que para él viajar y estreñirse eran sinónimos. Se felicitó por ello mientras se dirigía al tanque de las abluciones; no le hacía la menor gracia bajar al baño clandestinamente, como un apestado. Aunque tendría que hacerlo alguna vez, sin duda, y entonces aprovecharía para violar las reglas establecidas por Lenin, robar comida y beberse de un tirón diez litros de agua, porque el hambre y la sed lo estaban matando. Cuando se inclinó ante el tanque y vio su lamentable imagen reflejada en la turbia superficie del agua volvió a sentir la insoportable pulsión del suicidio. De buena gana se hundiría allí para no salir jamás, había tanta salación en su vida como en aquella superficie en la que ahora metía la cabeza.

La sacó veinte segundos después y empezó a acopiar agua en el cuenco de la mano izquierda y a empaparse el tronco y las piernas para cumplir con otra de las exigencias de Lenin, achicharrase, como alguien que ha pasado varios días en alta mar. El frescor lo reconcilió brevemente con su situación y empezó a balancearse sobre sí mismo imaginando que las losetas rojas del piso de la azotea se movían como el mar. Muy pronto estuvo tan mareado de hambre que fue a tenderse en el catre con la decisión de recordar la comida de La Cazuela Cubana. Rosa, su madre, era una verdadera reina del fogón, que a partir de los suministros aportados por Stalina preparó un verdadero banquete para los clientes y también, al menos en aquella primera noche, para ellos mismos. ¿De dónde habría sacado su hermana los dólares para comprar carnes, pescados, aceites, verduras y viandas? «Vive la intriga, pero no indagues», le había dicho Stalina, dejándolo con la secreta certeza que volvía a acosarlo ahora, en la azotea: que su hermanita del alma se había acostado por dinero con algún turista, como una puta. Stalina era buena hembra, lo había sido desde que se hizo mujer, a los quince años, y ahora, a los treinta, estaba estupenda, apetecible como un mango en sazón. Cualquiera pagaría por llevarla a la cama, incluso él mismo había soñado con hacerlo alguna vez. Además, era caliente y cabezona, no en balde había quedado embarazada sin casarse y se había siempre negado a revelar quién era el padre de la criatura.

Martínez la había defendido entonces contra las iras de su madre, pero ahora, en la azotea, se dijo que ejercer la libertad era una cosa y meterse a puta otra completamente distinta. Entonces, ¿por qué no presionó a Stalina hasta obligarla a confesar la verdad y a devolver los dólares? ¿Por qué aceptó tanto las viandas como el no indagues e incluso le mintió a su madre sobre el origen de aquella

mercancía? «Yo también soy puto», se dijo. Por lo menos
Stalina no era una jinetera del montón, lo había hecho para
conseguir la plata que les permitiría echar a andar el restorán y vivir como personas. ¡Ah, qué bien había empezado
La Cazuela Cubana! La casa de sus padres era grande, tenía un buen comedor y estaba bastante bien conservada,
pese al deterioro general de la ciudad; su madre había conseguido tres mesas medianas, dispuesto los manteles de
hilo, la vajilla de porcelana y la cubertería de plata que
guardaba como talismanes desde su boda, e invitado al
trío formado por sus primos Pancho, Jacinto y José a cantar viejos sones para solaz de los turistas. De modo que La
Cazuela era un sueño la noche en que se rubricaría la desgracia de Martínez. Cuando Carles y Umberto entraron al
salón, el trío Los Ancianos atacó *Bodas negras,* una canción
que resultaba cómica de tan truculenta, y él, vestido con
un vulgar pantalón gris y una vieja camisa de cuello blanca
que perteneció a su padre y que su madre había rescatado,
lavado y planchado para la ocasión, se estrenó como camarero, explicándoles la carta al catalán y a su pareja.

Los tostones, les dijo, eran rodajas de plátano macho
que se sofreían, se envolvían en papel de estraza, y a los que
se les propinaba un puñetazo antes de freírlos definitivamente; así había que comerlos, recién fritos, quemantes,
crujientes, crocantes como galletas del paraíso. El ajiaco
era una maravilla que Cuba le debía a los esclavos africa-
nos, un caldo espeso que revivía un muerto, suave y cre-
moso, especialmente recomendado para quienes, como el
propio Carles, se habían sacado recientemente una muela;
más que sopa y menos que puré, el ajiaco contenía todas
las viandas de la isla —yuca, ñame, boniato, calabaza, plátano fruta, plátano burro y plátano macho, papas y quim-
bombó—, cocidas a fuego lento, juntas, revueltas y sin embargo distintas como los negros, los blancos y los chinos
de Cuba. La costumbre de mezclar era característica de la

cocina cubana; ese era también el caso, por ejemplo, de los moros y cristianos, un modo de cocinar juntos, en manteca de cerdo, el arroz blanco y los frijoles negros; si, como era el caso, estos últimos habían pasado una noche al fresco, entonces se les llamaba frijoles dormidos; el resultado era una mezcla que, otra vez como la unión de las razas más comunes de la isla, daba un plato exquisito y mulato, en el que el arroz blanco, desgranado, tendía a separarse mientras que los frijoles negros, pastosos, tendían a juntarse y aquello quedaba de quiero y no puedo, como la propia Cuba. Luego tenían puerco en púa, que su propia madre había asado aquella tarde en el jardín con palos de guayaba, lo que le daba a la carne y al pellejo del cerdo el sabor profundo de los árboles de la isla. De postre podían ofrecerle pulpa de tamarindo, la lengua azucarada de una fruta de color carne y sabor agridulce como amor de mulata. Para beber, otras mezclas, la primera, hecha simplemente de ron, hielo y cocacola, se llamaba cubalibre; la segunda se conocía como mojito y se obtenía mezclando ron, agua, azúcar, limoncito criollo, un fruto chiquitico, verde oscuro, que producía un jugo inigualable por su potencia, imposible de obtener en Europa, y finalmente yerbabuena, que le añadía a aquel trago el perfume único de la noche cubana.

Martínez había ensayado aquel discurso durante toda la tarde y se sintió orgulloso pronunciándolo hasta que mencionó el amor de mulata; entonces pensó en su mujer y experimentó un relente amargo, como si la expresión le hubiese hecho prever el comportamiento de Idalys. En ese momento Carles preguntó si no tenían pollo, pescado o marisco, y Martínez se sintió violentado y olvidó momentáneamente sus aprehensiones.

—Aquí hay lo que hay —dijo.

—Bueno, pues, tráigalo, doctor... —Carles hizo silencio como si hubiese dicho algo especialmente inadecuado; de

pronto, añadió—: Perdone si soy indiscreto, pero, ¿cómo
es que un profesional tan bueno como usted trabaja de camarero en este restorancito?

—Porque aquí gana en dólares, muchacho —explicó
Umberto, y le dirigió a Martínez una mirada cómplice—.
Estos turistas no entienden nada.

Martínez forzó una sonrisa, hizo una venia y se dirigió
a la cocina cabizbajo, molesto porque Carles hubiese llamado restorancito a La Cazuela, pero pensando que el tipo
tenía razón en no entender qué coño hacía él allí, de camarero, en lugar de estar donde debía; en el curso nocturno
sobre aplicaciones de tecnología láser a la cirugía maxilofacial que estaba impartiendo la doctora Bárbara Cifuentes, por ejemplo. Pensó también que aquella ausencia no
era nada si se la comparaba con el hecho escandaloso de
que su hermana, que era además doctora en pedagogía,
hubiese puteado para conseguir la plata con que abrieron
aquel paladar en el que la familia cifraba su esperanza.
Pero en cuanto entró a la cocina y vio a su madre y a su
hermana afanadas en el trabajo se dijo que Carles y sus in-
comprensiones podían irse al mismísimo carajo. La Cazuela Cubana les facilitaría dólares para vivir como personas y eso era más que suficiente. A él le tocaba sonreír,
como buen camarero.

¡Qué olor había en aquella cocina, dios mío!, pensó
ahora, mientras se encaminaba hacia el oeste de la empalizada, donde permaneció mirando los carros que circulaban como balas por el *expressway*. ¿Sería capaz alguna vez
de manejar a aquella velocidad endiablada, de orientarse
en medio de la telaraña de viaductos y pasos a nivel, y sobre todo de entenderse al fin con su odiado, queridísimo
hermano? Cayó en la cuenta de que se estaba perdiendo
en sus propias interrogaciones, confundiéndose en un laberinto de dudas de distinto orden, pero no pudo evitar
preguntarse qué diría Lenin si se enteraba de que Stalina

se había ido a la cama con un extranjero a cambio de dinero. En el pasado se habían querido mucho aquellos dos; Lenin, el mayor, siempre había protegido y celado a Stalina, la más pequeña. Durante años fueron una familia unida, apasionadamente revolucionaria, pero Lenin rompió la piña al colarse en la embajada del Perú y venirse a Miami por el puente de Mariel.

Habían pasado muchos años desde que Martínez y Stalina quemaron la carta que Lenin envió desde Estados Unidos, le ocultaron a su madre que el hijo mayor le había escrito y juraron solemnemente que en lo adelante sólo serían dos hermanos, que Rosa y Esteban sólo habían tenido dos hijos, dos revolucionarios. La memoria de aquella decisión, que ahora le parecía un crimen, llevó a Martínez a patear brutalmente la empalizada, como si los golpes pudieran ayudarlo a exorcizar el recuerdo de la salvaje alegría que sintió entonces, cuando creyó que al fin había conseguido matar a Lenin. Desde aquel momento se sintió liberado del peso del hermano mayor que solía torturarlo cuando eran jóvenes, explicándole detalladamente que Lenin había sido el verdadero jefe y guía de la Revolución de Octubre, mientras que Stalin nunca fue otra cosa que un mediocre, un advenedizo, un truhán y un asesino. Sí, su hermano parecía capaz de lograrlo todo en la vida, incluso hacerse abogado, dirigente del Partido y director general en el ministerio de Justicia, lo que le permitió obtener un apartamento en el Vedado y que le asignaran carro con chófer, mientras que él, Stalin, tuvo que conformarse con mudarse a la casucha de Idalys en Casablanca y andar en bicicleta, puesto que apenas había llegado a ser un simple dentista, un mediocre miembro del Comité de Defensa de la Revolución de su cuadra. Probablemente por eso obligó a Stalina a continuar respetando el viejo juramento; para ellos, Lenin había muerto en el momento en que traicionó a la revolución y abandonó la patria.

Escupió por sobre la empalizada, como si con la saliva pudiera expulsar la arrasadora sensación de culpa y nostalgia que amenazaba con volverlo loco; se pasó la lengua por los labios cuarteados y regresó al catre temblando, con la impresión de que no podía mantenerse en pie. El sol estaba a punto de llegar al cenit, pronto terminaría poniéndole el pellejo tan achicharrado como el del puerco en púa que Stalina estaba destazando aquella noche, cuando él entró a la cocina coreando en voz baja a Los Ancianos en el final de *Bodas negras:* «Llevó la novia al tálamo mullido/ se acostó junto a ella enamorado/ y para siempre se quedó dormido/ al esqueleto rígido abrazado.»

—Que canción más horrible, dile a tus tíos que canten otra cosa —observó su madre, que sofreía una tanda de tostones, y añadió—: ¿Quiénes son ese par de pájaros?

Él la evocó con fuerza, hizo una pantalla con la mano para evitar la luz que le achicharraba las pupilas, y le pidió al cielo que la trajera a su lado. Su madre sabría aliviarle el sol, la sed, el hambre, la soledad y la culpa, como había sabido aliviarle la bronquitis asmática, el miedo al vacío y las terribles pesadillas que lo atormentaron durante la infancia. Ella, la vieja Rosa, que siempre lo prefirió a Lenin y a Stalina porque sabía que él no era el único varón ni la única hembra ni el mayor ni el más pequeño sino sólo el del medio, el más débil e indefenso; ella, que había creído en la revolución como nadie, enterrado a su marido, perdido un hijo en el exilio y soportado sin chistar las inclemencias del socialismo; ella, que pese a sus setenta años era capaz de trabajar de la mañana a la noche, refunfuñando, pero sin dar ni pedir tregua, era el único ser en este mundo que podía salvarlo.

—Di, ¿quiénes son? —insistió Rosa, mientras depositaba los tostones sofritos sobre el papel de estraza que estaba en la encimera.

Martínez la miró detenidamente antes de responder; tenía el pelo totalmente blanco y estaba flaca y chupada como una pasita, ¿de dónde sacaría tanta fuerza?

—Clientes, mamá.

—¡Clientes ñinga! —exclamó Rosa pegándole un sonoro puñetazo a un tostón—. ¡Maricones! ¡Y no me gusta tener maricones en mi casa!

—Ay, mamá —intervino Stalina, conciliadora—, si la que acaba de entrar ahorita con un italiano es puta, se ve a la legua.

Martínez se volvió hacia su hermana, que había empezado a picar cebollas sobre una mesita, pensando que aquella justificación de la putería la acusaba.

—¡No es lo mismo! —exclamó Rosa al tiempo que pegaba un nuevo puñetazo— ¡O sí! ¡O no sé! ¡Pero si tu padre viera esto se volvía a morir!

—Cálmate, mamá —concilió él con la intención de cambiar de tema y olvidar la culpa de Stalina—. Son los tiempos, tienen dólares.

Rosa, que se disponía a golpear un nuevo tostón, se volvió hacia él con el puño en alto.

—¡Mira, Stalinito...!

—No le digas así, mamá —dijo suavemente Stalina, que lloraba debido al picor de las cebollas—, tú sabes que no le gusta.

Carmencita, la hija de Stalina, entró atraída por los gritos, con el dedo en la boca, y se recostó a la puerta del patio de servicio mirando a su abuela, que seguía hecha un basilisco.

—¡Yo les digo a mis hijos como su padre les puso! ¡Al que está en Miami, Lenin, a ti Stalina, y a este Stalin!

Martínez sintió una punzada en la boca del estómago al recordar aquel episodio y decirse que si lograba salir bien de la aventura en que estaba metido y establecerse legalmente en Miami se cambiaría el nombre, pese a ser consciente de que su madre jamás le perdonaría aquella decisión. Ya lo había intentado una vez, en Cuba, con la ayuda de un abogado amigo, que le preguntó cómo quería llamarse. Martínez sintió que se erizaba al evocar la emoción que experimentó entonces, cuando descubrió que un cambio de nombre iba mucho más allá de una azarosa recombinación de letras, que en el fondo implicaba renacer. Después de pensarlo mucho decidió llamarse Elvis, pero cuando su amigo, el abogado, le explicó que el próximo paso para cambiar de nombre consistía en acusar a sus padres de «error mayor» no se atrevió a hacerlo, y a su pesar siguió llamándose Stalin, como le había recordado su madre inmediatamente antes de echar en la sartén una tanda de tostones que hicieron chisporretear el aceite.

—¡Y no me gusta que haya maricones ni putas en mi casa! —sentenció Rosa cogiendo la sartén por el mango y agitándola en el aire.

—¿Qué quiere decir putas y maricones? —preguntó Carmencita, sin abandonar su sitio junto a la puerta.

Stalina dio un salto, como si se hubiese quemado con el aceite hirviente, y se dirigió a Rosa.

—¿No ves lo que consigues? —entonces se volvió hacia su hija—. Quiere decir... turistas, mi amor.

La niña repitió la expresión en voz baja, como si estuviera grabándola.

—¿Puedo ponerle el sonido a la tele? —dijo de pronto, decidida a marcharse.

—No, mi amor —respondió Stalina, haciendo acopio de paciencia—. Ya te expliqué, desde hoy esta casa es una paladar. No puedes cantar ni ponerle el sonido a la tele porque molestas a los turistas.

—¿A las putas y a los maricones?

Martínez había soltado la carcajada entonces y volvió a hacerlo ahora, al recordar la ingenuidad de su sobrina, una niña flaca, muy alta para sus cinco años, inquieta, inteligente y pícara como la pimienta, a quien él quería y mimaba como a la hija que no había tenido porque Idalys estaba decidida a no parir con tal de conservar su cuerpo de bailarina. De pronto, cayó en la cuenta de que si conseguía quedarse en Miami no volvería a ver a Carmencita y los ojos se le nublaron como entonces, cuando el escozor que le provocaban las cebollas recién picadas por Stalina había terminado por hacerlo llorar.

—¡Eso mismo, linda! ¡Putas y maricones! —exclamó Rosa agitando los tostones en la sartén y pasándolos a un plato hondo que alargó a Martínez—. Valga que tienen dólares, que si no...

Él recibió el plato dispuesto a servir como un profesional, con mucho estilo. En el salón comedor sintió que las cosas marchaban, aunque sin duda era un crimen que el estado sólo autorizara a los restoranes privados a operar con doce sillas y que les prohibiera contratar empleados que no fueran miembros de la familia, porque en La Cazuela Cubana tenían espacio, deseos y coraje para montar un negocio mucho más grande. Pero en todo caso era absolutamente preferible atenerse a aquella ley, por absurda que fuera, y no tocarle los huevos al gobierno, que si se encabronaba podía barrerlos de un sólo manotazo. Sí, se dijo ahora, paseando la vista por la triste empalizada, las cosas parecían ir bien aquella noche en que iba a desatarse su desgracia. Cuatro de las doce sillas ya estaban ocupadas pese a que Idalys no había llegado con los turistas que había prometido traer, el trío Los Ancianos estaba cantando *Flores negras*, y él se dirigió con los tostones hacia la mesa de Carles y Umberto, que parecían haber entrado en una especie de pozo de tristeza.

—Sería una locura, Carles —dijo Umberto, elegantísimo en su ropa de seda negra, que daba la impresión de prolongar el brillo de su piel—. No te puedes mudar para

Cuba. Tienes que pensar en tu esposa, en tus hijos, en tus negocios.

Martínez dejó los tostones sobre la mesa, y se retiró en silencio pensando que un camarero no tenía la posibilidad de ser chismoso porque jamás podía escuchar un cuento completo. Se dirigía hacia la mesa del italiano y la jinetera diciéndose que el caso de un dentista era mucho peor, pues en el sillón la gente apenas hablaba, aterrada ante la visión de jeringuillas, tenazas y fresadoras, cuando descubrió a Idalys en la puerta de entrada en compañía de una pareja extranjera y de Jesús, el taxista. En ese momento el engaño ya estaba consumado, pero Martínez sólo tenía dudas que no confirmaría hasta que se consumara también la traición, y se dirigió al encuentro de Idalys y sus amigos mesándose la barba, dispuesto a recibirlos con el saludo ritual que se había inventado para caracterizar el negocio.

—Bienvenidos a La Cazuela Cubana.

Idalys sonrió complacida; llevaba un vestido color punzó, con la falda muy corta para resaltar las piernas y el escote muy abierto que dejaba entrever el nacimiento de las tetas.

—Mi esposo, el doctor Martínez —dijo, dándole un breve besito en la mejilla—. Juan, Mariana y Jesús, unos amigos.

—Encantado —mintió él, y fue estrechando sucesivamente las manos de los clientes—. Por aquí, por favor.

Los guió hacia la mesa y los invitó a sentarse mientras medía a Jesús, su rival. Era más joven, más alto, más fuerte que él; pero también más basto. Comparado con cualquiera de los otros clientes masculinos de La Cazuela —incluso con Umberto, que con su elegancia de seda parecía algo así como un negro italiano—, se notaba a la legua que Jesús era cubano y taxista; llevaba motas de pelo sobre las orejas y un insultante cadenón de oro con la virgen de la Caridad del Cobre repujada en el centro.

¿Cómo coño había podido Idalys ligarse con un tipo así?, se preguntó paseando la vista por las losetas rojas del suelo de la azotea, tan sucias como sus recuerdos. Se dio la vuelta y se miró el pecho y los brazos, que gracias a los remojones de agua salada habían ido cobrando un tostado playero, falsamente saludable, irónicamente atractivo. ¡Ah, si hubiera podido exhibir una piel así quizá Idalys no lo hubiese traicionado! Pero, ¿cómo hubiera podido lograr aquel tono turístico bajo la luz artificial del gabinete de dentista? ¿Cómo, si nunca iba a la playa porque no había transporte? Y en todo caso, ¿quién le garantizaba que Idalys...? Nadie. Nadie podía garantizarle absolutamente nada, pensó evocando la calma que exhibía la muy cabrona aquella noche ante su amante y su marido.

—¿Puedes venir un segundo? —le preguntó.

—Sí, claro —dijo ella, y dirigiéndose a sus acompañantes—: Vuelvo enseguida.

Martínez echó a caminar sin saber adónde dirigirse. No podía permanecer en el salón a la vista de todos ni ir a la cocina a discutir delante de su madre, que nunca había aceptado a Idalys, así que se detuvo en el zaguancito situado frente al baño. En eso, el trío Los Ancianos empezó *Lágrimas negras*. Atacado de pronto por una furiosa picazón bajo la escayola, Martínez se sentó en el catre, introdujo el índice bajo el yeso y empezó a rascarse mientras recordaba que todas las canciones que tocaron Los Ancianos aquella noche —*Bodas negras, Flores negras* y *Lágrimas negras*— habían sido del color que el destino le tenía reservado.

—¿Por qué lo trajiste?

—¿A quién? —preguntó Idalys con tal ingenuidad que él se sintió doblemente insultado.

—No te hagas la boba —dijo mordiendo las palabras para no gritarlas—. A tu amiguito.

Ella intentó escaquearse, restándole importancia al asunto.

—Fue él quien nos trajo a nosotros. Acuérdate que es taxista.

—Particular tuyo, claro —precisó él, cortándole la retirada.

Entonces Idalys levantó la cabeza y decidió atacar.

—Mira, Stalin...

Martínez sintió que le había hincado una banderilla en la cerviz, como siempre que deseaba ponerlo en desventaja y sacarlo de quicio, e intentó dominarse, pero no fue capaz y la interrumpió, consciente de que estaba cayendo en la trampa de echar un pulso.

—¡No me digas Stalin, tú sabes que no me gusta!

—¡Y a mí tampoco me gustan tus numeritos de espanto en público, Stalin!

Ella había subido la voz, y aunque Martínez alcanzó a entrever que La Cazuela era el peor sitio y la noche inaugural el peor momento del mundo para pelearse con Idalys, no fue capaz de dominar su ira.

—¡No soporto que me digas Stalin!

—¡Y yo no soporto tus celos, así que estamos a ventinueve iguales!

Quedaron frente a frente. Ella le clavó la vista con tanta determinación que él empezó a bizquear, se supo incapaz de seguir sosteniéndole el pulso y bajó la cabeza. Ella captó el mensaje, pero tuvo la canallesca delicadeza de no cantar victoria todavía; extrajo un paquete de Camel del bolso de lamé y se tomó su tiempo para encender un cigarrillo y permitir que la tensión descendiera.

—De contra que le traigo clientes a tu madre —dijo entonces, poniéndose en plan víctima.

¿Cuántas veces habían discutido así?, se preguntó Martínez resoplando; se levantó del catre y fue a mojarse la cabeza a ver si lograba aliviarse del endiablado encabronamiento que le provocaba la memoria de aquellas incontables broncas que siempre, siempre, siempre había perdido. Y lo peor, pensó llenándose los pulmones antes de hundir la cabeza en el tanque, era que siempre, siempre, siempre ella se las ingeniaba para enredarlo en una nueva trampa. Aquella vez, por ejemplo, había representado el papel de víctima de modo tan convincente que él se sintió culpable.

—Perdóname —dijo atrayéndola hacia sí—. Te quiero tanto que...

En eso Carles salió del baño y se detuvo ante ellos tosiendo discretamente.

—¿Me permite, doctor?

—Claro; no faltaba más —respondió él separándose inmediatamente de Idalys e inclinándose ante Carles—. Pase, por favor, pase.

¿Por qué, a ver, por qué se había inclinado como un sirviente?, se preguntó al sacar la cabeza del agua, que había empezado a oler vagamente a herrumbre. Porque lo era, qué carajo, pensó al exhalar el aire con un ruido rabioso. Esa condición despreciable, ¿habría determinado el que Idalys lo abandonara? No, claro que no, por supuesto que no; ¿habría acaso algún trabajo en este mundo más dependiente que el de taxista? Pues eso era Jesús durante todo el tiempo, mientras que él, Martínez, por lo menos era dentista de día y camarero de noche.

—Tengo que volver a la mesa —explicó ella una vez que Carles hubo pasado—. ¿Te despierto cuando llegue?

—Pero, ¿cómo? —preguntó él sin dar crédito a lo que había escuchado—. ¿No te vas conmigo?

—No puedo, hoy hago el segundo show —dijo ella, y regresó al salón comedor

Él permaneció inmóvil en el zaguancito, con la convicción de que ella había cerrado otra vuelta de tuerca sobre su cogote y de que estaba dispuesta a acostarse con Jesús antes de regresar a la casa. Dos minutos después vio venir a Stalina echando chispas, pero no fue capaz de relacionar la suprema indignación de su hermana con el hecho de que él, único camarero de La Cazuela, hubiese orquestado una bronca y continuase parado allí, como un imbécil, sin imaginar siquiera que algunos clientes habían ido a quejarse a la cocina. Cuando Stalina lo llamó estúpido y tarrudo se sintió tan humillado como volvió a estarlo ahora, al dejarse caer en el catre disfrutando el morboso sufrimiento de evocar el tumbaito conque el trío Los Ancianos alargaba el final de *Lágrimas negras:* «Un jardinero de amor/ Siembra una flor y se va/ Viene otro y la cultiva/ ¿De cuál de los dos será?»

Del taxista, desde luego, pensó mientras sentía que los párpados se le iban cerrando, y que no podía ni quería mantenerlos abiertos pese a ser consciente de que se estaba deslizando en el espantoso vacío de una pesadilla solar. Durante unos segundos supo que aquella infinita planicie que lo rodeaba no era real, que aún yacía sobre el catre, en la azotea, pero poco a poco el peso de ambas sensaciones se fue invirtiendo a favor del sueño, y llegó a convencerse de que efectivamente estaba en un infierno semejante al que había visto alguna vez en una película que tenía lugar después de la guerra atómica. Allí yacía en un catre absurdamente situado en pleno cruce de dos avenidas, en medio de una gran ciudad poblada por arañas y alacranes. Soñó que si no escapaba terminaría disolviéndose en sed y sudores, y empezó a consumirse en el esfuerzo de huir de los ponzoñosos arácnidos y cruzar a rastras el inmenso desierto cegador que rodeaba la ciudad, cubierto de dunas por las que debía ascender hasta cimas de fuego sólo para rodar después por una suerte de precipicio en cuyo fondo se reiniciaba la planicie bloqueada por el extraño muro que formaban gigantescos rascacielos sin ventanas ni puertas. Había llegado abajo por enésima vez y se disponía a subir de nuevo inútilmente cuando escuchó una frase incomprensible, dicha desde lo alto por una voz cantarina como la de un pájaro. Es un milagro, pensó al sentir que aquella voz lo estaba salvando de la muerte, aligerándolo como una bocanada de aire fresco, y se ratificó en la ilusión cuando percibió un perfume dulce y a la vez ligeramente amargo como el de una almendra, que se impuso decididamente por sobre su propio olor rancio.

—*Hello* —susurró entonces la bendita voz.

Pese a haber recibido clases de inglés en la escuela primaria, Martínez no hablaba dicha lengua. Aquellos remotos rudimentos, sin embargo, le fueron suficientes para entender que lo habían saludado y ese simple detalle lo hizo experimentar una felicidad inefable. Sonrió al percibir una caricia en el hombro, algo tan leve como el roce del ala de una mariposa, y se atrevió a abrir los ojos con la ilusión de comprobar el milagro.

Por entre el velo del sueño y el hambre alcanzó a ver a una joven de la que emanaba un aura limpia y clara. Llevaba una cesta de paja en la mano derecha, como en los cuentos, y como en ellos tenía los dientes blancos, parejos, más bien pequeños, el pelo largo, tan negro como las noches sin electricidad en La Habana, y los ojos verdes como la esperanza de haber despertado en otra dimensión que sacudió a Martínez y lo hizo sentarse torpemente en el catre.

—*I'm Miriam.*

—Martínez.

—*Great!* —Miriam se sentó en el suelo con las piernas entrecruzadas, sin reparar siquiera en que el ajustado pantalón de mezclilla podía ensuciársele, y puso la cesta sobre los muslos—. *How are you?*

Él entendió tan rápidamente aquel ¿cómo estás? que alcanzó a preguntarse si en verdad habría despertado en otra dimensión sabiendo inglés. O quizá había muerto, sus buenas acciones le habían hecho merecer el paraíso y en aquellos parajes se hablaba inglés de manera natural, como en el cine. Pero no, pese al entusiasmo que le provocaba la sorpresiva e inexplicable presencia de Miriam seguía muerto de hambre, abrasado por la sed y el sol, encerrado tras la empalizada de la maldita azotea de Miami. No necesitó mirarse siquiera para sentir que la vergüenza lo abrumaba. Gracias a la genial idea de su hermano se había despojado del saco y la corbata, dejándolos en la casa, tenía la camisa hecha jirones y las perneras del pantalón desgarradas de manera desigual —la izquierda por debajo de la rodilla, la derecha a medio muslo— con lo que sus pantorrillas flacas y peludas quedaban al aire. La sensación de ridículo se le hizo aún más insoportable cuando la vergüenza le obligó a bajar la cabeza. Sus calcetines, que alguna vez habían sido grises, con buen elástico, ahora caían fláccidos, tan negros de churre como los zapatos chaplinescos. Para rematar conservaba la mano derecha aprisionada por aquella escayola asquerosa. Debía parecer un pordiosero o algo peor aún, un espantapájaros. Miriam, en cambio, era como una avecilla tan amistosa que evidentemente no le había cogido miedo ni asco.

—Ai am okey —Se decidió a responder, esforzándose por hacerlo lentamente, amablemente, como el bueno de una película de caoboys al hablarle a una blanca.

—Tener sed, right? —preguntó ella.

Automáticamente, él se pasó la lengua por los labios cuarteados. Sentía tanta sed como cuando soñaba, pero no podía olvidar que entre los principales deberes que debía cumplir en aquella azotea estaba el de deshidratarse.

—Ies —dijo hurgando en sus recuerdos, de donde sacó palabras sueltas, como un párvulo—, pero ai kan´t... —Hizo una pausa, incapaz de recordar cómo se decía beber, y decidió terminar de cualquier modo—: Agua nou.

Ella se echó a reír, Martínez cayó en la cuenta de que en todo caso allí el indio era él y sintió un intenso fogaje en el rostro.

—*Oh, you are so sweet* —dijo ella de pronto.

Las remotas lecciones de inglés habían dejado en la mente de Martínez una especie de poso de donde extrajo que *sweet* quería decir dulce y *You're* Tú eres. Sonrió, agradecido como un perro, y Miriam extrajo un termo de la cesta y vertió un dedal de líquido en la tapa que también hacía las veces de recipiente.

—*Tea* —dijo.

Él abrió la boca como un pájarito. Ella le humedeció los labios levemente y él suspiró al sentir que aquel bendito frescor seguía reconciliándolo con el mundo.

—Más.

Ella rellenó el jarro antes de tendérselo. Como tenía la mano derecha escayolada él lo tomó con la izquierda y lo retuvo unos instantes, disfrutando la certeza de que al fin podría saciar la sed; de pronto, lo vació de un trago.

—*What's wrong with your hand?*

Jand, pensó él, con el pálpito de que aquella palabra le decía algo, e inesperadamente la letra de una canción que alguna vez había bailado bis a bis con Idalys acudió a su memoria, «Put yur jand in mai shoulder». ¡Mano!, exclamó para sí, y le mostró a Miriam las sucias falanges que apenas sobresalían de la escayola.

—Dedous rotous.

—*What?*

Ella bizqueaba con la intensidad de un personaje de dibujos animados. Hurgando en la memoria, él recordó otra canción, un viejo latiguillo infantil que ayudaba a contar en inglés.

—Uan, tu, tri... ¡Tri! —exclamó—. ¡Tri dedous rotous!

Miriam se encogió de hombros con una sonrisa de incomprensión, extrajo un bocadillo de la cesta y él se lo arrancó de las manos y lo engulló como si el hambre hubiese bloqueado totalmente su decencia.

—Senqiu —No había terminado de tragar, sintió que se estaba comportando como un salvaje y añadió—: Perdoun.

—*What?*

¿Por qué no lo entendía?, se preguntó, convencido de que antes le había dicho dedos rotos y ahora le había pedido perdón en inglés, con toda claridad. ¿O quizá no? Repasó su parvo vocabulario hasta dar con una frase que le pareció salvadora.

—Excusé muá.

—*What?*

Súbitamente comprendió que esta vez había hablado en una especie de patuá, herencia de un cursillo de francés recibido muchos años antes, se dio por vencido e intentó comunicarle su afecto desplegando una de sus pocas habilidades físicas: mover las orejas como un payaso. Ella se echó a reír complacida, sendos hoyuelos se dibujaron en sus mejillas y cruzó los brazos, relajándose como si se dispusiera a escuchar una larga historia.

—*Tell me something about Cuba* —dijo.

Al cabo de unos segundos él consiguió entender que ella quería que le dijera algo sobre Cuba, pero se supo absolutamente incapaz de complacerla. No sabía por dónde empezar, además de que en inglés le resultaba del todo imposible intentarlo siquiera, de modo que la miró meneando la cabeza.

—*Please.*

El ruego fue tan dulce como los recuerdos que de pronto lo asaltaron, provocándole un instántaneo latigazo de nostalgia.

—Cuba —suspiró—. Tengo ganas de estar allá, con mi mujer.

Ella parpadeó en un esfuerzo doloroso e inútil por entenderlo. Entonces él rebuscó intensamente en su cofre de palabras perdidas.

—Uaif —dijo al fin, juntando los índices de ambas manos —: Kiuba, mai uaif y yo, ¿underestán?

—*Oh, yeah!* —Los ojos verdes de Miriam chispearon de entusiasmo—. *Does she love you?*

Martínez emitió un suspiro tan intenso que él mismo resultó sorprendido. Lof era una palabra clarísima, casi universal; esta vez había entendido a Miriam con tanta rapidez y amargura como las que desplegó al responder.

—Nou, shi nou lof mi.

Las mejillas de la muchacha se arrebolaron, avergonzada quizá de haberse asomado a un asunto tan íntimo. Pero miró a los ojos de Martínez y las aletas de su nariz empezaron a dilatarse como las de una joven incapaz de abandonar la lectura de un cuento de amor.

—*And...* —todavía hizo una pausa, y de pronto se dejó vencer por la curiosidad—, *do you love her?*

Sin pretenderlo, Martínez evocó a los Beatles: *And I love her* había sido la canción emblema de su romance con Idalys. No le costó ningún esfuerzo entender la pregunta, pero decidió no responderla. Después de todo, ¿quién era aquella muchacha que no cesaba de mirarlo, parpadeando? ¿Con qué derecho se le aparecía así como así para preguntarle nada menos que sobre Idalys, la pasión que lo había vuelto loco hasta el punto de hacerlo huir a través de países desconocidos y terminar encerrado en aquella azotea con el ineludible deber de achicharrarse?

—Ies —dijo, y se sorprendió al escucharse murmurando con voz sorda, como para sí mismo—, ai lof jer cantidá.

Miriam le pasó levemente el índice por la mejilla y le secó una lágrima.

—*Please. Don´t be sad. Okey?*

—Okey —aceptó él sin entender que sad quería decir triste, pese a que sentía una tristeza inmensa.

—*More tea?* —preguntó ella, decidida a cambiar de tema. *Yes* —dijo sin esperar respuesta. Rellenó el recipiente y extrajo un nuevo bocadillo de la cesta—, *and another sandwich.*

Le tendió ambas cosas. Él las aceptó en silencio, sin hacer el menor gesto por consumirlas aunque todavía sufría hambre y sed. Ella se había incorporado, se estaba sacudiendo el polvo del pantalón con manotazos en nalgas y muslos, y él supo que iba a marcharse de inmediato y tuvo el pálpito de que quizá no regresaría nunca. ¿Cómo rogarle que no se fuera? Y en todo caso, ¿cómo se decía ir? Se llevó la mano escayolada a la frente y tuvo una idea salvadora. Sí, aquel viejo juego, el Monopolio, empezaba en el gou, la gente se iba al pasar por gou.

—Nou gou —alcanzó a farfullar—, por plis.

—*It's half past six* —dijo ella mostrándole su breve reloj de pulsera—. *And I have to go to work right now.*

Él se puso de pie con la palma de la mano izquierda abierta y extendida, como un policía de tránsito decidido a detenerla, mientras se interrogaba sobre el sentido de la frase. Uork, alcanzó a decirse, trabajar, y dejó caer la mano, incapaz de explicarle que las hadas de los cuentos no trabajaban.

—*I'll come back tomorrow* —lo calmó ella, dándole un besito en la barba—. *Wait for me, okey?*

—Okey —aceptó él como un niño derrotado.

Ella rellenó con té dos vasitos plásticos, le tendió otro sándwich, devolvió el termo vacío a la cesta y caminó hasta el final de la empalizada.

—*Bye, bye.*

Él se detuvo en el dintel de la puerta sin batiente que daba a la azotea, recordando que tenía estrictamente prohibido salir a la zona abierta. Cuando ella llegó a la caseta donde culminaba la escalera de caracol, le dijo adiós con la mano y se perdió hueco abajo, él sintió que le flaqueaban las piernas. Apenas pudo llegar hasta el catre, donde se tiró bocarriba. Quizá no volvería a verla. Probablemente Miriam no regresaría jamás, repugnada ante la imagen que él le ofrecía: la de una suerte de espantapájaros que además empezaba a apestar, como los muertos. Al cabo de unos minutos pensó que tal vez la muchacha ni siquiera existía. A lo mejor la había soñado. Eso, quizá estaba loco y se había inventado aquel prodigio de bondad y belleza para que le calmara la sed, la soledad y el hambre. Bien, quizá fuera así. Y entonces, ¿por qué había creado un fantasma que hablaba inglés? ¿Un ángel de la guarda con el que apenas conseguía entenderse? Quizá porque le chiflaban el cine, Elvis, los Rolling y los Beattles. O simplemente porque estaba en Miami. ¿La habría inventado, realmente? En ese caso podría recrearla tantas veces como quisiera. ¡Uan, tu, tri!, dijo, y cerró los ojos invocándola, ¡prestou! No alcanzó a respirar el olor a almendras que exhalaba la muchacha y reabrió los ojos sabiendo de antemano que no había acudido a su llamado. ¡Ah, cuánto pagaría por tenerla otra vez frente a frente y poder contarle su aventura! Quizá así conseguiría entenderse a sí mismo. Se sentó en el catre y empezó a comer un bocadillo y a beber sorbos de té con la ilusión de recuperar aquella presencia, pero tampoco obtuvo resultados. Entonces decidió evocar para Miriam los sucedidos de la noche en que el lazo de la desgracia empezó a trenzarse alrededor de su cuello, a ver si así le encontraba algún sentido a aquella inextricable colección de azares.

Idalys se marchó pronto con Jesús y sus amigos turistas y él quedó tan perdido como un perro sin amo. Pese a que desde el punto de vista de la recaudación la noche inaugural de La Cazuela fue un verdadero éxito, él no obtuvo siquiera el perdón de Stalina. De modo que inició el regreso a casa con el rabo entre las piernas, presintiendo que le ocurriría alguna desgracia, cuya naturaleza, sin embargo, se sentía incapaz de identificar. Durante el viaje hasta el embarcadero supuso que el golpe de la mala suerte que sentía jadear en su cogote podría estar relacionado con Fredesvinda. Quizá querrían robársela. Sabía, por la dura experiencia de un compañero de trabajo, que el procedimiento empleado en esos casos por los ladrones de bicicletas era en extremo cruel. Consistía en tender una cuerda de lado a lado de alguna calle oscura; dicha cuerda podía quedar a la altura de la rueda, del manubrio, o del propio pescuezo del ciclista, según las alturas respectivas de unos y otros. El siguiente paso consistía en esperar a que algún ciclista tropezara y cayera de bruces o se partiera el cuello. Robarle a alguien con la cabeza o el pescuezo roto era cosa de coser y cantar; y si la presa no quedaba malherida por el golpe y se resistía a que le robaran, de coser y matar. Era virtualmente imposible evitar ataques semejantes porque La Habana casi carecía de alumbrado público, la inmensa mayoría de sus calles estaban oscuras como bocas de ladrón.

Cuando Martínez logró arribar por fin a la avenida del Puerto, una de las pocas vías iluminadas de la ciudad, pensó que había conseguido escapársele a la desgracia. A lo lejos, la lancha de Casablanca se aprestaba a zarpar y él decidió echar el resto e intentar abordarla para evitarse dos insoportables horas de espera en el muelle. ¿Cómo hubiera podido suponer siquiera que aquella carrera estaba destinada a hundirlo?, se preguntó mientras terminaba de tragar el bocadillo. Bebió un sorbo de té y miró al cielo de la tarde, una nube rojiblanca con forma de gorrión se desplazaba lentamente hacia Cuba. ¿De dónde había sacado fuerzas para correr? Era cierto que aquella noche había cenado bien en La Cazuela, pero no lo era menos que se la había pasado caminado de la cocina al salón y que cuando, ya de madrugada, se incorporó sobre Fredesvinda en dirección a la lancha, los gemelos empezaron a temblarle. No se arredró, sin embargo, porque no soportaba la idea de volver a perder justamente la noche en que Idalys lo estaba traicionando, como si del resultado de aquella carrera dependieran los restos de su orgullo. De pronto, el motor de la lancha, llamada *Nuevo Amanecer*, emitió un sonido bronco y el agua muerta de la bahía empezó a moverse bajo la propela. Él se encontraba todavía a unos diez metros de la embarcación y sintió que se le cortaba el resuello, pero encontró fuerzas en su ansiedad para exclamar, «¡Espérenme, coño!», y tuvo la mala suerte de que el timonel de la *Nuevo Amanecer* fuera buena gente y le hiciera el favor de atender a su reclamo.

Evocó aquel mínimo triunfo que pronto se trocaría en fracaso pasándose la mano izquierda por la panza con un ademán de hombre satisfecho, pues por primera vez desde que estaba en la azotea no sentía sed ni hambre. Pero de pronto lo acometió una furiosa necesidad de cepillarse los dientes y se dijo que la satisfacción no duraba nunca y que muchas veces la desgracia se escondía tras ella. ¿Dónde estaría ahora, por ejemplo, de no haber tenido la fatalidad de abordar la *Nuevo Amanecer*? No tenía ningún sentido preguntárselo, se dijo tendiéndose en el catre, de cara al cielo gris rojizo. Lo cierto era que había hecho lo imposible por alcanzar la lancha y que contra todo pronóstico había conseguido su objetivo, como si éste estuviese inscrito de modo ineludible en su destino. Subió jadeando, con Fredesvinda a cuestas, y la recostó a estribor, pero cuando fue a sentarse trastrabilló y casi se cae, pues la *Nuevo Amanecer*, que había vuelto a balancearse, partió de inmediato. Por fin consiguió ubicarse en un banco, muy cerca del timonel y de la bicicleta, junto a una mulata embarazada, adolescente y lánguida, cuya gran barriga puntiaguda daba la impresión de pertenecer a otro cuerpo, y a la madre de ésta, una negra rechoncha, sólida como un tronco de árbol, que estaba en el proceso de hacerse el santo, de manera que toda su indumentaria —zapatos, calcetines, vestido, pañuelo de cabeza y chal— era de un blanco inmaculado, brillante bajo la guirnalda de luces que le otorgaba a la *Nuevo Amanecer* un cierto aire de carroza de feria. Frente a ellos, un trío de músicos jóvenes cantaba *Lágrimas negras*. Era la segunda vez en pocas horas que Martínez escuchaba aquella especie de himno de los borrachos cubanos y eso le dio mala espina, pese a que sabía que toparse con aquella canción en la madrugada habanera resultaba algo perfectamente natural. El solista, un mulato narizón, alto y espigado, que disponía de una voz nasal, poderosa y fina como un estilete, atacó el montuno con gracia y desparpajo. Martínez recordó a Idalys y sintió que la ingenua cuarteta se le clavaba en el pecho. «Tú me quieres dejar/ Yo no quiero sufrir/ Contigo me voy mi santa/ Aunque me cueste morir.»

Cantarlo era fácil, pensó Martínez, también él estaba dispuesto a irse con Idalys a cualquier costo, pero no conseguía imaginar siquiera cómo conseguir que ella volviera a casa sin su taxista. La triste canción, que paradójicamente los cubanos solían cantar con alegría, no daba respuesta a ese problema, y Martínez se fijó en los músicos. Parecían borrachos, aunque el corte de pelo los delataba como miembros del servicio militar vestían de civil, de modo que quizá estaban disfrutando de un permiso; en todo caso tocaban y cantaban con una especie de júbilo que a Martínez le pareció excesivo, extemporáneo y tenso. Cuando la *Nuevo Amanecer* alcanzó el centro del estrecho canal de la bahía el guitarrista y el de las maracas dejaron sus instrumentos sobre un banco y rompieron a bailar; entonces el solista aprovechó el meneo y extrajo un largo picahielos del bolsillo interior del saco. Martínez vio la operación, cayó en la cuenta de que aquel pincho era un arma, y estuvo a tiempo de quitárselo al tipo, pero no lo intentó siquiera, ni tampoco alcanzó a comprender de inmediato qué coño se proponía hacer el solista con aquel picahielos puntiagudo como un estilete. ¿De haber entendido que pretendía secuestrar la lancha y obligarla a dirigirse a Estados Unidos, se preguntó ahora, de cara al insondable cielo de la noche floridana, habría sido capaz de pegarle un golpe seco en la muñeca, hacerse con el pincho, blandirlo y exclamar: «¡Quietos, coño! ¡Siga su rumbo, timonel, que aquí no ha pasado nada!»? No, se dijo, percibiendo cómo la creciente luminosidad de la Vía Láctea terminaba de tragarse el resplandor del Lucero de la tarde, esas cosas las hacían tipos como James Bond o el general Arnaldo Ochoa; nunca gentes como él, que había permanecido estupefacto, mirando cómo los dos músicos bailarines aparentemente borrachos caían sobre el guarda y conseguían arrebatarle la subametralladora sin que éste opusiera la menor resistencia, mientras el solista se situaba detrás del timonel, que había permanecido atento al rumbo de la lancha sin advertir el motivo verdadero del jaleo, le enlazaba el cuello con el brazo izquierdo y le ponía el picahielos en los riñones.

—¡Apaga las luces y dale pa´ la Yuma!

Ante el peligro, Martínez se hizo un ovillo y sólo acertó a pensar que si el secuestro de la *Nuevo Amanecer* resultaba exitoso él no podría estar en su casa en la madrugada, cuando Idalys llegara con Jesús. Pero siguió ovillado, fijándose ora en la uña larguísima y pintada de esmalte con la que el guitarrista rozaba el gatillo de la subametralladora que había levantado hacia los pasajeros, ora en el asombro del timonel, que abría y cerraba la boca en silencio, como un pez recién sacado del agua.

—¿Tú me oíste? —el solista pinchó levemente en medio de los riñones—. ¡Dale por ahí oscuro pa´l norte, que no te va a pasar na´!

Boqueando, el timonel apagó las escasas luces de la lancha y puso rumbo al mar abierto. Entonces el solista se volvió hacia los pasajeros y se encontró frente a la boca de la subametralladora.

—¡Baja eso, Tony! —exclamó asombrado. El otro le obedeció de inmediato, y el solista, sin soltar el picahielos, hizo una pantalla con las manos alrededor de la boca—: ¡Oigan bien todos, aquí no va a pasar na´! ¡Nos vamos pa´ Miami y ya!

—¡Ay, no, yo quiero parir en Cuba! —protestó la embarazada, abrazándose la barriga.

—¡No seas bruta, Miosotis, a quién se le ocurre! —la reprendió su madre, y dirigió una tímida sonrisa a músicos y pasajeros.

—¡Sio! —dijo el solista.

Martínez advirtió que el tipo tenía el labio inferior grueso y algo caído, como si también tocara el saxo, y los ojos grandes e inflamados, de los que emanaba una irrebatible autoridad resultante de la desesperación. Entonces se hizo un silencio espeso, roto apenas por el ronquido sordo, irregular e inquietante del viejo motor de la lancha, que continuó navegando a oscuras bajo la tenue luz de la luna. Estupefacto, Martínez miró hacia la larga muralla colonial de la fortaleza de La Cabaña, que iba quedando atrás como en un sueño, casi con la misma dimensión de irrealidad que el episodio ganaba ahora en su memoria. ¿Qué circunstancias tuvieron que coincidir para que él tomara precisamente la *Nuevo Amanecer* aquella madrugada? Todas las que había recordado en la azotea, pero especialmente la traición de Idalys. Si hubiesen salido juntos de La Cazuela él no hubiera podido pedalear a tanta velocidad y habrían llegado tarde al muelle, con lo que en aquel momento todavía estarían esperando otra lancha, ajenos al secuestro en virtud del cual la *Nuevo Amanecer* pasaba en el recuerdo por la bocana de la bahía y él percibía que el

Castillo de los Tres Reyes del Morro se iba alejando de su vista como un navío gigantesco y varado, envuelto en la luz irreal de la luna llena.

De pronto, el equipo de radio de la lancha emitió un intenso pitido. Martínez sintió que se erizaba de pies a cabeza y se sorprendió al caer en la cuenta de que se estaba persignando, pese a que nunca había sido católico.

—Lancha *Nuevo Amanecer* con destino a Casablanca —dijo una voz seca, deformada por la estática—. Aquí la Dirección General de Guardafronteras. Informe por qué modificó rumbo establecido. Repito. Informe urgentemente por cambio rumbo establecido. Cambio.

El irritante ruido parásito de la trasmisión seguía sonando; Martínez sintió que los dientes habían empezado a rechinarle de modo tan insoportable como lo hacían cuando era niño y la maestra rasgaba el pizarrón con la uña.

—¿Qué hago? —preguntó el timonel, un tipo reseco, con la piel oscura y cuarteada por el salitre.

—Túpelo. Maréalo. Escóndele la bola —ordenó el solista.

Y le guiñó un ojo a Tony, que inmediatamente volvió a levantar la subametralladora hacia los pasajeros. La embarazada pegó un grito estridente, semejante al pitido de la radio.

—¡Mamajuana, yo creo que viene! —dijo, volviéndose hacia su madre.

—¡Ay, Miosotis, ahora no!

—Tengo... una embarazada a bordo —informó el timonel con voz insegura—. Cambio.

—¿Y qué? Cambio.

El timonel miró implorante al solista y éste levantó el pincho y dibujo unos círculos concéntricos en el aire, ordenándole así que continuara ganando tiempo.

—Está al parir. Cambio.

Martínez sintió que la espalda y las articulaciones habían empezado a dolerle y se decidió a abandonar cautelosamente la posición ovillada sin hacer el más mínimo ruido.

—En alta mar no hay hospitales. Cambio.

—Verdá. Cambio.

El solista agarró al timonel por la camisa, le puso el picahielos en el cuello y cubrió el viejo micrófono con la otra mano.

—Legisla —le susurró al oído.

—¿Está borracho, timonel? —preguntó desconcertado el guardafronteras—. Cambio.

Sin retirar el picahielos, el solista abrió aún más los ojos en señal de advertencia mientras meneaba lenta y significativamente la cabeza.

—No. Cambio.

Martínez tuvo la vívida impresión de estar metido en una película de la que dependía su vida, y se tapó los oídos, incapaz de soportar la tensión que implicaba continuar escuchando el insoportable pitido de la estática, los incómodos ruidos parásitos de la trasmisión y el machacante ta-ta-ta del motor de la lancha.

—¡*Nuevo Amanecer*! —exclamó en tono decididamente conminatorio una voz distinta de la anterior—. ¡Aquí el comandante Abel Prieto, de la D.G.G.! ¡Le ordeno regresar inmediatamente a puerto! ¡Cambio!

El tono fue tan fuerte que Martínez alcanzó a escucharlo pese a que seguía con los oídos tapados. Bajó las manos, empezó a traquearse los nudillos y se echó a reír de puro nerviosismo, repitiendo para sí el modo en que el comandante Prieto había pronunciado las siglas de la Dirección General de Guardafronteras, dejejé, dejejé, dejejé.

—¡Muchachos, por favor! —rogó el guarda desarmado, un tipo gordo y sudoroso, que parecía incapaz de mirar de frente—. ¡Regresen a la patria, no les pasará nada, digan que estaban jugando y no les pasará nada! ¡Nuestra revolución es generosa!

—¡Ay, sí! —exclamó Miosotis como saliendo de un letargo—. ¡Miren que yo quiero parir en Cuba!

—¡Cállate, Miosotica, por el amor de dios! —dijo Mamajuana.

El timonel miró implorante al solista, que meneó otra vez la cabeza mientras se sellaba los labios con el índice. La voz del comandante Prieto tronó de nuevo.

—¡*Nuevo Amanecer*, responda a la orden o inmediatamente enviaremos una unidad de superficie a perseguirlos! ¡Cambio!

El solista golpeó varias veces la rueda del timón con el pincho obteniendo de manera espontánea una clave de guaguancó, y se volvió hacia su gente.

—¿Qué?

Los músicos entrecruzaron rápidas miradas. Tony, el guitarrista, acarició la subametralladora dejando un rastro de sudor sobre el pavón.

—Esto... vaya, ¿no? ¿Uttede m´entienden, Miguelón y Juvencio?

La tensión del recuerdo era tal que Martínez abandonó el catre y empezó a dar paseítos por la azotea con las manos a la espalda. ¿Cómo explicar, o sea, cómo trasmitirle a Miriam, por ejemplo, aún en el supuesto caso de que ella hablase español, los matices implícitos en aquellas torpes frases sin sentido aparente? Miguelón y Juvencio no habían delegado en Tony ni éste en ellos ni ninguno había dicho que sí ni que no, y sin embargo habían generado juntos una especie de electricidad en la que temblaba una decisión que se resolvió de pronto con un segundo cruce de miradas. Miguelón, el solista, se inclinó hacia el viejo micrófono, que pendía del techo de la embarcación mediante un largo cable que alguna vez había sido negro y ahora era color gris rata.

—¡Miami o muerte!

Martínez soltó la carcajada al evocar aquellas palabras y de pronto pateó el tanque de agua de mar, cabreado contra su propia risa. ¿Por qué del cubaneo de los músicos había emanado aquella respuesta escalofriante? ¿Cómo explicarle a Miriam, por ejemplo, ese estúpido orgullo ante el suicidio? Era el colmo de los colmos de los colmos. Solo que entonces, en la lancha, tampoco él tuvo coraje para decir ni pío; permaneció encogido, tratando de ocupar el menor espacio posible, hasta que un nuevo y sorpresivo grito de la embarazada lo sobresaltó.

—¿Otra vez, Miosotica? —Mamajuana paseó alrededor su mirada ansiosa, como pidiendo ayuda, reparó en el maletín que estaba sobre la parrilla de la bicicleta, en el letrero que Martínez tenía inscrito en el bolsillo superior de la bata y lo miró implorante—: ¡Ay, asístamela, doctor, por el amor de dios se lo pido!

¿Por qué se había dejado enredar?, se preguntó él reiniciando el paseo por la azotea bajo la envolvente luz de la luna. ¿Por qué no tuvo fuerza, inteligencia u honestidad para responder directamente «lo siento, señora, soy dentista», y sanseacabó? La verdad era que en el fondo de su alma siempre había querido ser médico, pero nunca tuvo el coraje de intentarlo por miedo a fracasar en los estudios, ni mucho menos valor para admitir su frustración y su cobardía. Se sentía tan feliz cuando lo confundían con un médico que no estaba preparado para decir la verdad, si bien era cierto que en la lancha, al menos, supo de inmediato que había caído en una trampa tendida por su orgullo.

—Deje ver, señora. No prometo nada —dijo, y no se le ocurrió otra cosa que inclinarse sobre Miosotis, que respiraba agitada, y ponerle la mano en la frente húmeda de sudor frío.

—¿Tiene fiebrecita? —preguntó Mamajuana.

—No —dijo él. Miró los ojos de la joven embarazada, blancos y tiernos como los de una cordera, y en un rapto de desesperación decidió aplicarle el remedio de hipnosis que usaba con algunos de sus pacientes—. Tranquilaaa, mujeeer, traaanquilaaa, caaalmaaa —Miosotis empezó a relajarse. En el centro de todas las miradas, Martínez se sintió feliz como un mago e insistió convencido—: Traaanquiiilaaa. Nooo estáaa pasandooo naaadaaa.

El improvisado tratamiento había surtido un efecto tan eficaz e inmediato que él decidió autohipnotizarse ahora, a ver si así conseguía bajar la tensión que le provocaba el recuerdo del secuestro. «Tranquiiilooo, Martíiineeez, no paaasóoo nadaaa», se dijo. Pero aquellas palabras le sirvieron de poco; el ruido feroz y modernoso del barco que la Dirección General de Guardafronteras había enviado en pos de la *Nuevo Amanecer* se le impuso como presente en la memoria, alterándolo con una intensidad de infarto. La Dejejé, y esta vez no era cosa de risa nerviosa siquiera, podía perfectamente asesinarlos a mansalva como lo había hecho pocos días atrás con los infelices que intentaron secuestrar el trasbordador *13 de Marzo,* una embarcación tan vieja y lenta como la *Nuevo Amanecer.* Martínez conocía bien aquella historia, susurrada de boca en boca por la empavorecida población costera de Casablanca. Una embarcación de la Dejejé había barrido con chorros de agua a presión la cubierta del *13 de Marzo,* desde donde los secuestradores y sus familias rogaban misericordia. No la hubo. Decenas de viejos, mujeres y niños cayeron al mar y entonces el buque de la Dejejé embistió por el centro al viejo trasbordador, que se partió en dos y arrastró a los tripulantes al fondo del océano. ¿Por qué no podía ocurrirles a ellos una tragedia semejante?, se preguntó Martínez olvidando a Miosotis y adoptando la posición fetal al sentir que el motor de la embarcación de la Dejejé sonaba cada vez más cerca.

—¡Atención, *Nuevo Amanecer!* —rugió la voz metálica

del comandante Prieto, deformada por el viejo radio de la lancha—. ¡Deténganse o los abordaremos!

Un latigazo de terror ensombreció los rostros de los pasajeros. El guarda, cuyo color de piel se había tornado ceniza, se dirigió a los músicos con voz temblorosa.

—¡Ríndanse muchachos! ¡La Patria necesita cantantes como ustedes!

El ruego cayó en el vacío. Martínez tuvo la impresión de que la *Nuevo Amanecer* navegaba envuelta en una campana neumática, en un silencio hecho de insoportables pitidos parásitos.

—¡Sargento, aliste la ametralladora! —ordenó el comandante Prieto—. Vamos a echarles plomo.

—¡No joda!

—¿Qué ha dicho, sargento?

Había dicho exactamente eso, recordó Martínez, un espontáneo, incrédulo no joda. Pero Prieto repitió su pregunta, seca como un disparo.

—¿Qué ha dicho?

—Son cubanos como usté y como yo —se excusó el sargento, perplejo—. No podemos dispararles.

—¡El que huye de la patria no es cubano! —sentenció Prieto—. ¡Aliste la ametralladora!

El sistema de radio de la lancha reprodujo los duros ruidos del alistamiento del arma, y Martínez levantó la cabeza atraído por el peligro como una libélula por la luz. En eso, el guarda echó a correr hacia la popa de la *Nuevo Amanecer,* desde donde se divisaban, todavía lejanas, las luces de posición de la embarcación persecutora.

—¡Yo soy revolucionario! —exclamó. No había gritado a través del micrófono y su voz se perdió en el viento—. ¡A mí no me hagan nada! ¡Yo soy revolucionario!

Entonces tronó la primera ráfaga; las trazadoras rasgaron la oscuridad como pequeños gargajos amarillos, levantando astillas en la débil arboladura de la *Nuevo Amanecer.*

—¡Coñó, esto va en serio! —exclamó sorprendido Miguelón, el solista—. ¡Al suelo, cojones, al suelo!

Martínez se tendió sobre las losas todavía calientes del suelo de la azotea, solo por el morbo de recrear el pavor que sintió entonces, al tenderse sobre el húmedo suelo de la lancha, y la alegría de saberse vivo aún, pese a todo. Semitendida en el banco, como si le costara demasiado moverse a pesar del peligro, Miosotis volvió a gritar y se abrió de piernas.

—¡Ay, yo creo que ya! —exclamó, agarrando el brazo de su madre.

Mamajuana también había permanecido sentada, protegiendo a su hija y cuidando de que su ropa blanca no se ensuciara.

—¡Ahora no, Miosotica, aguanta un poco! —bajó la vista hacia el suelo y miró implorante a Martínez—. ¡Ayúdemela, doctor, por su madre!

Él se acuclilló junto al banco, se limpió las manos en el pantalón, y tomó la muñeca de Miosotis, cuyo pulso latía de un modo frenético.

—Traaanquiiilaaa —dijo con voz tensa; sentía la boca seca y amarga—. Nooo estáaa pasaaandooo naaadaaa.

El tronido de la segunda ráfaga lo sobresaltó, haciéndolo abandonar las cuclillas y tenderse sin dejar de mirar a Miosotis, que lo miraba a su vez, temblorosa. Nuevas astillas saltaron del maderamen y un par de plomos se clavaron en la obra muerta, abriendo pequeñas vías de agua en la *Nuevo Amanecer*.

—Esto se jode —dijo el timonel.

Su parsimonia al hablar admiró a Martínez tanto como el hecho de que el tipo estuviese arrodillado en su puesto, manteniendo el rumbo de la nave. Una tercera ráfaga volvió a tocar la arboladura. Desesperada, Mamajuana se puso de pie, se arregló el blanquísimo chal e hizo una pantalla con las manos junto a la boca.

—¡No tiren más! —exclamó antes de volverse hacia Miguelón, que estaba tendido en el suelo con el pincho en la mano—. ¡Y ustedes ríndanse, coño, que va a nacer mi nieto!

Fue justo en ese momento cuando el motor de la nave persecutora dejó de escucharse.

—¿Qué pasa, piloto? —la voz del comandante Prieto sonó quebrada por la desesperación—. ¿Por qué nos paramos? ¿Qué pasa?

Martínez levantó el tronco y se apoyó sobre los codos mirando cómo las luces de posición de la nave de la Dejejé se iban alejando.

—¡Se rompió el motor, comandante!

—¿Cómo que se rompió, piloto? ¿Qué es eso de que se rompió? ¡Usted siga haciendo fuego, sargento!

Miosotis volvió a gritar y Martínez a tenderse segundos antes de que otra ráfaga de ametralladora atronara la noche, levantando pequeños golpes de agua en el estribor de la *Nuevo Amanecer*.

—Rompiéndose, comandante.

Martínez se levantó del suelo de la azotea pasándose la mano izquierda por los codos, que le ardían levemente, y se mesó la barba mientras reanudaba el paseo alrededor de la empalizada. ¿Sería cierto que el motor de la embarcación de la Dejejé se había roto o todo no había sido más que una estratagema del piloto para interrumpir aquella persecución insensata, tal y como le habían contado cuando él, como buen imbécil que era, regresó a Cuba después del secuestro? ¿Sería verdad que al pobre piloto lo habían fusilado, acusándolo de traición a la patria? Se dijo que no tenía manera de saberlo, pues esas cosas jamás se publicaban, que en cualquier caso él no tenía culpa de nada, e insensiblemente fue recobrando la turbulenta sensación de zozobra, incredulidad y alegría que había experimentado mientras la *Nuevo Amanecer* se iba alejando de la embarcación de la Dejejé.

—Ya no tiran... Yo creo que los jodimos —dijo Tony, el guitarrista, empezando a incorporarse.

—¡Suavitol, asere! —Juvencio, el maraquero, lo agarró por un brazo y lo obligó a seguir tendido—. Más tranquilo que estáte quieto, puede ser un truco.

La posibilidad planeó sobre todos como una amenaza durante un par de minutos, pero cuando la embarcación de la Dejejé informó a la base que tenía el motor averiado y estaba al pairo, un suspiro de alivio colectivo brotó de la *Nuevo Amanecer*. Miguelón se incorporó de un salto, blandiendo el picahielos como un estandarte.

—¡Los jodimos! —exclamó tan asombrado como si no pudiera creérselo, e imitó la voz de un narrador de novelas de aventuras al ordenar—: ¡Encienda las luces, timonel!

El timonel se puso de pie y obedeció la orden. Martínez recordó, en la oscuridad de la azotea, que en el instante de encenderse, la indecisa guirnalda de bombillitos de la *Nuevo Amanecer* le había parecido tan brillante como el sol. Una corriente de júbilo recorrió a los pasajeros, que se incorporaron y empezaron a abrazarse y besarse mutuamente. A punto de llorar de alegría, el guarda se dirigió a los músicos.

—¡Gracias, muchachos, gracias! —y dirigió un corte de mangas a los frustrados persecutores—. ¡Viva la libertad, cabrones! ¡Miami o muerte!

Martínez volvió a mesarse la barba, evocando la incredulidad que le produjo aquella conversión, tan distinta de la serena actitud del piloto, que extrajo una lata herrumbrosa de un armarito que tenía junto al timón y la alargó hacia atrás.

—Uno que achique —dijo.

En eso, Miosotis volvió a gritar y él cogió el recipiente de manos del piloto, para ver si así podía huir de un nuevo enfrentamiento con su ignorancia, pero Mamajuana lo aferró por el brazo.

—¡Doctor, ya rompió aguas!

Miosotis había abierto las piernas espontáneamente, las contracciones de su barriga eran visibles y se repetían a intervalos cada vez más cortos. Martínez puso la lata en el suelo, se mojó las manos en la vía de agua, se las secó en el pantalón y se inclinó sobre Miosotis.

—Traaanquilaaa... Estaaamooos saaalvaaadooos; nooo paaasaaa naaadaaa.

—Pero... ¿usté es bobo o qué? —lo increpó Mamajuana, que estaba de pie a su lado con los brazos en jarras—. ¿Es médico o qué?

—Soy dentista, señora —reconoció él con una mezcla de humildad y altanería, que ahora, en el recuerdo, le pareció simplemente ridícula.

Mamajuana le dio un empujón y ocupó su puesto.

—¡Haberlo dicho, comemierda!

Era maciza y prieta como un tronco de árbol, dispuesta y hábil como una enfermera, y en un santiamén desnudó a su hija de la cintura para abajo.

—Puja, mi amol.

El recuerdo de la ternura de su tono humedeció los ojos de Martínez, que se dejó caer en el catre sintiéndose tan emocionado y débil como lo estuvo entonces, cuando vio la cabeza del niño emergiendo entre las piernas de Miosotis, olvidó que segundos antes Mamajuana lo había llamado comemierda y quiso hacer algo para ayudar a aquel alumbramiento.

—Así mi amol —insistió Mamajuana—. Sin miedo, mi amolcito.

Miosotis obedeció, reconfortada por la confianza que inspiraba la voz de Mamajuana, y Martínez continuó inmóvil, mirando cómo ocurría el milagro, con la confianza de saber que aquella mujer se bastaba y sobraba para recibir a su nieto. Como si estuviera asistida por la providencia o por un saber ancestral, Mamajuana fue sacando al recién nacido con decisión y calma, lo sostuvo en una mano, cortó el cordón umbilical de una mordida, se quitó el blanquísimo pañuelo de cabeza, limpió el meconio de la cara del niño, le propinó una nalgadita y le miró la entrepierna.

—¡Macho, mija! ¡E' macho!

El niño, una pasita rosada, arrugada, rompió a llorar. Mamajuana lo envolvió delicadamente en su chal y lo mostró a los músicos. Miguelón lo miró alelado, sin atreverse a tocarlo, de pronto tuvo un estallido de entusiasmo y levantó la mano derecha en dirección a Tony.

—¡Entra! —exclamó chocando palmas con su amigo—. ¡Macho, varón, masculino!

—¡Macho y bien! —reafirmó Juvencio, el maraquero—. ¡Pa' que se sepa, pa' que se grite y pa' que se comente en Miami y en La Habana!

Sonriendo ante la contagiosa alegría de los músicos, Mamajuana depositó al niño entre las tetas de Miosotis, que estaba temblorosa, tendida en el banco, y luego se sentó junto a ella, le levantó suavemente la cabeza, la puso sobre sus muslos y empezó a enjugarle el sudor de la frente con un blanco pañuelito de mano.

—¡Pero qué lindo é, Miosotica —dijo—. ¡Un primor! Y además tuvimos suerte de que nació en el norte.

—Perdón, señora —terció Martínez—, pero su nieto nació en Cuba; estas son aguas cubanas.

¿Quién lo habría mandado a meterse en aquel asunto que ni le iba ni le venía?, se preguntó al tenderse bocarriba en el catre, sintiendo que los párpados le pesaban cada vez más y que no deseaba siquiera mirar las estrellas.

—¡Usté se calla! ¡Mi nieto nació en Miami, que lo digo yo, la mismísima Juana Pérez! —Mamajuana tomó la lata herrumbrosa del suelo, la puso en manos de Martínez y ordenó con desprecio—. Achique, achique.

VIERNES 24

Despertó sobresaltado, como si estuviera ante un peligro inminente, pero al reconocer la empalizada y la azotea se fue calmando poco a poco. ¿Cuántas horas habría dormido? Quizá las mismas que duró el lentísimo viaje de la *Nuevo Amanecer* hasta Key West. El caso era que tenía acalambrado el brazo con el que había estado achicando en sueños durante el trayecto. Bostezó mientras se dirigía al tubo de desagüe, frente al que contuvo los deseos de orinar. Sentía una punzada en la vejiga, pero deseaba disfrutar durante el mayor tiempo posible el morboso placer de sufrir de manera voluntaria, sabiendo que nada le impediría aliviarse en cuanto lo deseara. La punzada fue ganando en intensidad hasta hacerse casi insoportable. Entonces tiró cada vez con mayor fuerza de los pelos de la barba para compensar un dolor con otro. Logró un equilibrio perfecto, una especie de beatitud que se quebró de pronto, dolorosamente, a favor de la punzada en la vejiga. Sin embargo, no se rebajó a orinar de inmediato. Se dijo que ceder sin lucha era cosa de cobardes y procedió a morderse el labio inferior sin dejar de tirar de la barba. Merced a la lucha de dos dolores contra uno obtuvo un equilibrio nuevo, y se atrevió a pasear la vista por los fantasmagóricos rascacielos del *downtown* pensando que un placer tan doloroso como aquél era únicamente comparable al que debió haber sentido el mismísimo dios antes de crear el universo. Los labios se le humedecieron de sangre debido a la mordida y la sonrisa que había alcanzado a esbozar se convirtió en un rictus. Doblado de dolor, se llevó la mano escayolada a la vejiga. Todavía no, se dijo, mearía cuando le diera la realísima gana, dentro de unos segundos, de cinco exactamente, precisó, decidido a darse el gustazo de contar de mayor a menor y en inglés, como en las guerras y en los grandes experimentos científicos. «Faif, for, tri, tu, y ahora, porque me sale a mí de los cojones y no por ninguna otra cosa: ¡Uán!»

Se sacó el pito, pero había retenido tanto líquido que no consiguió empezar a expulsarlo de inmediato. Sintió una intensísima ardentía en el caño de la orina y un cabreo débil, deprimente, resultado de la convicción de que su gran guerra, su genial experimento científico, su poder divino, obtenido a base de sacrificios y dolores sin cuento, había fracasado, como él mismo. En efecto, ¿qué podía decirse de alguien que ni siquiera era capaz de mear a voluntad? Resultaba lógico que un tipo así no consiguiera tampoco conservar a su mujer ni a su país. Las cosas le pasaban sin que pudiera controlar siquiera algo tan íntimo y personal, tan absolutamente suyo como la orina, que empezó a salir cuando quiso, gota a gota, produciéndole una ardentía tan insoportable que lo obligó a saltar apoyándose ora en la punta de un pie, ora en la del otro, hasta que el asunto se organizó por sí solo y el líquido empezó a fluir libremente, reconciliándolo a medias con el mundo.

Al terminar sintió que el ardor se le había trasladado a los hombros; entonces cayó en la cuenta de que ya la insolación había empezado a formarle llagas en la piel y de que dentro de un par de días a más tardar estaría sufriendo quemaduras de segundo grado. ¿Podría aguantar? Caminó lentamente hacia el latón situado en el extremo norte de la empalizada diciéndose que no tenía alternativa, ni tampoco, por desgracia, una lata como la que había utilizado para achicar durante el viaje de la *Nuevo Amanecer* hasta Key West. El nivel del agua del latón había bajado tanto que ya se le hacía difícil empaparse metiendo directamente la cabeza. Lo hizo, sin embargo, apoyándose en el borde con la mano izquierda e introduciendo medio cuerpo en el latón. El agua le cubrió hasta los hombros, terminó de despertarlo y lo refrescó de tal manera que volvió a jugar con la idea de permanecer para siempre en aquel lugar oscuro y lleno de líquido como el vientre de su madre, y vengarse así de Idalys, de Lenin y del mundo.

No, mejor cumplir con su condena hasta adquirir en la piel el tono tostado balsero que engañaría a los yankis, se dijo al sacar la cabeza chorreando agua como un cachalote. Entonces pensó que tostado, en Cuba, quería decir loco, y soltó la carcajada. Sí, terminaría tostado; quizá ya lo estaba. Por más que las cosas habían mejorado algo; gracias a Miriam ya no tenía tanta sed ni tanta hambre, por ejemplo. Inclusive podía darse el gustazo de regresar al catre, coger el vasito mediado de té que había dejado en el suelo, bajo la loneta, y desayunárselo sin prisas, como todo un marajá. Aquello era vida, qué carajo. ¿O acaso no se había pasado años enteros penando por no tener ninguna obligación que cumplir? Pues bien, lo había conseguido. Era absolutamente libre, tanto, que si, por ejemplo, se disponía a hacer cinco flexiones, uán, tu, tri, for y fai, era porque le daba la realísima gana de mover el esqueleto y de practicar un poco de inglés para cuando Miriam regresara, no porque ningún pendejo profesor de educación física lo estuviera agitando. Era como hacer *jogging* voluntariamente, para ponerse en forma, corriendo alrededor de la empalizada como un Carl Lewis o un Alberto Juantorena cualquiera; como recordar el pasado mientras corría, justamente para pasar el tiempo, evocando el *US Coast Guard 211* que guió a la *Nuevo Amanecer* hasta las costas de Key West, donde los esperaba tremendo revuelo.

En el muelle había muchísimos cubanos agitando banderitas y dando vivas a la libertad, un montón de periodistas y fotógrafos y un equipo de televisión trasmitiendo en directo. Martínez se dispuso a bajar de la *Nuevo Amanecer* en medio del barullo, preocupado por rescatar su bicicleta y su maletín y por proteger y ayudar a Miosotis y a Mamajuana, que seguía tratándolo con desprecio. No obstante, él estaba concentrado en cumplir con humildad lo que consideraba su deber, y cuando bajó a tierra resultó sorprendido por la intensísima emoción que le produjo pisar por primera vez territorio de los Estados Unidos de América, un país al que se había acostumbrado a odiar durante los treinta y cuatro años de revolución, todos los que había vivido menos seis, y que al mismo tiempo lo había alimentado con música, películas, libros y técnica estomatológica hasta el punto de provocarle una admiración rayana en la idolatría. El choque de aquellos sentimientos excluyentes se resolvió en una sensación de estupor no exenta de cierto desencanto. Ni el mar ni el aire ni la luz ni el cemento del muelle por el que caminaba arrastrando su vieja bicicleta china tenían nada especial, y sin embargo iba erizado, midiendo cada gesto como si fuera el protagonista de una película, mientras le abría paso a la negra Mamajuana, que avanzaba hacia la cámara de televisión radiante de orgullo, alzando en brazos a su nieto.

—¡Y aquí la tenemos al fin, *ladies and gentlemen!* —exclamó la presentadora, una muchacha de sonrisa perfectamente profesional—. ¡Mary Castillo, de la *Dobliu qiu ai em*, su canal *twenty three*, trasmitiendo para South Florida una noticia excepcional! ¡En sus pantallas la imagen del niño que nació en pleno viaje hacia la libertad! ¿Cubano? ¿Americano? Su canal *twenty three* lo averiguará inmediatamente —alargó el micrófono y—: Dígame, señora, ¿dónde nació esta feliz criatura?

Mamajuana se plantó ante la cámara con el niño en brazos, rozagante y segura pese a la tensión del viaje.

—Aquí, en Miami.

—No estamos en Miami, señora, sino en Key West —replicó cortésmente Mary Castillo.

—Da igual —afirmó Mamajuana sin inmutarse—. Mi nieto nació aquí. Hoy mismitico por la mañana. Cuando mi hija, esa que está allí... —señaló hacia Miosotis, que estaba siendo trasladada a una ambulancia; el cámara movió inmediatamente su equipo en aquella dirección, y durante un segundo captó el rostro de Martínez, que sonrió alelado— ... vio el barco con la bandera americana, ¡pa´ que fue aquello! ¡Se abrió de piernas y mi nieto dijo aquí estoy yo!

El cámara movió otra vez su equipo hacia Mamajuana y volvió a captar a Martínez, que meneó la cabeza ante aquella mentira descomunal. Por suerte, Mamajuana ni siquiera reparó en ello; esperaba la respuesta de la presentadora con tanta convicción como si estuviera absolutamente segura de su verdad.

—¡Felicidades, señora! *Congratulations, America!* —exclamó Mary Castillo, profesionalmente feliz—. ¿Y cómo le van a llamar a esta afortuanda criatura?

—Clinton.

—¿Cómo? —Mary Castillo resultó tan sorprendida por aquella idea que olvidó por un segundo su compostura de muñeca y sugirió, como una persona de carne y hueso—: Usted querrá decir William.

—No me confundas, mija, mira que estoy muy nerviosa —se defendió rápidamente Mamajuana; y empezó a enumerar, como quien recita una lección bien aprendida, levantando un dedo con cada afirmación—. Mi nieto se llama Clinton como el presidente, Epaminondas como su padre, y de apellido Echemendía.

Terminó sonriente, con la bata blanca ondeando al viento como una bandera, y el índice, el del corazón y el anular levantados como una señal de triunfo, componiendo la magnífica foto que habría de aparecer al día siguiente en la primera plana del *Miami Herald,* sobre el rotundo titular *Happy black cuban grandma in America!,* que Martínez recordó ahora y Mary Castillo adelantó entonces, exclamando:

—*Congratulations, grandma!*

—No, no, nada de *Granma* —reaccionó de inmediato Mamajuana—, que ese periódico me tiene obstiná, mija.

—*Grandma* quiere decir abuelita, señora.

Mamajuana soltó la carcajada, y Martínez admiró sus dientes blancos y poderosos y la espontánea capacidad de sus grandes ojos pardos para trasmitir asombro y alegría.

—¿Abuelita? ¿El periódico de Fidel Castro se llama abuelita?

—Exactamente —Mary Castillo volvió a sonreír; parecía cada vez más suelta, como si la espontaneidad de Mamajuana la hubiese desalmidonado; pero de pronto adoptó un tono pomposo, casi editorial—. *Granma,* el diario de Castro se llama en realidad *Abuelita.* Ridículo, como el mismo dictador de cuya cárcel se ha escapado un nuevo ciudadano americano: ¡el feliz Clinton Epaminondas Echemendía!

Mamajuana se despidió de Mary Castillo con un amplio ademán, y se dirigió a la ambulancia como si flotara de felicidad. Martínez evocó ahora la escena repitiendo el nombre del recién nacido mientras miraba hacia el *expressway* y se echó a reír. Sí, era ridículo que el hijo de una negra cubana se llamara Clinton, pero lo era aún más que el periódico del Partido Comunista de Cuba se llamara *Abuelita*. Aunque tampoco él podía escupir para arriba; después de todo era hijo de un gallego, había nacido en La Habana y se llamaba Stalin. Sí, la vida estaba llena de cosas así y de otras aún peores, como la protagonizada por el guarda de la *Nuevo Amanecer*, que había estado intentando robar cámara durante toda la entrevista a Mamajuana y que al fin consiguió meter cabeza.

—¿Cuál es su nombre? —preguntó Mary Castillo.

—Segundo Jiménez —dijo el guarda bizqueando más que de costumbre—, o sea Secon Jiménez. ¡Y quiero decir bien alto y bien claro...! —exclamó levantando el índice admonitoriamente—, ¡... que me siento bien aquí, requetebién, bárbaro, güel, vaya, que esto es... fantástico! ¡Porque aquí hay de to´, pero principalmente libertá!

—¿Cuáles son sus planes? —preguntó sonriente Mary Castillo.

—Pedir asilo político, porque yo estaba perseguío en Cuba —dijo el guarda, mirando alrededor como si buscara apoyo para su afirmación. No lo encontró, pero esto no pareció alterarlo y volvió a la carga con más énfasis—. Requetepersiguío estaba, vaya, la seguridá no me dejaba vivir.

—*Good luck, mister Second* —dijo Mary Castillo, volviéndose en busca de una nueva presa.

¿Por qué no había escapado entonces de la cercanía de la cámara?, se preguntó Martínez dándole la espalda al *expressway*, y dirigiéndose al catre. ¿Por qué no lo había hecho incluso antes? Se sentó con las manos en la quijada, y los hombros, la barba y la mano escayolada empezaron a picarle. No había escapado porque en el fondo de su corazón estaba loco por salir en la televisión americana, reconoció mientras se rascaba como un mono.

—¿Nombre, por favor?

Era una pregunta tan elemental que debería haberla previsto, pero no lo había hecho, entontecido como estaba por la cámara de televisión, y cuando Mary Castillo se la soltó a bocajarro empezó a tartamudear como un niño.

—Bu-bueno, yo-yo me lla-llamo S... Es... Esteban, Esteban Martínez.

Mary Castillo le sonrió televisivamente. ¡Había colado! Su estratagema había colado y eso lo puso tan contento que no previó siquiera la próxima pregunta.

—¿También piensa pedir asilo político?

¿Por qué coño no respondió que sí, a ver? ¿Por qué no tuvo cojones para decir su nombre verdadero e inventar que pese a ello era perseguido implacablemente por la Seguridad del Estado? ¡Ah, si se hubiese atrevido el *Miami Herald* hubiera dispuesto de un titular cojonudo: ¡Stalin pide asilo político en los Estados Unidos!, y él no estaría ahora achicharrándose en la azotea como un tarado! Ya, ¿pero cómo podía haber previsto lo que le esperaba en La Habana a su regreso? No tenía manera de saberlo y respondió de acuerdo a su ignorancia.

—¿Asilo político? No —dijo, y ante la extrañeza de Mary Castillo dio rienda suelta a su perplejidad intentando contar lo que había pensado durante el secuestro, a ver si así conseguía explicarse—. Mire, yo no esperaba esto, yo estaba en la lancha y de pronto...

—¿Cuáles son sus planes? —lo interrumpió Mary Castillo, a quien la perplejidad no parecía interesarle en absoluto.

—Bueno... —dijo él, decidido a darle espacio a la única ilusión que había concebido durante el viaje—. Localizar a mi hermano, que vive en Miami, en Jayalía, pero no sé la dirección.

El rostro de Mary Castillo se iluminó de pronto con

una mezcla inextricable de excitación e interés que presagiaba una promesa.

—¡*La Dobliu qiu ai em*, su canal *twenty three*, puede ayudarlo! ¿Cómo se llama su hermano?

—Bueno... Mi hermano se llama... en Cuba se llamaba... Lenin, Lenin Martínez.

—¡Pues ya lo sabe mister Lenin Martínez, de Hialeah! —exclamó Mary Castillo sin extrañarse ante el nombre ni perder un ápice de entusiasmo—. ¡Su hermano Esteban ha llegado a la libertad! ¡Puede ponerse en contacto con él en el Centro de Refugiados Cubanos de Key West! —entonces adoptó un tono levemente modesto, que sugería la razonable satisfacción de alguien que ha cumplido con su deber—. Este ha sido un servicio a la comunidad de la *Dobliu qiu ai em*, su canal *twenty three* —y se despidió con una sobriedad no exenta de coquetería—. Reportó para ustedes, Mary Castillo.

Segundos después el cámara apagó su equipo, Mary dijo adiós con la mano y se dirigió a un auto que estaba junto a la unidad móvil del canal 23. Entonces Martínez tuvo la insólita impresión de que alguien había apagado las luces. No era cierto, desde luego, pues el sol seguía rebrillando sobre las aguas del Atlántico con una intensidad de azogue. No obstante, el final de la trasmisión televisiva creó en su alma un vacío semejante a la oscuridad, que se hizo más intenso aún desde que los pasajeros de la *Nuevo Amanecer* fueron divididos en dos grupos. De un lado, los diecisiete que iban a solicitar asilo político; del otro, los dos que habían pedido regresar a Cuba. Él quedó en el medio, considerado como inclasificable, pues no pensaba pedir asilo pero había expresado el deseo de ver a su hermano.

Los que solicitaron asilo fueron conducidos al Centro de Refugiados Cubanos de Cayo Hueso y los otros resultaron aislados en las oficinas de inmigración. Martínez quedó solo en el muelle durante quince insoportables minutos. Después vinieron dos funcionarios; uno retuvo el maletín y la bicicleta y el otro lo condujo al Centro, una edificación rústica y modesta, de una sola planta, construida y financiada por los cubanos del exilio. Allí le dijeron que esperara sentado en un banquito de madera situado muy cerca de la puerta de entrada, frente al Muro de las Lamentaciones, un gran rectángulo de corcho en el que había centenares de mensajes grapados con chinchetas. Intentó quitarse de la cabeza el inminente encuentro con Lenin, cuyo resultado no podía predecir, y para entretenerse se dispuso a leer algunos de aquellos mensajes. Todos habían sido enviados durante ese mismo año, 1994, por personas residentes en Cuba que requerían noticias sobre sus padres, madres, hermanos o hijos perdidos, aportaban detalles acerca del día, la hora, el tipo de balsa e incluso, a veces, el punto preciso de la costa cubana desde el que sus familiares se habían hecho a la mar, y terminaban aclarando que no habían vuelto a saber de ellos desde entonces. Los mensajes se parecían entre sí como gotas de agua, todos rezumaban la misma desesperación, la misma insensata esperanza, y Martínez abandonó la lectura y regresó al banquito, deprimido.

¿Qué coño pasaba en Cuba? ¿Cómo explicar aquel desangramiento? Era cierto que allá se vivía mal, fatal, pésimamente, pero ni siquiera esas tremendas carencias servían para explicar por qué miles y miles y miles de cubanos de todas las condiciones y colores se lanzaban al mar en cuatro tablas, a riesgo de ahogarse o de servir de cena a los tiburones, haciendo buena la trágica consigna de Miami o Muerte que Miguelón el solista había improvisado durante el secuestro. Sí, en Cuba se comía requetemal, se dijo ahora, en la azotea, agobiado por el solazo que lo achicharraba, pero nadie se moría de hambre, todavía; faltaba la ropa, pero aún nadie andaba desnudo. Entonces, ¿cómo explicar la locura de los balseros? ¿Cómo explicar que él mismo...? Saltó del catre y empezó a correr alrededor de la empalizada, aguijoneado por su propia interrogante como por un tábano.

A la tercera vuelta se detuvo, jadeante y sudoroso. No valía la pena correr; tenía la pregunta dentro y no podría escapar de ella hasta que se la hubiese respondido. ¿Cómo explicar que él mismo...? Descubrió una raya de sombra, creada por la inclinación del sol sobre los palos, y fue a refugiarse allí a ver si conseguía pensar con más calma. Los rayos de sol dejaron de pegarle directamente en la cabeza en cuanto se agachó, pero como la zona sombreada era todavía estrecha tuvo que sentarse paralelamente a la empalizada. Las losetas color ladrillo reverberaban aún y le quemaron las nalgas en cuanto las pegó al piso, haciéndolo saltar de nuevo. Soltó un grito de rabia e impotencia y estuvo a punto de echarse a llorar. Poco después volvió a agacharse, temblando todavía de encabronamiento. Sí, era un vacilón escapar al sol en la cabeza, tanto, que hubiera permanecido agachado de no ser porque aquélla era una posición incomodísima. Volvería a sentarse, qué carajo, y si la resolana le quemaba el culo, aguantaría. Cosas muchísimo peores había tenido que soportar en la vida. Puso la palma de la mano izquierda en el suelo, aguantó aquel calor brutal que poco a poco se fue atemperando, depositó una nalga encima, permaneció así durante unos segundos y luego fue retirando la mano lentamente hasta sentarse del todo, con el hombro recostado a la empalizada.

¿Qué coño hacía allí? ¿Cómo explicar que él mismo...? «Ta bueno ya», se dijo, decidido a seguir recordando a ver si así conseguía responderse. En el banquito del Centro de Refugiados lo habían atosigado preguntas semejantes, de las que intentó huir dirigiéndose al patio central. Allí encontró a los músicos, al guarda y a los restantes pasajeros que habían solicitado asilo, comiendo alrededor de una gran mesa rústica. Entonces lo había asaltado el hambre con la misma intensidad con la que volvió a asaltarlo ahora, en aquella raya de sombra de la azotea donde también la sed lo estaba carcomiendo. Ya había agotado las escasas provisiones dejadas por Miriam y se pasó la mano escayolada por la panza, preguntándose si ella volvería hoy a traerle compañía y comida. Se sintió tristísimo, menos dueño de su suerte que un ciego, y se consoló a medias recordando que en el patio del Centro de Refugiados se había sentido aún peor; allí, además de hambre, experimentaba una insoportable sensación de culpa.

El no haber pedido asilo político lo convertía a sus propios ojos en un bicho raro, en alguien que no tenía derecho a disfrutar de la hospitalidad del Centro, en una especie de enemigo de sus compañeros de viaje que, sin embargo, ni siquiera lo tomaban en cuenta, pues estaban ocupadísimos en celebrar el final feliz de aquella descabellada aventura comiendo gratuitamente a dos carrillos. Se acercó a ellos pretendiendo que lo hacía por casualidad, y paseó la vista por la comida casera y abundante que iluminaba la mesa. Sopa de fideos, arroz blanco, plátanos maduros fritos y carne guisada con papas. Además había varias jarras de agua con hielo y también pan, mucho pan, hogazas enteras de pan. Advirtió que para rellenar un plato y zampárselo no era necesario siquiera hacer cola, que bastaba con sentarse y servirse. Empezó a salivar, rozó el respaldo de una de las sillas preguntándose si se atrevería a sentarse a comer como uno más, y en eso creyó advertir que Tony el guitarrista lo estaba mirando de refilón y abandonó el intento dirigiéndose al otro lado del patio.

Allí estaban tiradas tres miserables balsas, que volvieron a remitirlo a la pregunta sin respuesta. ¿Cómo explicar que alguien se lanzara a cruzar el estrecho de la Florida en aquel botecito, en aquellas cuatro tablas, o en las dos cámaras de neumáticos de tractor atadas por una cuerda que él cedió a la tentación de acariciar, sin conseguir explicarse siquiera por qué lo hacía? Dio unos pasos sin sentido aparente y se detuvo a punto de chocar con una gorda todavía joven que acababa de retirar de la mesa una fuente con restos de arroz.

—¿Usté no come, cubano?

Sonrió en su refugio sombreado al evocar la espontaneidad de la sonrisa de aquella desconocida y la rapidez de su respuesta.

—Sí, sí, sí.

—Pues siéntese, que parao hace daño. Enseguida vuelvo.

Extendió un poco las piernas, pues la raya de sombra se había ampliado brevemente, y volvió a salivar evocando la hartada que se había dado entonces, sin que absolutamente nadie discutiera su derecho a hacerlo. No se trataba de que fueran muy tolerantes, se dijo ahora, sino de que simplemente no les cabía en la cabeza que alguien decidiera regresar voluntariamente a Cuba y daban por hecho que todos los que estaban allí pedirían asilo político. Sin embargo, él no estaba dispuesto a hacerlo, no lo hizo, y ahora, en la azotea, atontado por el sol, la sed y el hambre, se puteó por haber sido tan estúpido. Pero entonces no tenía la menor duda de que su futuro estaba en Cuba, junto a Idalys, y sólo le angustiaba saber cómo lo recibiría Lenin después de los diez años que habían pasado sin verse.

Sabía perfectamente que era corresponsable de aquella ruptura, pero no estaba dispuesto a reconocerlo ante su hermano. Después de todo, Lenin, que siempre fue el más revolucionario de la familia, el militante del partido comunista, el dirigente del estado, se había metido en la embajada del Perú y se había largado a Miami por el puerto de Mariel dejándolos a él, a Stalina y a Rosa con el culo al aire ante el Comité de Defensa de la Revolución. Sí, era cierto que por rabia y por defenderse de posibles acusaciones él había participado en el acto de repudio contra Lenin, había lanzado huevos podridos contra su casa y le había gritado escoria y traidor provocando la rabiosa aclamación de los vecinos. Sin embargo, el tiempo, el implacable, el que pasó, se dijo citando una tristísima canción de moda, había convertido en mentiras aquellos gritos, de modo que cuando Mary Castillo le preguntó que cuáles eran sus planes, no se le ocurrió nada mejor que decir la verdad ante las cámaras de televisión. Quería ver a su hermano. Pero una vez que hubo saciado el hambre y la sed empezó a preguntarse si Lenin también querría verlo, si se habría enterado de su reclamo, si estaría, como él, hastiado de traiciones, cargado de miedo y de nostalgia.

Cabizbajo, regresó al banco de la entrada, frente al Muro de las Lamentaciones, hasta donde ya llegaba el calor de la resolana, y se fue amodorrando como volvió a hacerlo ahora, en la azotea, asaeteado por las preguntas y por la culpa. No hubiera sido capaz de decir cuándo se durmió ni cuánto tiempo después la intuición lo llevó a entreabrir los ojos. El hecho es que lo hizo y tuvo la sensación de que seguía soñando. Frente a él había un tipo la mar de estrambótico, un payaso que llevaba zapatones verdes, pantalón rojo, anchísimo, de seda, y camisola magenta, también de seda, en la que estaban dibujados en amarillo los signos del zodiaco; el hombrín tenía los labios pintados de un hilarante color fresa, una nariz plástica rosada, tan larga como la de Pinocho, sendas chapas de colorete en las mejillas, una lágrima negra dibujada bajo el ojo izquierdo, y una peluca enorme, color zanahoria, que se quitó de pronto.

—¡Lenin! —exclamó él, incorporándose de un salto para abrazar a su hermano.

—Leo —le susurró éste al oído, mordiendo las palabras, mientras le devolvía el abrazo—. Ahora me llamo Leo.

—¿Cómo?

Por toda respuesta Lenin soltó la carcajada, movilizando todos los músculos de la cara, y luego dirigió una venia exageradísima a una mujer con el pelo pintado de rubio que se había detenido a mirarlo.

—¡Ay, pero si es Leo! —exclamó ella batiendo palmas de entusiasmo—. *I can't believe it!* —rebuscó apresuradamente en el bolso, extrajo una factura de telefono y un bolígrafo y se los alargó—. *Please,* Leo, fírmeme aquí, no tengo otra cosa, *excuse me, es for my daugther, her name* es Belinda, Belinda Ordóñez.

Leo tomó el bolígrafo, le dio la vuelta a la factura, la apoyó en el Muro de las Lamentaciones, hizo una brillante filigrana con la mano, dibujó rápidamente una estrellita perfecta, escribió debajo: «Para la linda Belinda/ *to the beautiful Belinda/ from her amigo Leo*», y lo devolvió a la mujer con una sonrisa.

—*Oh, thanks!* —dijo ella, mirándolo extasiada.

Sin dejar de sonreír, Leo pasó el brazo por sobre los hombros de Martínez, lo arrastró hacia la calle y lo condujo a un flamante Chrysler Voyager aparcado frente al Centro, en cuyo techo brillaba un gran cartel multicolor.

Leo, the best clown in town!

Martínez hubiera dado cualquier cosa con tal de volver a disfrutar allí, en la azotea, del aire acondicionado del carro de Lenin, que entonces, sin embargo, lo había hecho tiritar de frío. Su hermano estaba tenso, era evidente, y él lo estaba aún más, y ninguno de los dos sabía cómo ni por dónde retomar el diálogo roto hacía diez años. Lenin conducía en silencio y Martínez se entretuvo en repasar el interior del vehículo, tan espacioso como un pequeño ómnibus.

—Lenin... —murmuró al fin, incapaz de seguir soportando el silencio.

—¿Pero a quién coño se le ocurre decirme Lenin, vamos a ver? —Leo se despojó de la nariz de plástico y la tiró en la guantera—. ¿A quién coño se le ocurre? ¡Y por televisión na´ menos! ¡Pa´ to´ Miami!

Entraron en la playa de estacionamiento de una cafetería, y se detuvieron junto a un gigantesco camión articulado, en medio de un silencio tan insoportable como el sol que reververaba sobre el asfalto.

—Perdóname, Lenin, lo hice sin querer.

—¡Y dale con Lenin! ¡Mira, Stalin, métete en la mollera que por llamarse Lenin pueden matarlo a uno en cualquier calle de Miami! ¡Aquí hay unos cuantos cubanos locos *you know?!* ¡Unos cuantos! —Leo golpeó el volante y el claxon sonó emitiendo una versión acelerada de los primeros acordes de *Para Elisa*—. ¡Bien que supiste inventar que tú te llamabas Esteban!

Martínez desvió la vista. Nunca había soportado ver aquella vena latiendo en el cuello de Lenin y, sin embargo, no podía dejar de reconocer que su hermano tenía razón.

—Pero... ¿cómo iba a saber que aquí tú te llamabas Leo? Hace diez años que no hablamos.

En eso, una joven tocada con un quepis azul y un delantal blanco llegó junto al auto. Leo estaba tan concentrado mirando hacia el infinito que no advirtió su presencia. Martínez lo tocó por el hombro para llamar su atención. Leo volvió la cabeza hacia él, una lágrima verdadera se había superpuesto a la que tenía dibujada bajo el ojo, corriéndole el maquillaje, y Martínez tuvo la tentación de enjugársela con el revés de la mano, pero no se atrevió a tocarlo.

—Diez años —murmuró Leo.

La joven golpeó discretamente con los nudillos la ventanilla cerrada. Leo bajó el cristal y se volvió hacia ella.

—*Oh! You´re crying!* —exclamó la muchacha.

—*Well, not exactly* —replicó Leo, señalando a Martí-

nez—. *He´s my boss. I´m working, you know. I can cry...* —mimó
una rotunda tristeza de payaso y la trocó sin transición en
una sonrisa— *or smile.*

—*Oh! It´s terrific* —la joven quedó tan impresionada
que estuvo a punto de romper a aplaudir, pero lo pensó
mejor y extrajo una libretica y un bolígrafo del bolsillo del
delantal—. *So.*

Leo se volvió hacia Martínez; ahora no lloraba ni reía,
pero su rostro conservaba una expresión agridulce.

—¿Qué quieres?

—Nada —respondió Martínez, y su réplica sonó tan
cortante que consideró necesario explicarse—: no tengo
hambre, de verdad, acabo de almorzar en el Centro de Refugiados.

—*Okey, then* —Leo se dirigió a la empleada—. *I want a
big cuban sandwich, and a big coke, and a lot of potatoes, and
two cubans cofees.*

La muchacha se retiró con una venia. Leo suspiró profundamente antes de volverse de nuevo hacia él.

—*So, now you are supposed to apply for political asylum.*

El sol se había inclinado lo suficiente como para que
Martínez pudiera extender del todo las piernas sin sacar-
las fuera de la zona sombreada de la azotea; lo hizo lenta,
perezosamente, recordando que la inconfundible expresión *political asylum* le había permitido entender desde el
principio el sentido de aquella frase.

—Perdóname, Leo —había dicho entonces y repitió
ahora, para torturarse—, Pero... no voy a pedir asilo. Voy a
volver a Cuba.

Evocó la mirada de desconcierto que le había dirigido
su hermano, y las razones que él había enumerado para
justificar una decisión que entonces le pareció a Leo tan
estúpida como a él mismo le parecía ahora, en el recuerdo.
Vivía enamorado de su mujer, había dicho mientras ras-
paba con la uña la flamante pizarra imitación madera del

Chrysler, y en Cuba estaban la vieja y Stalina y alguien tenía que ocuparse de ellas, ¿no? En ese punto había hecho una pausa para que la verdad implícita en su silencio —que era justamente él, Stalin, quien se estaba ocupando de la familia— hiciera efecto en su hermano. La verdad era muy fea, había continuado diciendo mientras disfrutaba de los reproches como de una droga, por eso era duro mirarla de frente, pero lo cierto era que cuando él, Lenin, se largó para Miami sin avisarle a nadie, la vieja había quedado desamparada. Ahora ya no lo estaba, recién habían abierto un restorán que operaba en divisas, y además en Cuba él, Stalin, todavía podía darse el lujo de ser un profesional mientras que...

—¿Qué? —preguntó agresivamente Leo, invitándolo a continuar como si necesitara aquellos reproches para curarse de la debilidad de haber llorado.

—Nada, que yo vuelvo —respondió él, sin atreverse a decir que Leo, en el exilio, no había llegado a ser otra cosa que un payaso.

—Siempre fuiste un comemierda, Stalin —Leo suspiró profundamente antes de repetir, dando por terminado el enfrentamiento—: Siempre fuiste un comemierda.

Martínez se incorporó de pronto y se dirigió como un sonámbulo hacia el latón de agua de mar dispuesto a empaparse de nuevo. Necesitaba mojarse la cabeza atontada y ardiente, aunque sabía que aquel frescor sería tan pasajero y contraproducente como el placer que le produjo haberle cantado las cuarenta a su hermano. Porque el ganador de aquella partida, como de todas las que habían jugado en la vida, había sido Lenin. No en balde era justamente él, Stalin, quien estaba refugiado en la azotea del chalé de su hermano, hundiendo el torso en aquel latón de agua de mar como en una tumba. Sacó la cabeza empapada y disfrutó los hilos de agua que le corrían desde el pelo y la barba hacia el pecho y la espalda. Era una sensa ción agradabilísima, que se trocaría en tortura en cuanto el sol secara el agua e hiciera arder los cristales de sal sobre su piel como minúsculos granos de fuego.

Pero no regresó a la zona de sombra, se tendió en el catre, decidido a continuar insolándose, mientras se preguntaba qué tenía de malo ser payaso. En realidad, Lenin lo había sido desde niño, cuando hacía partirse de risa a la familia imitando las monerías de Gaby, Fofó y Miliki, los grandes payasos de la televisión. Era un prodigio cómo podía imitar también a los payasos del cine: Charles Chaplin, Buster Keaton, Tin Tan, Cantinflas, el Gordo y el Flaco y a todos y cada uno de los Hermanos Marx. Para su padre, sin embargo, aquel era un talento que debía permanecer puertas adentro, porque la vida era algo muy serio y alguien que se llamara Lenin no podía en modo alguno ser payaso. De manera que su hermano reprimió aquella vocación y con el tiempo decidió hacerse abogado; una profesión, decía su padre, ideal para un revolucionario a carta cabal. Sí, ¿qué tenía de malo ser payaso? En cierto sentido era un trabajo complementario al de los estomatólogos, porque sin duda quien tenía buenos dientes reía mejor.

En eso, sintió unos pasos saltarines en la escalera de caracol y se incorporó en el catre.

—¡Miriam!

Segundos después ella apareció sonriendo en la puerta sin batiente de la empalizada, con la cesta de vituallas colgada en el antebrazo. Él se mesó la barba, cada vez más hirsuta. ¿Por qué, a ver, por qué no había podido siquiera bañarse para recibir a aquel ángel?

—*How are you?*

—*Ai am...* —dijo él, sintiéndose tan torpe como un nativo en una película de Tarzán— okey.

—*You are so sweet* —repuso ella acentuando su sonrisa, con lo que sendos hoyuelos le iluminaron las mejillas—. *You always say okey, but you are not* —le acarició suavemente el brazo izquierdo, donde la insolación le había creado unas llagas ardientes—. *You need some help.*

El recuerdo de los Beatles vino de inmediato a socorrerlo. Jelp significaba ayuda y ella quería brindársela. Se sintió feliz, como si aquella promesa hubiese borrado de golpe su insolación y su desgracia.

—*Last night I was thinking of you, you know. It was like a dream, you were free, in Cuba, with your wife.*

Él se encogió de hombros dándole a entender que no había entendido y ella repitió las frases lentamente, como una maestra. No obstante, él apenas consiguió traducir algunas palabras sueltas entre las que lo encantó drim, sueño. ¿Acaso no lo era el que aquel ángel se le apareciera una y otra vez para hacerlo feliz en medio de su tormento? Sí, ahora disfrutaba un sueño como antes había sufrido una pesadilla. Agotado, decidió instalarse en aquella ilusión y renunció a preguntarse quién era ella y a entender el maldito inglés; no obstante, sin pretenderlo e incluso sin saberlo, por pura resonancia, consiguió desentrañar el sentido de lo escuchado. Ella había estado pensando en él como en un sueño y allí él era libre y estaba en Cuba con Idalys.

—*Some tea?*

Miriam le alargó un vasito de plástico. Tenía un pulóver muy corto, de algodón blanco, que le dejaba visible la cintura. Martínez no pudo resistirse a la tentación y le miró el ombligo, pequeño y trenzado como el botón de un clavel, y la suave línea de vellos que iba a perderse bajo el pantalón. Tuvo una súbita erección, desvió la vista avergonzado y empezó a beber lentamente, a sorbos, imaginando que estaba en la playa de Varadero con Idalys y que el líquido no era té sino cubalibre. Casi sin esfuerzo logró recuperar el sabor de aquella mezcla de ron, hielo y cocacola que había paseado triunfante por el mundo el nombre de su isla. ¡Ah, si Cuba fuese en verdad libre de americanos y españoles y aún de los mismísimos cubanos que se las habían ingeniado para convertirla en un infierno, él no estaría en Miami, encerrado en una empalizada! Durante un segundo se entregó a la ilusión de estar de verdad disfrutando los cuatro tonos de azul del mar de Varadero, cristal, añil, índigo y de Prusia, que siempre le habían resultado tan fascinantes como los cuatro palos de la baraja.

—*Here* —ella le tendió un bocadillo, sacándolo del ensueño—. *Now, tell me something about Cuba* —pidió repatingándose en el suelo como siempre que le hacía esa pregunta.

Él empezó a masticar lentamente, rumiando el mundo de cosas que pensaba contarle sobre la isla; pero al decidirse sólo alcanzó a tartamudear y tuvo que volver a enfrentarse al hecho de que no disponía de palabras para comunicarse con ella.

—Kiuba es veri bonita. O sea muy priti, ¿underestán?

—*Oh, yes!* —replicó ella, excitadísima como cada vez que lograba entender una palabra.

—Gud.

Sólo después de haber hablado él cayó en la cuenta de que había dicho bien automáticamente, como si manejara el inglés. Entonces sintió deseos de describirle los tonos de azul de Varadero, pero su intento se resolvió en un sonido gutural y la impotencia se le agolpó físicamente en los labios.

—¡Mierda!

Ella volvió a rozarle el brazo y a sonreír dulcemente, como si deseara calmarlo.

—¿Kiubanas ser bonitas? —preguntó mirándolo a los ojos con una suerte de ingenua picardía.

Él le sostuvo la mirada. Era consciente de que ella había hablado en una especie de espanglish, pero el simple hecho de haberla entendido lo llenó de júbilo. Las cubanas, ¿eran bonitas? Sí, sin duda; sobre todo cuando jóvenes, porque ciertamente envejecían mal debido a la pésima alimentación y a las angustias sin cuento que les deparaba el día a día. Pero hasta los treinta más o menos podían ser muy lindas, como Idalys, por ejemplo. O como la propia Miriam, que también era bellísima, aunque de otra manera. Tenía el pelo ondulado, tan negro como la maldad; los dientes blanquísimos, más bien pequeños; la piel tostada, color siena claro; y los ojos verdes, brillantes, que trasmitían una decisión alegre, ingenua e intensa. En conjunto parecía una criolla del siglo XIX. ¿Sería cubana? No, porque en ese caso sabría español, aunque tampoco era yanki, desde luego.

—Ies, las kiubanas ser bonitas, como tú —dijo, disfrutando al sentir que el espanglish los acercaba—. Yu parecer kiuban.

—*Oh, thanks!* —exclamó ella entusiasmada—. *Thanks a lot!* —los ojos se le aguaron emitiendo un intenso fulgor verdinegro, que se apagó de pronto—. *I would like to, you know* —las pupilas se le habían vuelto grises y la voz extrañamente opaca. Quedó en silencio, con la cabeza gacha, se secó las mejillas con el dorso de la mano, se mordió el labio inferior y añadió, como quien se confiesa—: *Sometimes it´s difficult to live here, you know* —le clavó la vista con sorprendente violencia al preguntar—: *Who am I?*

Él se sintió como un insecto porque no la había entendido bien; se sabía absolutamente incapaz de responderle.

—Yu ar veri bonita.

Ella lo miró con una mezcla de cansancio e ira y empezó a desgranar una requisitoria desesperada.

—*I´m not cuban* —dijo con una rabia sorda, como si también él tuviera alguna responsabilidad en su desgracia—. *I´m not exactly an american. Those wasps, you know, those jews, those hispanics, those blacks, I´m afraid they hate us. I don´t know. Anyway, I ask myself who am I. Can you tell me?*

El labio inferior empezó a vibrarle, rompió a llorar y se le abrazó a las rodillas temblando. Él había entendido apenas algunas palabras sueltas, suficientes, sin embargo, como para comprender que ella no se consideraba ni cubana ni yanki y que temblaba justamente por el miedo de no saber quién era. ¡Dios, si tan sólo pudiera calmarla! Si al menos tuviera palabras para decirle que en todo caso era una muchacha cálida, a la que le estaría eternamente agradecido. Pensó hacerlo en español, calculando que también ella entendería al menos algunas palabras, pero de pronto cayó en la cuenta de que había empezado a acariciarle el pelo y prefirió limitarse a seguir haciéndolo en silencio, como si consolase a su hija o a su hermanita, hasta que ella levantó la cabeza y lo miró sonriendo entre las lágrimas.

—*Sorry* —dijo, mientras se secaba las mejillas con un pañuelito de papel—. *I´m a fool, you know* —miró su breve reloj de pulsera y se incorporó fácilmente, con elasticidad de gimnasta—. *Excuse me, but I have to go to work right now.*

Él no tuvo que hacer ningún esfuerzo para entenderla. Ella se iba a trabajar, era evidente, y ya estaba repitiendo el ritual de dejarle bocadillos y vasitos de té, mientras él la miraba como si quisiera aprendérsela de memoria. ¿Quién era aquella muchacha que parecía salir de la nada para trocar su pesadilla en sueño?

—¿Dónde yu uork? —insatisfecho con su pregunta, intentó reformularla de un modo más claro—. Yu uork, ¿dónde?

Esta vez fue ella quien se tomó su tiempo para interpretarlo.

—*At the Miami aquarium* —dijo al fin con una sonrisa dubitativa, como si no estuviese segura de haberlo entendido correctamente— *I´m psycologist of dolphins.*

Él tradujo que ella era psicóloga, pero no alcanzó a entender la otra palabra.

—*¿Dolfins?*

Ella intentó explicarse, levantó la mano, la bajó como si la hundiera en el agua y volvió a levantarla con el índice y el del corazón abiertos de modo que sus dedos parecían sonreír. ¿Delfines?, se preguntó él, ¿le estaba diciendo que era psicóloga de delfines? ¿Existía un trabajo así en este mundo? No, probablemente no la había entendido bien.

—Ju ar yu? —le preguntó con una ansiedad tan intensa que resultó agresiva.

—*I´m Miriam* —respondió ella con cierto asombro—. *Are you all right?*

Lo miraba con una irrestañable aprehensión, como si temiera que se hubiese vuelto loco de repente. Él se maldijo por haber cedido a la tentación de preguntarle quién era, cuando se sabía del todo incapaz de precisar que no se estaba refiriendo simplemente a su nombre; que quería saber, por ejemplo, si tenía 20, 22 o 24 años, qué había estudiado, dónde vivía, si era efectivamente psicóloga de delfines o si él la había entendido mal, si tenía novio, si le gustaba más el cine o la lectura, los Beatles o los Rollings, qué pensaba sobre Cuba y sobre todo cómo había llegado allí y por qué iba a visitarlo cada tarde para aplacarle la sed, la soledad y el hambre. Pero no tenía palabras con qué decir todo aquello, de modo que se limitó a continuar mirándola mientras temblaba por dentro de gratitud y también del miedo atroz que le provocaba la simple idea de que ella decidiera no volver.

—*Are you all right?* —insistió Miriam, sin dejar de mirarlo a los ojos.

Su ansiedad era extraordinariamente dulce y solícita. Con la repetición de la pregunta, Martínez consiguió entenderla y alcanzó a dominar sus temblores.

—Ies —dijo sonriendo, y añadió, consciente de que iba a utilizar lo que ya se había convertido en una clave entre ellos—: Ai am okey.

—*Oh, that's terrific!*

¿Por qué le había parecido terrible que él estuviera okey?, se preguntó Martínez, ignorante de que *terrific* significaba fantástico. Pero como no tenía recursos para aclarar el malentendido, y ella estaba tranquila y sonriente, prefirió dejar las cosas así y disponerse a encajar la despedida sin dar muestras de la tristeza que ya lo embargaba. Ella tomó la cesta, le rozó la barba con los labios y se dirigió hacia la caseta, desde donde le dijo adiós con la mano antes de perderse escalera abajo.

Él fue hasta el catre y se sentó con la cabeza gacha bajo el sol del atardecer. Media azotea estaba ya cubierta por la sombra, pero la depresión no le dejó fuerzas para trasladar el catre hasta aquella zona. Mejor, se dijo mientras tomaba sorbos de té, seguiría achicharrándose y mañana ella le cogería lástima y volvería a rozarlo con los dedos. ¿De dónde habría salido aquella muchacha tan alegremente triste? ¿Quién sabía? De una cosa estaba seguro, Miriam era una mujer de carne y hueso. Él no estaba soñando ni la había inventado. Quizá cuando Lenin Leo regresara de la gira y subiera a verlo podría ayudarlo a resolver el misterio. Lenin Leo, qué risa. Por más que a su hermano no le haría ninguna gracia aquella confusión. Sería mejor que él, Esteban Stalin, se la guardara para sí. Estaba en deuda con su hermano, a quien el tiempo le había dado la razón. Sin embargo, y eso debía reconocérselo siempre, Lenin no le había restregado en la cara su victoria, como si el exilio y la experiencia de tantos desgarramientos le hubiesen cambiado el carácter.

En Cuba, desde que decidió hacerse abogado, Lenin se había ido convirtiendo en un tipo insoportablemente pugnaz, aquejado por el vicio de transformar todo diálogo en un enfrentamiento que se sentía obligado a ganar a cualquier precio. Sin embargo, cuando Martínez lo reencontró en Cayo Hueso y le comunicó su decisión de regresar a la isla, Lenin se limitó a llamarlo comemierda, y en lugar de ceder a la tentación de enzarzarse en un debate político, o de responder a las sordas acusaciones que había recibido en el tenso diálogo que sostuvieron en su automóvil, invitó a Martínez a visitar un hipermercado para comprar regalos a toda la familia. Una vez allí, le fijó un presupuesto de seiscientos dólares y lo dejó escoger sin inmiscuirse en ninguna decisión. Entonces, Martínez se había preguntado por las razones de aquel cambio tan profundo en el carácter de su hermano, pero sólo ahora, bajo el declinante sol de la azotea, pudo entender con exactitud, por experiencia propia, que Lenin sufría la impagable sensación de culpa del exilio. También él estaba empezando a sufrir aquella herida irrestañable. El olor de su madre, de su infancia y de su lengua habían quedado atrás para siempre, pero los suyos seguían allá, prisioneros de aquel mundo sin esperanza, y frente a ellos se sentía un traidor. No importaba siquiera que tuviera éxito en su empeño de engañar a los yankis, que consiguiera aparecer como un balsero, obtener permiso de trabajo y residencia, revalidar el título, fundar la Gran Clínica Estomatológica Marti, hacerse rico y enviar a Cuba dinero y medicinas. Nunca dejaría de sentirse culpable de su felicidad, si es que alguna vez tenía la suerte de lograrla.

Justamente así, ahora estaba seguro, se sentía su hermano cuando entraron al hipermercado. Martínez, que provenía de una Habana de tiendas sucias y vacías, quedó atónito ante aquella superficie descomunal, brillantemente iluminada, donde podía adquirirse lo humano y lo divino. ¿Qué comprar? ¿Aquella bata de casa, ¡qué bonita!, para su madre por $4.99? ¿Aquel juego de cubiertos, ¡de acero inoxidable!, para La Cocina Cubana por $17.50? ¿Una barbie, ¡como una mujer en miniatura!, para Carmencita por $22.25? ¿Una combinación de nailon, ¡transparente!, para Idalys por *only* $9.80? ¿Cuánto sumaba todo aquello? Si por lo menos Lenin le hubiese puesto en las manos una calculadora, en lugar de aquel carrito que debía llenar antes de que terminara de cumplirse el tiempo de gracia que le había otorgado la inmigración americana, podría sacar cuentas rápidamente. Pero calcular así, a palo seco, le resultaba dificilísimo. Y para colmo sólo le quedaban dos horas y cuatro minutos en territorio americano. A ver, se dijo, mientras caminaba como un zombie por los pasillos de aquella ciudadela, seiscientos dólares divididos entre Mamá, Idalys, Carmencita y el negocio... Sí, tocaba a unos ciento setenta y pico de dólares para cada uno. De pronto, cayó en la cuenta de que había olvidado a Stalina; no tenía que dividir entre cuatro sino entre cinco, con lo cual...

—Decídete —lo urgió Leo, señalando un gran reloj digital que pendía del techo.

Ni que fuera tan fácil, pensó ahora Martínez, mientras masticaba uno de los bocadillos que le había dejado Miriam. Decidir sólo era sencillo cuando no se tenía opción, como le pasaba a él allí, en la azotea, o prácticamente a todo el mundo en Cuba. En cambio, cuando uno se enfrentaba a infinitas combinaciones, como le había ocurrido en el hipermercado, entre las que tenía que elegir diez, cincuenta o cien, cada una de las cuales implicaba además ganar o perder, ahorrar o malbaratar, ser hábil o tonto, la migraña se instalaba de inmediato en su cabeza. Stalina creía tenerlo clarísimo. El socialismo, solía decir, era un zoológico donde las gentes vivían en jaulas, esperando que el guarda les tirara la pitanza; mientras que el capitalismo era la selva donde había que salir a cazar todos los días.

Pero el verdadero problema era que cazar equivalía a decidir, se dijo Martínez, desvalido en medio del hipermercado. ¿Debía gastar, por ejemplo, $499 en aquel espléndido congelador Carrier que le serviría para conservar los suministros de La Cocina Cubana? Les hacía falta, desde luego, aunque pensándolo bien todo lo que vendían allí les hacía falta. Y ya que había pensado en la cocina, ¿por qué no comprar aquella, eléctrica, de cuatro hornillas, por sólo $129.80? No sería una mala opción teniendo en cuenta que el gas faltaba a cada rato en La Habana. Sólo que la electricidad faltaba con mucha más frecuencia. Aunque, desde luego, la solución a la carencia de luz eléctrica estaba un poco más allá, en aquel farol Coleman que tan sólo costaba $17.25 y podría iluminarlos perfectamente a él y a Idalys. ¿Se atrevería a comprarlo? ¡Sí, qué carajo! Lo necesitaba tanto como al congelador y era muchisísimo más barato. Con la mano temblándole por el peso de la decisión tomó un farol, lo depositó en el fondo del carrito, avanzó tres pasos y de inmediato una insoportable sensación de culpa lo detuvo. ¿Cómo no se le había ocurrido comprar otro, para su madre y Stalina? Dio marcha atrás, seguido pacientemente por Leo, y entonces cayó en la cuenta de que el farol funcionaba con kerosene. ¿Qué hacer, si en Cuba era dificilísimo conseguir combustible? Devolver el farol a la estantería, pensó, devolviéndolo.

Miró el gran reloj digital de brillantes números verdes, que parpadeaba como un sapo burlón. Ya le quedaban menos de dos horas. Echó a caminar repitiéndose una y otra vez que tenía que decidirse, y en eso vio un ventilador de pie tan alto como un hombre. Costaba $59.99 y tenía un diseño tan moderno que parecía el nieto de Pepe, su viejo ventilador habanero. Lo cogió en una especie de rapto, comprobando de paso que era livianísimo, y decidió comprarlo. Cuando comprobó que resultaba imposible acomodarlo en el carrito, sintió que se desplomaba y estuvo a punto de devolverlo, pero Leo se ofreció a llevárselo cargado y él se lo agradeció, entusiasmado por haber tomado al fin una decisión. En cuanto caminó dos pasos sintió que la sensación de culpa volvía a paralizarlo. ¿Podría ser capaz de dormir tranquilo, al fresco, mientras su madre, Stalina y Carmencita se asaban de calor? No, eso sería una canallada. ¿Qué hacer entonces, invertir otros $59.99 en un segundo ventilador? Sí, se dijo al volver sobre sus pasos, aunque, desde luego, era un sacrificio descomunal. Estiró la mano y volvió a bajarla de pronto, temblando ante el recuerdo de que su madre, su hermana y su sobrina dormían en distintas habitaciones. ¿Comprar otros tres ventiladores? ¿Gastar prácticamente ciento ochenta dólares más? ¡Ni loco! ¿Olvidarse de su familia como cualquier hijoeputa?

Cuando pensó en devolver su propio ventilador sufrió una taquicardia. Levantó la cabeza para comprobar la hora en el reloj que pendía del techo e inesperadamente encontró la solución a su tragedia. Un poco más allá, en el estante de la izquierda, vendían unos preciosos ventiladores de mesa por sólo $19.90. Corrió hacia allí, metió tres en el carrito y abandonó la sección a grandes trancos para no tener la oportunidad de arrepentirse. Leo lo seguía calmadamente, llevando el ventilador de pie como a su pareja de baile, y él se preguntó cómo su hermano podía andar así, tan tranquilo, vestido de payaso entre las gentes. De pronto vio una, dos, diez muñecas barbies y pensó en su sobrina. Se dijo que aquellas muñequitas eran poco para ella, tomó un oso de peluche tan grande como un niño y lo metió en el carrito. Cuando vio que costaba $34.95 estuvo a punto de devolverlo. Se contuvo porque sentía una debilidad especial por Carmencita y ella deseaba tanto un hermano. Ahora, en la azotea de donde el sol ya se había retirado del todo, volvió a pensar en su sobrina y los ojos se le humedecieron de nostalgia. Quizá no volvería a verla nunca. Salvo que todo le fuera tan bien que pudiera reclamarlas a ella, a Stalina y a su madre y toda la familia se estableciera en Miami. Entonces pensó en Idalys, se dijo que jamás la reclamaría, por puta, y le dedicó una maldición terrible. ¡Que se quedara en Cuba para siempre!

Pero en el momento del hipermercado la amaba tanto aún que entre las varias razones por las que había decidido regresar a Cuba, Idalys era la primera. Tenía que llevarle un gran regalo, además del chihuahua de peluche que cogió para ella antes de abandonar la sección de juguetes. ¿Perfumes, detergentes, chocolates, lavavajillas, una colección completa de los discos de Gloria Stefan? Tantas posibilidades lo tenían confuso cuando vio a su derecha la sección de calzado femenino, recordó instánteamente que Idalys necesitaba zapatos y entró feliz. Leo le informó que allí sólo vendían calzado de mujer y él le dijo que eso era exactamente lo que andaba buscando y que Idalys usaba su mismo número. Estaba absolutamente seguro de que los zapatos le servirían. La oferta era amplísima, pero pese a ello no le resultó difícil seleccionar un modelo. Los gustos de Idalys eran muy definidos y sin duda le encantarían aquellos zapatos de tacón alto y fino, que dejaban fuera las uñas y cubrían el empeine con una pieza translúcida, decorada con estrellitas doradas. Aunque también, claro, le fascinarían aquellos otros, unos zuecos color rojo escándalo, ideales para el día de Santa Bárbara, que para ella era Changó, uno de sus santos tutelares. Consciente de que no podía perder tiempo tomó ambos pares, se sentó en una butaca libre, se puso los de tacón y dio un par de pasos inseguros mientras se subía los pantalones para mirarse al espejo. Le quedaban cómodos, pero ¿estarían bonitos?

—¿Te gustan, Leo?

—*That´s too much!* —exclamó a su lado una americana vieja, de nariz ganchuda y quevedos de oro.

Martínez no cayó en la cuenta de que la mujer se había dirigido a él exclamando que aquello era demasiado, pues estaba concentrado en saber si su hermano aprobaba o no la compra de los dichosos zapatos. La vieja se le plantó enfrente y él se sintió como ante un ave de rapiña dispuesta a entrarle a picotazos.

—*That´s the cuban pervertion!* —denunció ella, señalándolo con el índice.

—*Fuck you, mam!* —intervino Leo, e inmediatamente se dirigió a él—: Quítate eso, anda.

Cuando Martínez consiguió entender que la vieja estaba denunciando la perversión cubana se despojó de los zapatos de tacón, pero le entró un ataque de risa que volvió a sacudirlo ahora, en la azotea, al recordar el encabronamiento que había cogido la americana por sus carcajadas y sobre todo porque Leo la hubiese mandado a tomar por el saco, según le tradujo éste poco después, cuando salieron del embrollo.

—*It´s not funny, you know! It´s not funny!* —exclamaba la gringa sin dejar de acusar a Martínez con el índice.

—*Close your mouth, you, american asshole!* —le ordenó Leo.

La blanquísima piel de la cara de la mujer se tornó roja como la luz de un semáforo.

—*Help, police!* —exclamó levantando los brazos al cielo—. *Help!*

Algunas clientas se acercaron, atraídas por la gritería de la gringa. La empleada de la sección, una rubita de nariz respingada y pecosa, se dirigió a ellos sellándose los labios con el índice.

—*Silence, please!*

Martínez continuó riéndose en la azotea, donde prácticamente se había hecho de noche, al recordar cómo su hermano le explicó en voz baja que le había llamado ojo de culo americano a aquella vieja. Sí, ahora reía a más y mejor, pero entonces, en el hipermercado, se había puesto serio de inmediato. La empleada estaba cabreadísima por el escándalo. Un guardia de seguridad había empezado a dirigirse hacia ellos a grandes trancos. La escena era tan típicamente yanki que él tuvo la vívida impresión de estar protagonizando una película, llegó a sentir miedo y decidió calzarse sus viejos mocasines por si tenía que salir corriendo. El guardia era alto como un jugador de baloncesto y malencarado como un boxeador, llevaba un colt calibre 38 a la cintura y estaba a punto de llegar hasta ellos. A él le restaban menos de dos horas de gracia en la Florida, pero Leo podía sufrir las imprevisibles consecuencias de aquel escándalo. En eso, la joven empleada de nariz pecosa se dirigió al guardia.

—*No problem, Bob. Everything is under control* —el tipo emitió una sonrisa cómplice. La empleada se volvió hacia Martínez y señaló los zapatos que él aún conservaba en la mano—. ¿Te los llevas, papito?

—¡Tú eres cubana! —exclamó él sintiendo que aquella pregunta le había devuelto el alma al cuerpo.

—De Consolación del Sur —asintió ella—, provincia de Pinar del Río.

—Me los llevo.

La vieja gringa había seguido de cerca aquel diálogo mirándolos ora a él, ora a la empleada, como una gallina insoportable; cuando la muchacha tomó los zapatos y los invitó a seguirla hasta el mostrador, la vieja se ajustó los quevedos y les fue detrás.

—*This is unacceptable!* —exclamó en cuanto la empleada metió los zapatos en una caja que a su vez introdujo en una bolsa—. *Those cubans are transvestites!*

—*So what?*

Martínez evocó ahora aquella discusión hinchado de orgullo por la autoridad de la muchacha, que le sostenía la mirada a la gringa en una actitud de reto trufado de desprecio.

—*They are homosexuals!* —insistió la vieja, mirándolos como si estuviera a punto de vomitar.

—*So what?* —repitió la muchacha, dejó la pregunta en el aire durante unos segundos y remató—: *This is a free country!* —Entonces se dirigió a ellos confidencialmente, como si ya la americana no existiera—: estos yankis me tienen hasta la cocorotina —dijo, llevándose la mano a la cabeza—. Cincuenta y dos noventa y cinco —les extendió el paquete, un recibo y una sonrisa, y orientó a Martínez—. Pagas en la caja, mi amor.

—Gracias, mamita —dijo Leo devolviéndole la sonrisa. Metió el paquete en el carrito, cargó el ventilador de pie y se dirigió a él—: ¿Viste eso? ¿Los cubanos somos de pinga o no somos de pinga? ¿Mandamos aquí o no mandamos aquí?

Estaba exultante, feliz como un muchacho, y Martínez se contagió de aquella exaltación y reconoció que sí, que los cubanos eran de pinga y mandaban donde quiera. Fue en ese momento cuando le entró la fiebre de decidir, pues como cubano estaba obligado a ser también un tipo de pinga, y empezó a meter chucherías en el carrito. Un rato después lo tenía lleno hasta los topes y se encaminaba hacia la caja junto a Leo pensando que el calvario de las compras había terminado y preguntándose si acaso no se habría equivocado en las cuentas. Entonces la vio.

—¡Mírala, mi hermano, mírala! —dijo, paralizado por la emoción— ¡Mira qué linda!

—¿Una hembra? —preguntó Leo moviendo la cabeza a lado y lado—. ¿Dónde?

No se trataba de una mujer. Pero Martínez estaba tan impresionado que se sentía incapaz de nombrar la causa de su pasión y se dirigió con paso tembloroso hacia la bicicleta *mountain bike* de fibras de carbono, que horas después habría de convertirse en una de las razones principales de su desgracia. Era negra, sólida y elegante como una yegua de raza, tenía todos los extras, timbre, luces, espejos y casco, pero como suele ocurrir con las cosas verdaderamente buenas de la vida, era incosteable. Sobre ella, en explosivas letras rojas, un letrero rezaba:

$699 *only!*

La miró de cerca con una mezcla de delicadeza y deseo, como a una mujer decente, bellísima y desnuda, y se volvió transfigurado hacia su hermano.

—Si tú supieras lo que yo sufro todos los días pa´ llegar al trabajo. Con esto volaría.

—Cómprala.

Martínez la miró de nuevo. ¡Tenía cinco velocidades, como un automóvil! Cedió a la tentación de levantarla y comprobó que era tan ligera como un pájaro.

—Es muy cara —murmuró, con la triste convicción de que un objeto tan perfecto no estaba hecho para él.

—Yo puedo hacer un esfuerzo —dijo Leo—. Quien dice seiscientos dice seiscientosnoventainueve.

Al levantar la cabeza hacia su hermano, Martínez vio el carrito lleno de regalos abandonado en medio del pasillo.

—¿Y todo eso?

—Decide.

Fue como una estocada, pensó Martínez mientras miraba la infinita línea de luz creada por los faros de los automóviles que circulaban por el *expressway*. Él había preguntado por los regalos con la intención de que Leo le dijese que comprar la bicicleta era imposible, no de que lo situase en el disparadero de decidir. No estaba entrenado para ello, no sabía ni quería hacerlo, y sin embargo su hermano no le había dejado otra alternativa. De un lado estaban las ilusiones de todos; del otro, la posibilidad de que un don nadie como él concitara la envidia de los demás por una vez en su vida.

—Devuelve to´ eso, mi hermano —dijo, agarrándose a la bicicleta como un niño—. Y perdóname.

Sintió un leve retortijón en las tripas, se mesó la barba y decidió regresar al catre, donde se tendió de cara a la pavorosa belleza del cielo de la noche. ¿Existiría Dios? Nunca había sido creyente ni lo era ahora tampoco, y sin embargo albergaba la certeza de que alguna fuerza oscura había castigado su ambición. El destino de las gentes, ¿estaría inscrito en alguna parte? Creía que no, y a la vez estaba seguro de haber intentado forzar el suyo al adquirir aquella maldita bicicleta. De no haber cedido a la tentación no se hubiese roto el brazo, aunque pensándolo bien probablemente Idalys lo habría traicionado de la misma manera y él yacería igualmente allí, desolado, evocando la conversación que sostuvo con Leo en el aeropuerto regional de donde despegó el avión que lo había devuelto a Cuba.

El salón era pequeño, con sólo dos mostradores de embarque y una parrilla donde se leía Havana, Tampa, Fort Laudardale, Saint Petersbourg. Martínez estornudó al entrar y se preguntó si el choque entre el calor mercurial de la playa de aparcamiento de donde provenía y el frío del aire acondicionado de aquel salón le habría provocado una gripe. Lo que más le molestó, sin embargo, fue haber rociado el manillar de la flamante *mountain bike* con su estornudo. Procedió a secarlo de inmediato con el faldón de su bata de dentista, pero no consiguió que la bicicleta volviera a brillar como cuando era nueva.

—Tienes que usar un líquido especial para limpiar metales —le dijo Leo—. Dámela, voy a despacharla como equipaje.

Martínez se sintió humillado. ¿Acaso Leo no sabía que en Cuba no había líquido especial ni líquido normal ni ningún líquido para limpiar nada? Cedió la bicicleta porque no le quedaba otro remedio, sintió en el pecho los golpecitos que le propinaron al depositarla sobre la cinta transportadora y la vio desaparecer de su vista con tanta tristeza como si se tratara de un ser querido.

—¿No vas a embarcar nada más?

—No —dijo él, rehuyéndole la mirada a Leo—. Tú pensarás que soy un hijoeputa ¿verdad?

—¿Por qué? Ya te dije lo que pienso; que tenías que haberte quedado aquí.

Martínez bajó la cabeza; en la estancia había una luz asordinada, pero el sol que entraba a través de los cristales brillaba como un cuchillo al reflejarse en el limpísimo suelo de linóleo.

—No le llevo nada a nadie —dijo, hizo un esfuerzo y volvió a mirar a su hermano—. Soy un hijoeputa. Lo pienso yo.

Leo le sostuvo la mirada con un afecto tan intenso y contenido que él estuvo a punto de abrazarlo; pero en ese momento el guarda de inmigración que lo había recibido al llegar se les paró enfrente; traía en una mano a Fredesvinda, la vieja bicicleta china, y en la otra el maletín de dentista. Lo acompañaron hasta un mostrador vacío, Martínez firmó un papel y el tipo, un hombre seco y pequeñito, le devolvió sus propiedades. Fue Leo quien recibió a Fredesvinda, tomándola por el manubrio.

—¡Coñó! —dijo echándose a reír—. Este sí que es un trasto antediluviano. No te precoupes, yo la desaparezco.

La carcajada volvió a humillar a Martínez; no le había gustado ni un poquito que Leo se refiriera a Fredesvinda con tanto desprecio. Pero no tuvo coraje para decírselo porque su hermano, de pronto, empezó a confesarle cuánto extrañaba a la familia, al barrio y a los amigos. Martínez se removió en el catre; recién acababa de identificar la Vía Láctea y se sentía mínimo, perdido y miserable frente a las estrellas. También él, ahora, extrañaba al mundo que había dejado atrás para siempre, pero entonces, en el salón del aeropuerto, fue lo suficientemente bajo como para alegrarse del dolor que la nostalgia le producía a su hermano; ya que le había ido tan bien, se dijo, que tenía casa y carro nuevos, no estaba nada mal que sufriera su poquito, que pagara por la felicidad que a los cubanos de la isla les estaba vedada. Aquella alegría vengativa, sin embargo, duró apenas unos segundos, porque en cuanto llamaron el vuelo con destino a La Habana, y el timonel y el pasajero de la *Nuevo Amanecer* que también regresaban a Cuba salieron de la oficinita donde los tenían aislados, Martínez cayó en la cuenta de que prácticamente no había hablado con su hermano, de que no había sido capaz de decirle cuánto lo quería, y lo abrazó en silencio.

—Cuídame a la vieja —le rogó Leo al oído—, bésame a Stalina, y dile a la sobrina que no conozco que la quiero.

—*Gentlemen, please* —los interrumpió discretamente un empleado de la compañía aérea.

Martínez se mesó la barba, tan húmeda de llanto entonces como ahora, y evocó el momento en que pasó del frío del salón al calor reverberante de la pista, por la que echó a caminar mirando hacia atrás con la ilusión de volver a ver a su hermano. Había avanzado unos veinte metros cuando Leo apareció gritando y gesticulando en la terraza, pero el ruido de los motores del avión le impidió entenderlo. Entonces, al abordar la nave que lo conduciría de regreso a Cuba, había pensado que no volvería a verlo nunca; ahora, mirando al aterrador vacío de la noche, pensaba que no volvería a ver a su madre ni a su hermana. Las lágrimas le hacían percibir el brillo de las estrellas como un haz de luces rotas y se dijo que exactamente así era su vida; cerró los ojos con la ilusión de que algún milagro lo ayudara a unir sus pedazos, e intentó exorcizar la idea de que sus desgracias actuales se debían a sus culpas pasadas imaginando que escapaba de sí mismo para siempre, libre y feliz al fin, a través del fulgurante Camino de Santiago.

SÁBADO 25

Un retortijón en las tripas lo arrancó de la duerme-vela. No tenía reloj y había perdido el sentido del tiempo, de modo que le era imposible saber si se-rían las diez, las doce, o la una de la madrugada del día siguiente. Decidió serenarse, engañar al vientre y aguantar un poco más antes de bajar al baño. No podía correr el riesgo de que su sobrino Jeff o algún vecino o visitante lo descubriera y acusara a Leo de estar protegiendo a un ilegal. Sí, era mejor tranquilizarse y recordar el brevísimo vuelo que lo había conducido de Key West a La Habana, asombrarse otra vez, como lo había hecho entonces, de lo cerca que estaban aquellos mundos tan lejanos. Pero más asombroso aún que aquella cercanía geográfica era el hecho de que él estuviese ahora en Miami, recordando que apenas unos días antes estaba ansioso por llegar de una vez y por todas a La Habana. ¿En qué momento cambió de parecer? ¿Cuándo se le llenó la cachimba de tierra y decidió mandar al carajo a lo que hasta entonces había sido su vida? No sería capaz de decirlo con exactitud, pero sí de evocar uno a uno los granos de arena que terminaron formando la montaña que de pronto se le vino encima. La historia había empezado pronto, en la propia pista del aeropuerto José Martí, en Rancho Boyeros, donde tres agentes esperaban el avión al pie de la escalerilla. Iban vestidos de civil y se presentaron como miembros de la Dirección de Protocolo del Ministerio de Relaciones Exteriores, pero había algo inconfundible en ellos, algo que los delataba como lo que eran en realidad: agentes del Departamento de Seguridad del Estado del Ministerio del Interior.

Martínez se removió en el catre preguntándose en qué consistía ese algo. ¿En las gafas de sol Ray Ban que los tres lucían con un tin de soberbia? ¿En las flamantes indumentarias deportivas de importación que los distinguían radicalmente de los cubanos de a pie? ¿En la autoridad militar con que se movían? Sí, todo aquello influía en caracterizarlos como segurosos, se dijo, pero el elemento que más y mejor los denunciaba era la sinuosa cortesía de que hicieron gala mientras caminaban por la pista hacia el salón de protocolo. La de aquellos tipos estaba hecha de sonrisas tan perfectas como anuncios de crema dental, de suaves palmaditas en los hombros que tenían un indefinible substrato de advertencia, de reiteradas referencias al desigual combate que los recién llegados habrían sostenido en territorio yanki, de vagos comentarios sobre las sutiles tácticas de la inteligencia enemiga para captar agentes, y de formales bienvenidas al sagrado suelo de la patria.

Cuando pasaron de la pista al salón cada agente invitó a uno de los recién llegados a que lo siguiera. En un santiamén Martínez se encontró en una oficinita refrigerada, donde el mulato caballuno que le había tocado en suerte lo sometió a un amistoso interrogatorio. ¿Por qué había vuelto? Ahora, al evocar aquella escueta pregunta, él volvió a sentir un retortijón en las tripas, contuvo la respira-

ción durante unos segundos, exhaló el aire lentamente y
se dijo que aún podía aguantar un poco antes de bajar al
baño. ¿Por qué había vuelto? Entonces enumeró ante el
mulato razones muy semejantes a las que pocas horas
atrás había esgrimido frente a Leo en Key West, pero en la
aséptica oficinita del aeropuerto habanero su tono fue bien
distinto. ¿De dónde, se preguntó mientras se pasaba la
mano por la barriga para acallar el sordo borboteo de las
tripas, había brotado aquella ansiedad por justificarse que
le resecó la boca? ¿De dónde el miedo que le hizo temblar
la voz? ¿De qué se sentía culpable ante aquel descono-
cido? ¿Por qué afirmó que Key West era feísimo y que en
ningún momento tuvo la tentación de darse un salto hasta
Miami? ¿Por qué cedió al juego de fingir que se encabronaba hasta el punto de encabronarse efectivamente al afir-
mar, poniéndose de pie, manoteando y alzando la voz,
que aquella pregunta acerca de si había pensado pedir
asilo político era una falta de respeto que no le consentiría
ni a su madre? ¿Por qué, al advertir el esbozo de sonrisita
de yo sé que tú sabes que yo sé que le dirigió el mulato
caballuno, cayó todavía más bajo y llegó a decir que su
hermano era un traidor a la patria, un vulgar payaso que
además había cometido la indignidad de cambiarse el
nombre?

Se sentó en el catre, doblado del dolor de barriga, y estuvo a punto de echarse a correr hacia la escalera de caracol. Pero el cólico cedió de pronto. Se secó el sudor frío de
la frente, y decidió ganar tiempo recordando el momento
en que al fin el mulato caballuno lo autorizó a salir de la
oficinita y le devolvió su flamante *mountain bike*. Se sentía
liberado y a la vez sucio, como si hubiese aprobado un
examen haciendo trampas. ¿Qué hubiera pasado, por
ejemplo, si le hubiese dicho al agente que Leo era y siempre sería su hermano, un tipo cojonudo y exitoso, y que él,
Stalin, se había rebautizado como Esteban en la televisión

yanki? ¿O si se hubiese negado a responderle al mulato, argumentando que nadie tenía derecho a interrogar a quien regresaba a su país? Volvió a tenderse, diciéndose que únicamente un loco se atrevería a hablarle así a un seguroso. Sin embargo, intuía que al agente no le interesaba saber qué pensaba él en realidad, que lo tenía sin cuidado el que sus respuestas hubiesen sido verdaderas o falsas, pues lo único importante en aquel test era quebrar al interrogado haciéndolo decir exactamente lo que la seguridad quería escuchar. Visto así se trataba de un juego sencillo, y él no debía seguir despreciándose por haberlo jugado de acuerdo con las reglas; en fin de cuentas había hecho lo que todos en Cuba: nadar y guardar la ropa.

Entonces tenía clarísimo que de haber dicho siquiera la mitad de lo que pensaba se habría convertido en un tipo sospechoso, en alguien marcado, y eso era mucho más de lo que estaba dispuesto a soportar. Así que se tragó el mal sabor de boca que le había dejado el interrogatorio, acomodó el maletín sobre la *mountain bike* y entró al salón principal de protocolo flanqueado por los dos pasajeros de la *Nuevo Amanecer* que también habían vuelto. En el salón los esperaban las cámaras, luces y micrófonos de la televisión y un destacamento de pioneros, el himno nacional empezó a sonar por los altavoces y él se llevó la mano derecha al corazón y quedó congelado, como en una foto. Cuadrarse ante el himno era una reacción automática que había incorporado desde la escuela primaria; pero nunca jamás esa música que consideraba sagrada había sido tocada en su honor. Estaba disfrutando aquel momento, erizado de orgullo, cuando un oficial de inmigración se paró a su lado y le pidió en un voz muy baja que le entregara la bicicleta.

Hablar mientras estaba sonando el himno era una herejía, pero él no lo pensó dos veces para aferrarse a la *mountain bike* y responder entre dientes, como un ventrilocuo, que no la soltaría ni loco. No era conveniente que un héroe recién llegado de Miami apareciera en la televisión con aquella bici tan tremenda, le explicó el oficial, que se comprometió a devolverle el artefacto en cuanto terminara la ceremonia y señaló a una cámara que ya se dirigía hacia ellos. El haber sido calificado como un héroe que además estaba a punto de salir en televisión conmovió a Martínez, que sin embargo cedió la *mountain bike* con la insoportable sensación de estar traicionándola y no cesó de espiar al oficial con el rabo del ojo hasta que terminó el himno. Entonces tuvo la intención de lanzarse a buscarlo y recuperar la bicicleta, pero en ese mismo instante la jefa del destacamento de pioneros empezó a leer un comunicado en honor a ellos, los nuevos héroes de la patria socialista, y él no tuvo más alternativa que aguantarlo a pie firme. La niña, de uniforme, tendría unos siete años, llevaba gafas y era muy delgada, pero las venas de su largo cuello se inflamaban cada vez que prometía que los niños cubanos lucharían como los combatientes de la *Nuevo Amanecer*, hasta la muerte si era preciso, unidos a la gloriosa Juventud Comunista, al glorioso Partido Comunista de Cuba, y bajo la sabia dirección del invencible Comandante en Jefe.

Después de escuchar las consignas rituales de pioneros por el comunismo y seremos como el Che, Martínez se lanzó en pos del oficial; apenas había avanzado dos pasos cuando una pionera lo detuvo y le propinó sendos besos en las mejillas. Estalló una salva de aplausos y cuando él intentó seguir su camino hacia el oficial, en busca de la bicicleta, se descubrió frente a cámaras y micrófonos.

—¡Bienvenido a la patria, compañero! —le espetó Manolo Ortega, el presentador estrella de la televisión nacional—. Unas breves palabras para el pueblo. ¿Cuál es su nombre?

—Stalin Martínez.

—Nombre significativo, sin duda, revelador. Dígame, Stalin, ¿fue interrogado por el enemigo?

Martínez bosquejó una sonrisa. Estaba loco por recuperar su bicicleta, pero también por lucirse ante las cámaras; tenía la ilusión de que Idalys lo estuviera mirando y entendiera de golpe que él había vuelto a Cuba por ella. Ahora, en la azotea, sabía que no, que justamente aquella tarde Idalys estaba ensayando en el cabaré y que ni siquiera le había pasado por la cabeza que él fuera tan estúpido como para haber regresado. Pero entonces necesitaba lucirse y no encontró mejor manera de hacerlo que decir lo que Ortega quería escuchar.

—Bueno... sí, la verdad me interrogaron en inmigración en Cayo Hueso, y en la televisión también.

—O sea, que además de presiones hicieron propaganda.

—Bueno... quisieron hacerla, pero conmigo no va eso.

Fue en ese momento, recordó ahora, cuando levantó la mano derecha y saludó a cámara con la certeza de que Idalys estaría a punto de estallar de orgullo frente al televisor.

—¿Buscaron familiares suyos para ejercer también, digamos, presiones indirectas?

—Sí —dijo él, e hizo una pausa buscando la mejor manera de salir del paso—, localizaron a mi hermano Leo.

Había mentido como un canalla, lo supo desde que pronunció aquel «localizaron», como si no hubiese sido él quien pidió que buscaran a Lenin.

—¿A qué se dedica su hermano, compañero Stalin?

—Aquí era abogado, pero allá... trabaja de payaso.

No había mentido expresamente; pero tampoco era necesario. Estaba en una trampa y su respuesta dio pie a la estúpida sonrisa de inteligencia de Ortega.

—¿Y a qué se dedica usted, compañero Stalin?

—Yo soy dentista.

—Dentista, payaso. Dos hermanos, dos sociedades, dos realidades, dos destinos —comparó triunfalmente Ortega. Él dio un paso con la intención de huir de aquella encerrona y recuperar la bicicleta, pero Ortega lo retuvo, tomándolo por un brazo—. Una última pregunta, doctor Stalin, ¿lo invitaron a desertar?

¿Desertar de dónde?, pensó mientras miraba las estrellas, desesperado por su absoluta incapacidad para evadir siquiera uno de aquellos cazabobos sucesivos.

—Bueno... —dudó antes de volver a entregarse—. Me propusieron que me quedara en Miami.

—Pero usted no lo hizo, evidentemente como cubano bien nacido que es —remató Ortega—. Le damos las gracias de todo corazón al doctor Stalin Martínez y nos dirigimos de inmediato a entrevistar a otro de los héroes de la odisea, el timonel de la lancha vilmente secuestrada.

Él salió disparado. No sólo deseaba recuperar su nueva bicicleta sino también perder de vista a aquel hijoeputa que había insinuado que Leo era un mal nacido. Cuando vio al oficial de inmigración casi le da un soponcio; el muy cabrón se había encaramado en la *mountain bike* y estaba divertidísimo, dando vueltas por el salón como un niño maldito. Echó a correr hacia el tipo y entrevió, como en una pesadilla, que su jefa lo llamaba, pero al menos esa vez tuvo el suficiente coraje como para no detenerse. Alcanzó al oficial y agarró la bicicleta por el manubrio. Por suerte, el hombrín la cedió con una sonrisa. En eso, Bárbara Cifuentes llegó junto a ellos, felicitó a Martínez por la actitud mantenida durante el secuestro y dijo que le parecía muy justo el hermoso presente que el gobierno revolucionario le había entregado como reconocimiento a su actitud.

Un nuevo retortijón lo obligó a volver a sentarse en el catre. ¿Por qué no tuvo cojones para aclarar aquel malentendido y decirle a su jefa que la *mountain bike* no se la había regalado el gobierno sino su hermano Leo? La verdad, se dijo, era que sostener una actitud semejante no le habría convenido en absoluto, que era mucho más lógico hacer lo que hizo, dejar a su jefa en el limbo sin hacerse sospechoso de lo que una extremista como ella calificaría de connivencia con el enemigo. Mirada desde Miami su actitud podría parecer cobarde; incluso a él mismo se lo parecía a veces. Sin embargo, el asunto no era tan sencillo. Estar en Cuba o fuera de ella no implicaba sólo un problema de ubicación geográfica, sino también y sobre todo de capacidad para soportar presiones de muy distinto tipo. En Cuba una bicicleta regalada por el Estado era un premio, casi una medalla; sin embargo, la misma bicicleta regalada por un familiar residente en Miami suponía un privilegio, una especie de confesión de culpa. ¿Y por qué tenía él que autoacusarse precisamente ante su jefa?

En eso, un cólico brutal lo hizo doblarse de dolor; se puso en cuatro patas y empezó a gatear tan rápidamente como le fue posible hacia la caseta donde terminaba la escalera de caracol, sin preguntarse siquiera qué hora sería. Bajó con la mano izquierda en la barriga, decidido a no hacer ruido. Por suerte, Leo había dejado encendida la luz de la cocina y el resplandor lo ayudó a orientarse. Pero al llegar abajo la claridad lo obligó a cerrar los ojos. Los reabrió lentamente, temeroso de encontrarse frente a algún visitante inesperado. No había nadie. La calma le permitió vencer el cólico, acompasar la respiración, enjugarse el sudor frío de la frente y echar un vistazo. ¡Qué clase de cocina! Era tan grande como toda su casita habanera, tan resplandeciente y bien organizada como un quirófano. En realidad hubiese dado gusto instalar allí su consulta. De hecho, parecía una consulta. Todo era blanco y brillante y además había muchísimos equipos eléctricos. ¡Ah, si hubiera podido ofrecerle a Idalys una cocina así, ella no lo habría abandonado!, se dijo avanzando hacia el baño situado en el pasillo, junto a la habitación de su sobrino Jeff, frente a la que pasó en puntillas. Empujó la puerta del cuarto de baño y quedó pasmado; la habitación era al menos cinco veces más grande que su pobre y empercudido bañito habanero, y además relucía tanto como la cocina. ¡Ah, si hubiera podido ofrecerle a Idalys un baño así, ella no lo habría abandonado!

Al mirar la taza sintió que su urgencia renacía; se bajó el pantalón y el calzoncillo, tomó un pomo de champú cualquiera y se sentó dispuesto a leer la etiqueta como era su costumbre en tales ocasiones. No consiguió hacerlo porque el texto estaba en inglés, pero también porque el cuarto de baño era tan bonito que bien valía la pena disfrutarlo mientras se aliviaba. Todo daba envidia allí. La taza misma era una maravilla de formas nobles y color verde oliva, con el borde cubierto por un cómodo protector tapizado en felpa que lo hizo sentir como un emperador en su trono. ¡Y qué decir del papel higiénico! Tenía tres capas tan delicadas, tan dignas de un rey como las propias flores de lys que lo embellecían. El roce con aquella obra de arte le produjo un estremecimiento feliz en el trasero, que en Cuba estaba acostumbrado a la rudeza de los cartuchos o los papeles de periódico. Pensó que aquel goce era indigno de un cubano, dio por terminado el asunto, presionó un botón y quedó asombrado de la rapidez y la eficacia con que descargaba la cisterna, que además se rellenaba en un dos por tres y dejaba en la taza un agua azulina que olía a rosas. Sonrió aliviado mientras paseaba la vista por aquellos dominios hasta fijarla en el espejo de la portezuela que protegía la bañera y que le devolvió vagamente su imagen.

Experimentó un rechazo instintivo hacia sí mismo. Tenía el pelo largo y alborotado y los ojos hundidos; la barba enmarañada le atenazaba la cara dándole aspecto de loco. Abrió la portezuela para no seguirse mirando y quedó fas-

cinado por la reluciente bañera y por el sistema de hidro-
masaje. ¡Ah, si tan sólo pudiese afeitarse y ducharse sería
otro! ¿Y por qué, por lo menos, no lavarse las axilas y pro-
tegerse con desodorante? Bastante hacía con no tocarse el
pelo ni el cuerpo ni la barba para seguir cobrando aspecto
de balsero, tal y como le había prometido a Leo. Pero a las
diez de última, ¿que importaría si ahora apestaba un poco
más o menos? Aún le quedaban varios días en la azotea
para seguir sudando como un bendito y volver a apestar.
Sin embargo, si aprovechaba para lavarse los sobacos y
echarse desodorante podría recibir mañana a Miriam sin
oler como un desgraciado. Lo haría, qué carajo, se dijo dirigiéndose al lavamanos. Allí se miró fugazmente al espejo
y bajó la cabeza, avergonzado. Era una suerte que no hubiera una tijera en la repisa; en caso contrario no habría
podido resistir la tentación de afinarse la barba a ver si así
su aspecto mejoraba un poco. Cogió un peinecito de carey,
se la alisó suavemente, sintió dolorosos tirones; su barba
estaba tan enredada como sus ideas. Junto al peine había
un tubo de crema dental Colgate y un flamante cepillo de
dientes eléctrico marca Braun.

Boquiabierto, tomó el aparato y se dedicó a admirarlo.
Gracias a la lectura de ciertos catálogos sabía que existían
tales ingenios, pero jamás había visto ninguno. Y allí, en
Miami, hasta un niño como su sobrino Jeff se daba el lujo
de tenerlo, comparación que no dejaba de resultar particularmente humillante para un dentista. Presionó el interruptor, el motorcito empezó a emitir un ruido semejante al de la fresadora y la brocha a rotar. ¡Qué maravilla!
¿Y si lo usara? Era cierto que un cepillo de dientes resultaba algo tan privado como un secreto, pero no lo era menos que él llevaba días sin lavarse la boca y que esa circunstancia lo tenía deprimido. Se atrevería a usarlo, qué
carajo. Ignorante de que era necesario detener previamente el motor aplicó un poco de pasta dental sobre la

brocha en movimiento, y la crema, impulsada por la rotación del cepillo, saltó hacia su ojo izquierdo, cegándolo. Pegó un grito y soltó el aparato, que desenvolvió el cable cuan largo era y continuó funcionando en el aire como una serpiente metálica. Se sintió tan asustado que estuvo a punto de romper a llorar, se echó un poco de agua en el ojo para aplacar la ardentía, apagó el cepillo y decidió huir con los dientes y los sobacos sucios hacia la soledad de la azotea.

Apenas había avanzado dos pasos por el pasillo que llevaba a la cocina cuando sintió ruido en la habitación de Jeff.

—*Dad? Are you there?*

Martínez se paralizó. No tenía sentido regresar al baño y sólo podía llegar a la cocina pasando frente al cuarto de Jeff. Iba a intentarlo cuando el niño salió al pasillo bostezando, descalzo y en pijama, levantó la cabeza y de inmediato las pupilas se le dilataron de terror.

—*Castro!* —exclamó, temblando como un poseído.

Él se llevó el índice a los labios mientras maldecía la penumbra que había propiciado aquella confusión espantosa.

—Ssshhh!

—*Dad!* —el niño, pálido, estaba a punto de echarse a llorar—. *Castro is here!*

En un gesto inconsciente, Martínez se tocó la barba y alcanzó a pensar que de haber sabido inglés hubiera podido calmar a Jeff explicándole que era su tío y no Fidel Castro. Pero ¿cómo hacerlo si no disponía de palabras que aquel mocoso pudiera entender?

—*I don´t want to go to Cuba, mister Castro!* —Jeff rompió a llorar mientras repetía entre sollozos, como un exorcismo—: *I don´t want to go to Cuba! I don´t want to go to Cuba! I don´t want to go to Cuba!*

A la tercera, Martínez logró entender el sentido de los gritos. Su sobrino no quería ir a Cuba. «Yo tampoco», se dijo, avanzó un paso y levantó la mano con la intención de acariciar a Jeff, a ver si así conseguía calmarlo.

—*Don´t touch me, mister Castro!* —El niño se pegó a la pared y se cubrió la cara con las manos—. *I don´t want to go to Cuba! I don´t want to go to Cuba! I don´t want to go to Cuba!*

Desesperado, Martínez echó a correr, empujó a Jeff, atravesó la cocina y ganó la escalera perseguido por los incesantes gritos histéricos de su sobrino. Cuando llegó a la azotea dejó de escucharlos, pero la cantinela continuó vibrándole dentro. Se puso en cuatro patas, avanzó trabajosamente hasta la empalizada y se tendió bocarriba en el catre, sudando frío. Leo no estaba en la ciudad, andaba de gira con sus payasadas, pero Cristina ya se habría despertado y en cualquier momento subiría a armarle la bronca. Quizá lo echaría de la casa inclusive. ¿Y qué coño iba a hacer él por las calles de Miami sin papeles, trabajo ni dinero? Caer en manos de la policía. «Ai dont guant to gou to Kiuba!», exclamó, alcanzando a sentir cómo su grito se perdía en la noche.

Quedó atento a los insoportables ruidos del silencio, esperando a Cristina. Pero ella no acababa de subir y él fue cayendo en una lenta y obsesiva duermevela. ¿Cómo hubiera podido saber que aquel maldito cepillo eléctrico hacía tanto ruido, si nunca había visto ninguno? Claro que Cristina también podría echarle en cara que se hubiese atrevido a usar el cepillo de dientes de su hijo y él no tenía explicación alguna para justificar semejante abuso de confianza. Por otra parte, ¿cómo había sido posible que su sobrino lo tomara nada menos que por Fidel Castro si, por suerte, ambos no se parecían en nada? Hubiera sido más lógico que lo confundiera con un ladrón, por ejemplo. Aunque también era necesario tomar en cuenta que el pasillo estaba en penumbras, que tanto él como Castro tenían barba y que el pobre de Jeff no podía saber siquiera que lo hacían por razones absolutamente opuestas. La de Castro era un símbolo de poder; en cambio la suya debía su existencia a que en Cuba era dificilísimo obtener cuchillas de afeitar, y a que la piel de su cara era tan delicada y los cañones de su barba tan duros que el afeitarse con una cuchilla usada equivalía a una tortura indescriptible, que prefería evitar.

Aunque ahora todo aquello importaba poco. Lo verdaderamente grave era que Jeff sabía que un barbudo había entrado en su casa. Lo contaría a sus amiguitos, éstos se lo soplarían a sus padres y aquellos se lo chivatearían a la policía, que vendría a pescarlo en la azotea. ¿Cómo explicarle a su hermano? Imposible. Leo había apostado su destino a convertirse en ciudadano norteamericano, y él había destruido ese sueño por el estúpido capricho de lavarse los dientes con un cepillo eléctrico, destruyendo también, de paso, su propia ilusión de fundar algún día la Gran Clínica Estomatológica Marti. De pronto, algo le sonó excesivamente familiar en aquel nombre. Al repetirlo, reparó en lo que debería haberle sido evidente desde el principio. Si nombraba así a su clínica los cubanos la llamarían Martí, sin advertir siquiera que el nombre no llevaba tilde. Tanto en Cuba como en Miami las cosas más diversas terminaban bautizadas de ese modo, con el apellido del pobre apóstol de la independencia, y eso, como se decía en Cuba, era demasiado para un solo corazón. En efecto, calles, parques, plazas, cines, tiendas, teatros, editoriales, aviones, barcos, aeropuertos, emisoras de radio y de televisión se llamaban Martí, y el colmo sería que también su Gran Clínica Estomatológica... ¡Ya, lo tenía! Mejor llamarla Marty, como aquella vieja película americana que tanto le había gustado. Pero, ¿por qué lo preocupaba tanto aquel asunto si no habría clínica, ni grande ni pequeña?

Y después de todo, ¿por qué no darse por vencido y aceptar tranquilamente su destino insular? ¿Por qué no propiciarlo inclusive, saliendo a la calle y pidiéndole a la policía que lo devolviera a La Habana? Quizá sólo así conseguiría dormir en paz y terminar con aquellas implacables sesiones de recuerdos. Miró al sol, que empezaba a asomar sobre Miami, entrecerró los ojos y la imagen de Miriam le vino a la cabeza. ¿A qué hora vendría hoy? Cuando cayó en la cuenta de que si regresaba a Cuba no volvería a verla sintió un escalofrío. Su angustia se atenuó al recordar a Idalys; por ella estaba dispuesto a todo, incluso a volver a la isla. Miró al sucio suelo de la azotea; aquella penitencia lo estaba volviendo loco hasta el punto de hacerle concebir esperanzas de recuperar a Idalys, aun cuando le constaba que la había perdido para siempre. Entonces, ¿cómo coño pensar siquiera en el regreso? Si se atrevía a llevarlo a cabo las autoridades cubanas lo tratarían como a un criminal por haber intentado quedarse en Estados Unidos. Jamás le permitirían volver a ejercer como dentista y de contra le colgarían el sambenito de apátrida. Si regresaba a la isla tendría sólo dos posibilidades para salvarse, pactar con la Seguridad del Estado y presentarse en la televisión como un arrepentido; o cumplir un par de años de cárcel y hundirse después en las alcantarillas del mercado negro para sobrevivir forrado en dólares y en mierda.

Ambas alternativas le resultaban tan inaceptables que decidió no volver a ningún precio, con lo que la nostalgia empezó a devorarlo de inmediato. Después de salir por fin del aeropuerto habanero, que desde luego se llamaba José Martí, se puso el casco, colocó el maletín en la parrilla y partió hacia su casa pedaleando sobre la *mountain bike*, que en ese momento bautizó como Juana. Aquella bicicleta era tan formidable que le producía una sensación cercana a la ingravidez. Iba como flotando por la avenida de Rancho Boyeros cuando descubrió que Juana provocaba otros efectos aún más extraordinarios. La gente lo envidiaba, todos ponían tamaños ojos al descubrirlo montado sobre aquel flamante artefacto americano, lo seguían con la vista y aun le dedicaban ofensas o piropos. «¡Goza, cosmonauta!», le gritó una negra en el semáforo de Santa Catalina, y él se tocó el casco y la saludó como un caballero. Estaba en la gloria, siempre se había considerado un don nadie, y ahora, por primera vez en su vida, gracias a Juana y al rutilante casco de colores metalizados negro y oro con visera tipo Ray Ban incorporada, provocaba admiración en plena calle, como si fuera una estrella de telenovelas. Y por si todo aquello fuese poco, él, que siempre había sido malo para los deportes, podía adelantar fácilmente a los restantes ciclistas y dejarlos chupando rueda como todo un campeón.

Sólo una vez tuvo que hacer un esfuerzo extra en aquel recorrido glorioso, cuando enfiló desde el paseo del Prado hacia la avenida del Puerto y vio a lo lejos que la lancha de Casablanca estaba a punto de zarpar. Jamás dudó que llegaría a tiempo; simplemente cambió la marcha, arreció el pedaleo, y se inclinó sobre el manubrio mientras Juana ganaba velocidad como una yegua de raza. La meta es la casa, el gran premio, Idalys, dijo inclinándose sobre el manubrio y hablándole a Juana al oído para estimularla. Fue capaz de resistir el vértigo de la velocidad e incluso de abordar la lancha con el estilo inglés, aristocrático, que merecía la excepcional calidad de su cabalgadura. Los pasajeros, admirados, le abrieron paso, y él fue a situarse en la proa como si así pudiese adelantar la llegada. Justo en ese momento, recordó mientras se dirigía hacia el latón de agua de mar situado en el extremo de la azotea, había concebido la ilusión de tener una lancha rápida como las de la marina de Key West donde había atracado la *Nuevo Amanecer;* un cohete así atravesaría la bahía habanera en un pestañazo. Se despojó del casco para recibir el aire del mar en la cabeza, diciéndose que las cosas en Cuba eran demasiado lentas, y en eso levantó la vista y descubrió los grandes muros coloniales de la fortaleza de La Cabaña, el estallido de los rojos flamboyanes en flor y la dulzura gris de Casablanca, y tuvo que tragar aire a grandes bocanadas para no rajarse en llanto.

El agua de mar llegaba apenas hasta la mitad del latón; miró su vago reflejo en la irisada superficie y sintió que el esfuerzo de inclinarse y hundir allí la cabeza excedía sus fuerzas. Después de todo ya tenía la piel casi tan renegrida y llena de ñáñaras como un balsero, lo había comprobado aquella misma noche en el espejo del baño de Jeff, tan sólo unos minutos antes de que el maldito niño lo confundiera con Fidel Castro y empezara a chillar. ¿Cuándo subiría su cuñada a pasarle la cuenta? En cualquier momento. Pero él no tenía otra alternativa que seguir allí, con la ilusión de que le permitieran continuar achicharrándose hasta ser capaz de convencer a Mahoma de que recién había arribado en una balsa. Miró la calle sin gracia que tenía a un costado y se dijo que comparada con La Habana, Miami era una ciudad plástica, provisional, portátil. ¿Qué coño hacía allí? Por toda respuesta, evocó su llegada al embarcadero de Casablanca y se erizó al recordar la emoción que había experimentado entonces, al ponerse el casco, subirse en Juana y empezar a pedalear hacia su casa en pos de Idalys. Desesperaba por verla, y sin embargo no le molestó en absoluto que Chichi el Maldito le saliera al paso desde la cafetería Futuro Luminoso, su cuartel general.

—¡Stalin! —los grandes ojos azules del Maldito rebrillaban de envidia e incredulidad mientras los movía del casco a la bicicleta.

Martínez sonrió al detener a Juana; se levantó la visera y por primera vez dio la respuesta ritual con un leve dejo de perdonavidas.

—No me digas así, Maldito. Tú sabes que no me gusta.

—Dime la verdá, Stalin —el Maldito estaba ansioso, casi angustiado—, ¿tú eres de la seguridá?

Martínez dio un respingo. No esperaba aquella pregunta, que en boca de Maldito podía esconder tanto una gravísima acusación como un encendido elogio. De pronto, cayó en la cuenta de que ignoraba demasiadas cosas con respecto a aquel ser atrabiliario, a quien sin embargo conocía desde la escuela primaria. ¿Sería sólo un pícaro o también un informante? Por un siacaso decidió hacerse el bobo.

—¿De qué tú hablas, compadre?

Disgustado, el Maldito meneó su enorme cabeza y abrió los bracitos en un gesto que significaba un reclamo de confianza.

—¡Ah! ¡Pero, ah! Háblame claro, Stalin, como los hombres. Yo soy tu social desde que éramos chiquitos. A mí no te me guilles —agitó el índice en el aire, acusándolo—. Tú te llamas como te llamas, tú antes estabas con el gobierno. De rampán te pusiste que si qué sé yo y te fuiste quitando de todo. Hasta del Comité de Defensa te quitaste... —Hizo una pausa como de novela radial, para enfatizar la que venía—: Entonces, ¡ran!, un día, te piras pa´ Miami... —repitió la pausa, creando una zona de intriga acerca de lo que podría haber ocurrido allí—: y no te quedas sino que... ¡Shan! Te apareces en La Habana con este artefacto. ¡No me jodas, Stalin, si está más claro que el agua! ¡Tú eres de la seguridá!

La lógica de aquel razonamiento asustó a Martínez. ¿Debería explicar que ni siquiera había estado en Miami sino en Key West? ¿Que había vuelto a Cuba por amor a su mujer y a su trabajo? ¿Que aquella bicicleta era un regalo de su hermano? ¿Que él había sido lo suficientemente egoísta como para no traerle nada a nadie, ni siquiera a su madre? No, se dijo, ¿a santo de qué?

—Desmaya eso, Maldito —murmuró, decidido a instalarse en una especie de nebulosa—. Hasta luego.

Hizo un intento de partir y el Maldito se lo impidió aferrando la bicicleta por el manubrio.

—Te la compro. Doscientos dolores de cabeza.

—¿Por Juana? ¡Tas loco!

—Doscientoscincuenta.

Martínez sonrió; al fin había vuelto a tomar el mando y tenía a el Maldito a sus pies, aferrado al manubrio de Juana, babeando de envidia.

—Quita las patas de ahí. No se la vendo ni a mi madre.

El Maldito obedeció de inmediato como un niño castigado. Martínez se incorporó sobre Juana y fue ganando velocidad.

—¡Abaírimo!

—¡Te doy quinientos, Stalin!

Martínez formó el símbolo de los tarros levantando el índice y el meñique y se despidió así del Maldito antes de doblar en la próxima esquina. Llegó en un santiamén y se detuvo ante su casa, que ahora recordó sin nostalgia. Era francamente fea, había sido construida en los años veinte por algún aprendiz de alarife, que no consiguió siquiera levantarla a escuadra, por lo que el conjunto daba la impresión de mantenerse en pie de puro milagro. La fachada lindaba directamente con la acera, y Martínez miró desde la azotea el jardín del chalé de Leo preguntándose si alguna vez podría tener uno semejante. Pero entonces, frente a su casita de Casablanca, no pensó en eso. Tenía demasiados deseos de sorprender a Idalys, abrazarla, besarla, contarle, hacer shuapi shuapi y deslumbrarla después mostrándole a Juana. Pero, ¿cómo decirle que no le había traído ningún regalo, que lo había sacrificado todo por comprar la bicicleta? Se sintió fatal y después de pensarlo un rato decidió mentir. No tenía otra alternativa. Le diría que Leo le había regalado la *mountain bike*, que él no tenía dólares para comprar nada, que a bicicleta regalada no se le miraban las ruedas. Así quedaría limpio. Abrió el maletín que llevaba en la parrilla, extrajo la fortísima cadena que usaba para proteger a Fredesvinda, dio con ella una doble vuelta desde el caballo al manubrio de Juana, una triple desde allí a los barrotes de la reja que protegía la ventana, cerró el gran candado marca Yale, y con la convicción de que nadie sería capaz de forzarlo, entró a la casa.

La sala era pequeñita y caliente como un horno y estaba cerrada y oscura para escapar al solazo de la calle. Martínez experimentó un golpe de emoción al reconocerla en la penumbra, como si hubiese estado muchísimo tiempo en otro mundo. Miró con cariño los muebles, dos butacas y un sofá de madera que había heredado de su madre, con sendos caballeros hispanos repujados en los respaldares, de cuya pobreza Idalys solía burlarse diciendo que eran de estilo remordimiento español. Dejó el casco sobre el sofá, se persignó de manera ritual ante el altar de Yemayá, entró a la habitación contigua y quedó mudo de sorpresa. Jesús el taxista estaba en calzoncillos en la cama, durmiendo como un bendito bajo la brisa generada por un flamante ventilador giratorio. Una cadena de oro con un medallón de santa Bárbara rebrillaba en su pecho velludo. Sin pensarlo dos veces, Martínez saltó hacia él.

—¡Oye, oye! —exclamó al tiempo que lo remecía violentamente—. ¿Qué cojones haces tú aquí?

Jesús se sentó en la cama de un salto, lívido como si hubiese despertado ante un fantasma.

—¡Coñó, Stalin! ¿Pero qué haces tú aquí? ¿Tú no estabas en la Yuma?

—¡Estaba, pero volví! —respondió Martínez, y de inmediato se sintió fatal por haberle dado explicaciones a aquel hijoeputa.

—¿A quién se le ocurre, compadre? —rezongó Jesús en un tono de incredulidad y reproche—. Idalys y yo estábamos segurísimos de que te ibas a quedar. ¡Ahora se va a armar un rollo del carajo! ¡Por tu culpa!

Martínez se dirigió a grandes trancos hacia la cocinita. Era el colmo que aquel malnacido le pegara los tarros y encima le echara la culpa. Pero se iba a enterar, pensó mientras cogía un cuchillo.

—¡Ahora vas a saber quién soy yo! —exclamó blandiendo el arma desde la puerta de la habitación.

Jesús saltó de la cama arrastrando consigo una almohada y se pegó a la pared.

—¡No te pongas así, compadre! ¡Hablando la gente se entiende! ¡Te voy a explicar!

Martínez bordeó la cama y le lanzó una cuchillada. Pero Jesús se cubrió a tiempo con la almohada. El cuchillo se hundió en la tela, desgarrándola, y la habitación empezó a llenarse de trozos de guata que danzaban sostenidos por el aire del ventilador.

—¡Tranquilízate, por tu madre! ¡Stalin y Jesús no pueden pelearse!

Martínez volvió a levantar el cuchillo y justo en ese momento se escuchó un ruido brutal, que estremeció la fachada de la casita.

—¿Qué fue eso?

—No sé —respondió Jesús, que ahora se cubría inútilmente con un trozo de funda desgarrada.

—¡Juana! —exclamó Martínez echando a correr cuchillo en mano hacia la puerta de salida—. ¡Juana!

Ganó la calle y comprobó aterrado que la reja que protegía la ventana había sido arrancada de cuajo. Tres muchachones subían a la cama de una camioneta que tenía el motor en marcha llevándose reja, cadena, candado y bicicleta. Martínez echó a correr hacia ellos. La camioneta arrancó de inmediato, él pasó el cuchillo a la mano izquierda y consiguió aferrarse al borde trasero con la derecha. Uno de los muchachones le pateó los dedos con su pesada bota militar. Él se sobrepuso al dolor y continuó aferrado a la madera, corriendo tras la camioneta mientras blandía el cuchillo con la mirada fija en Juana. El muchachón volvió a patearlo, el vehículo ganó velocidad y Martínez cayó despatarrado en medio de la calle, aullando de dolor y de rabia.

Ahora se sentó en el catre mientras miraba la empercudida escayola, preguntándose por qué coño aquello le había pasado justamente a él. ¿Quizá le robaron la bicicleta como castigo al egoísmo de que había hecho gala al no llevarle nada a nadie? Hacía tiempo ya que los dedos no le dolían; a veces, sin embargo, le picaban de manera desesperante, sobre todo cuando pensaba en ellos, como ahora. Introdujo el índice de la mano izquierda bajo la escayola y empezó a rascarse, recordando cómo el deseo de recuperar a Juana había terminado por anular al dolor que lo sobrecogió en el momento en que lo patearon. Estaba tirado en medio de la calle cuando Jesús salió de la casa terminando de abrocharse el cinturón, corrió hacia él y se ofreció a ayudarlo. Abordaron el taxi e intentaron desesperadamente localizar la camioneta, pero quince minutos después se dieron por vencidos. Era evidente que los ladrones habían abandonado Casablanca y que él tenía varias fracturas en la mano derecha; rabiaba de dolor, sus dedos estaban tumefactos e inflamados como chorizos y Jesús le hizo el favor de conducirlo al hospital.

En eso, escuchó pasos en la escalera, pensó que Miriam estaba subiendo a visitarlo, se incorporó de un salto, y se dirigió hacia el dintel de la puerta sin batiente de la empalizada, dispuesto a recibirla. Pero fue Cristina quien arribó jadeando al extremo de la azotea. Al verla, la sonrisa de Martínez se trocó en un rictus. Prácticamente no conocía a su cuñada, una cubana con quien Leo se había casado en Miami siete años atrás. De no haber mediado el desencuentro con Jeff se hubiese alegrado de verla porque estaba sólo como la tristeza y ella era de la familia y hablaba español; pero se sentía tan culpable, tan convencido de haber metido la pata hasta el fondo, tan seguro de que ella venía con la intención de pasarle la cuenta, que bajó la cabeza abrumado.

—Buenos días —dijo Cristina.

—Buenas.

Ella entró a la empalizada con una sombrilla de playa, un maletín plástico y una cesta igual a la de Miriam en las manos. Puso la cesta y el maletín sobre el catre e instaló la sombrilla multicolor sobre su base. Entonces paseó la vista por la empalizada, mientras él la miraba furtivamente. Sin duda Cristina había sido bonita alguna vez, pero ahora estaba demasiado gorda; en la superficie de su cara redonda, los ojos, la nariz y la boca resultaban excesivamente pequeños, como los de una muñeca de fabricación casera, mal hecha y a la vez entrañable. Llevaba una amplia bata cubana, de escote cuadrado, que apenas disimulaba su gordura; sin embargo era todavía bastante joven, y tenía la piel lo suficientemente tersa como para parecerlo.

—Es horrible lo que tenemos que soportar los cubanos, tú sabes —dijo ella en cuanto terminó de inspeccionar el recinto.

Él se encogió de hombros sin levantar apenas la cabeza, como un alumno a la espera de un castigo, con la convicción de que Cristina acababa de aludir a lo que había tenido que soportar Jeff aquella madrugada.

—Lo siento mucho —dijo.

—Yo más. —Ella señaló el catre, cuyo respaldar estaba ahora bajo la sombra de la sombrilla—. ¿Me puedo sentar? —le mostró el empeine del pie derecho, cubierto por una venda elástica, color papel de estraza—. Tengo un esguince, tú sabes.

Él golpeó la colchoneta con la mano izquierda, una nubecilla de polvo se elevó en el aire formando una pared bajo la demasiada luz de la mañana, que se hizo multicolor en el radio amparado por la sombrilla. Ella procedió a sentarse junto al maletín y la cesta, tan despaciosamente como si temiera que su peso hundiera la loneta.

—Siéntate tú también —dijo entonces, mirando hacia arriba; formó una visera con la mano y entrecerró los ojos antes de añadir—: Tenemos *a problem*, tú sabes.

Él hubiera preferido hacerse el loco. Pero por desgracia el espanglish que hablaba su cuñada era clarísimo. Calculó que si se sentaba junto a ella la loneta del catre terminaría por ceder y romperse, y se sentó en el suelo, aprovechando de paso para beneficiarse de la sombra proyectada por la sombrilla y dar a la vez una prueba de humildad que quizá podría ayudarlo ante Cristina. Quedó a sus pies, sonriendo para complacerla. No le resultó difícil; había recibido aquella sombra multicolor como una suave ducha sobre la piel cuarteada y reseca.

Suspirando, ella liberó los cierres del maletín, y él tuvo el pálpito de que ahora extraería algún papel comprometedor. Una declaración, por ejemplo, que él debía firmar reconociéndose culpable de allanamiento de morada y aceptando que lo deportaran a Cuba. Ella levantó la tapa, él se inclinó hacia adelante para mirar mejor y no pudo evitar un gesto de sorpresa. Dentro había una especie de panel, también plástico, con tres subdivisiones llenas de dulces; en el extremo izquierdo, dentro de un espacio especialmente diseñado al efecto, había un estuche con servilletas, unos vasitos plásticos y una botella de Cocacola de dos litros, prácticamente helada.

—Soy hipoglicémica —dijo ella, disculpándose con una breve sonrisa—. Me lo mandó el médico para que compense la falta de *sugar* y no me desmaye, tú sabes.

Él asintió, aliviado de que la supuesta declaración no hubiese sido más que una invención de su miedo. Ella extrajo una tartaleta de chocolate y empezó a retirarle cuidadosamente el papel de la base; tenía las uñas largas, pintadas de un rojo furioso.

—¿Quieres?

—No, no puedo, tú sabes.

Se sintió violento porque se le había pegado aquel latiguillo según el cual siempre se suponía que el interlocutor lo supiese todo, e hizo un esfuerzo por resistir con dignidad los embates del hambre y del deseo de probar aquellos dulces de aspecto tan fino como no los había visto nunca.

—La culpa es de mi madre —dijo ella, devolvió el papel al maletín e hizo desaparecer la tartaleta con sólo dos mordiscos—, tú sabes.

No, no sabía, pensó él. ¿La culpa de qué? Ella extrajo una servilleta, se limpió cuidadosamente los dedos y la boca, procedió a alisar el papel usado como una obsesa y lo devolvió a un minicompartimento del maletín.

—Con ese talaje ya pareces un balsero, tienes el pellejo que da lástima —dijo, y lo miró con ternura antes de ponerse a devorar un strudel.

Él empezó a salivar, el instante en que había babeado el jamón de Chichi el Maldito pasó por su memoria como un relámpago, y se sintió incapaz de seguir resistiendo la tentación.

—Dame uno.

—*Oh, yes!* —exclamó ella con la boca llena—. Coge, coge —su cara se había iluminado con la sonrisa radiante de quien encuentra un cómplice—. Tu hermano no me deja, dice que como por ansiedad, que tengo bulimia, tú sabes.

Le alargó una tartaleta de chocolate, él se la metió en la boca de inmediato y sólo entonces cayó en la cuenta de que no le había retirado previamente el papelito de la base. Lo masticó sin rechistar porque le daba vergüenza escupir ante Cristina; al tragarlo, concluyó que después de todo el papelito envuelto en chocolate no estaba nada mal.

—*Well, we 've a problem* —dijo ella extrayendo otra servilleta—. *Now Jeff knows,* o sea, *excuse me,* él sabe... —procedió a limpiarse meticulosamente la boca y los dedos por segunda vez, y añadió—: Está mal, y la culpa es de mi mamá, tú sabes. Tú tienes que ayudarme.

Sin entender qué pretendía su cuñada, él cogió un dulce de fresa y nata, retiró el papelito y empezó a comer pensando que aquél debía de ser el modo de ganar tiempo en el paraíso. Cristina abrió la cocacola, sirvió sendos vasos y le alargó uno.

—Leo quiere que tome *light* —dijo, y se empinó medio vaso de una sentada—, pero qué va, la *light* no es lo mismo, sabe como si no fuera cocacola. La *classic* es muchisísimo mejor. ¿Tú no crees?

Él terminó de tragar el dulce. Los labios le temblaron al empezar a beberse la primera cocacola de su vida adulta; le bastó un buche para concluir que ciertamente sabía mucho mejor que el té que solía traerle Miriam, pero como no tenía la menor posibilidad de compararla con la de tipo lait prefirió guardar silencio.

—Como te iba diciendo —dijo ella, que no parecía haber esperado respuesta—, mi mamá tiene la culpa. Yo tenía que irme a trabajar a la factoría, tú sabes, y ella se quedaba teikeando cuidado de Jeff... —hizo una pausa para rellenar los vasos de cocacola—. Total que me le metió en la cabeza al vejigo que si se portaba mal, Castro iba a venir *one night* pa´ meterlo en un saco y llevárselo pa´ Cuba.

A él le había llamado la atención que su cuñada mezclara palabrejas en inglés con cubanismos como vejigo, que en la isla ya sólo usaban algunos campesinos, pero la pervivencia de la bárbara costumbre del cuento del viejo del saco llegó a descolocarlo.

—¡No me digas! —dijo.

—¡Como lo oyes! Yo la llamaba pa´ atrás...

—¿Qué?

Confundida, ella se le quedó mirando de hito en hito como si le preguntara algo con los ojillos pardos, de muñeca de trapo.

—¿Qué de qué?

—No entiendo eso de que tú la llamabas pa atrás.

—Está claro —dijo ella, aprovechando para pescar un pastelillo de guayaba—. Mi *mam* le enredaba la cabeza a Jeff y entonces *I call her back*, o sea, la llamaba pa´ atrás, por teléfono, tú sabes, y le decía *don´t do it again, mam!*, pero qué va, ella seguía con la lipidia de que Castro y el saco hasta que Jeff se puso *bad* en condiciones y empezó a mearse en la cama. Tuvimos que llevarlo al hospital y to´ muchacho, y ahora te apareces tú con esa barba, y claro, tú sabes.

Él suspiró mientras tomaba un pastel de almendras con nata, aliviado de que su cuñada no lo considerara culpable de la reacción de Jeff.

—Entonces —dijo ella entre dos sorbos de cocacola—, te voy a subir a Jeff pa´ que te conozca y te pierda el miedo. *All right?*

—Ol rai —concedió él, y empezó a zamparse el pastel—. Bárbaro.

Se atusó la barba, donde se le habían quedado prendidos restos de pasteles. La necesidad de cepillarse los dientes le vino a la cabeza, pero la desechó de inmediato al vincularla con el incidente de Jeff y el cepillo eléctrico, y le propinó un nuevo mordisco al pastel de almendras.

—Bueno —ella puso el vasito en el suelo y se frotó las manos—, dime algo sobre Cuba.

Él se sintió desnudo ante aquella solicitud. No sabía qué decir y no podía escudarse siquiera en la carencia de un idioma común, como solía hacerlo ante Miriam. Entonces cayó en la cuenta de que su cuñada tenía que saber quién era Miriam y decidió preguntarle después de cumplir con la cortesía de intentar responderle.

—Aquello está muy malo allá pa´l que no tiene fulas —dijo.

—¿Fulas?

—Dólares. En Cuba pagan los sueldos en pesos y venden las cosas en fulas. Entonces, ¿cómo haces para vivir? —Disfrutó durante unos segundos la ansiosa curiosidad de su cuñada, y añadió—: Allá lo bueno es tener fe.

Mecánicamente, ella cogió otro pastel de almendras pero no lo mordió siquiera; estaba tan enganchada al cuento que había olvidado incluso su voracidad.

—¿Y tú eres religioso?

Él soltó la carcajada.

—No hablo de eso... En Cuba fe significa familiares en el extranjero, fulanos que te manden fulas.

Esta vez fue ella quien inició la risotada a la que él se sumó, regocijado. De pronto, ella suspiró.

—Yo nací en Güines —dijo—, un pueblo tan *nice*, tú sabes, íbamos al río Mayabeque y a la playa del Rosario. Yo estaba flaquita —extendió el meñique, que ahora era casi tan gordo como una salchicha, lo miró largamente, y de pronto se echó a llorar.

Martínez le tomó la mano y la notó fría y sudorosa pese a la brutal resolana.

—¿Qué nos pasó a los cubanos? —preguntó ella mirándolo a través de las lágrimas—. Explícame.

Él bajó la vista avergonzado, como si se sintiera profundamente culpable de su incapacidad para responder.

—No sé —dijo.

Ella se secó los ojos con una servilleta, recogió el maletín y la sombrilla y se puso de pie. Él la imitó, y mientras se dirigían hacia la puerta sin batiente de la empalizada cedió a la tentación de pasarle el brazo por sobre los hombros.

—No te dejo la sombrilla porque tienes que seguir tei-
kiando sol —se excusó ella, e hizo un gesto de despedida.
Pero él la retuvo.

—Oye, ¿quién es Miriam?

La mirada de Cristina pasó en un santiamén de la tristeza a la picardía.

—Te gusta, ¿*right*? —meneó el índice en una parodia
de admonición—. *Be careful, she is my nephew.*

—Uat?

Ella se le quedó mirando, confusa, y de nuevo soltaron
la carcajada al mismo tiempo.

—Es... mi sobrina. Nació en Cuba. La trajeron pa´ acá a
los dos años y se crió en Chicago. Bajó pa' Miami *three
years ago.* No habla español, pero le priva hablar de Cuba.
Cuando le dije que subiera a teikearte la cestita se puso
crazy de contenta. Por cierto, *how?* O sea, ¿cómo se entienden ustedes?

—Nos entendemos —dijo él, incapaz de explicar aquel
milagro—. Por cierto, ¿dónde trabaja ella?

—En el Miami Aquarium, es psicóloga de delfines.
Unos de esos trabajos raros que hay aquí, tú sabes.

Cristina se despidió con una venia y él regresó al catre
satisfecho del encuentro, pensando que le encantaría ser
un delfín para que Miriam le arreglara la cabeza, y que su
cuñada era el tipo de persona con la gracia suficiente como
para hacer olvidar las desproporciones de su físico. Aunque probablemente Leo no compartía esa opinión y por
eso le prohibía dulces y refrescos. Ridículo, su hermano
era un ridículo. Él no hubiese hecho jamás algo semejante
con Idalys. Aunque había que tomar en cuenta que tampoco hacía falta. Sonrió al pensar que Idalys era muchísimo mejor hembra que Cristina y que al menos en ese
punto fundamental él había superado ampliamente a su
hermano. De pronto, la sonrisa se le deshizo entre los labios. Leo nunca había tenido que sufrir la humillación de

encontrar a otro hombre durmiendo a pierna suelta en su cama.

Miró la empercudida escayola pensando que hubiera preferido regresar solo desde el hospital, donde le diagnosticaron tres fracturas en los dedos de la mano derecha y se la enyesaron hasta el antebrazo. Pero, ¿cómo volver solo si en La Habana apenas había guaguas ni taxis y además le habían robado la bicicleta? Estaba tan adolorido, confuso y cansado que aceptó que Jesús lo llevara en su viejo automóvil. Una vez en la casa, cedió al mezquino impulso de no darle las gracias ni decirle adiós. No se preguntó siquiera cómo reponer la reja robada. Aquella ya no era su casa. Si la ventana de la fachada había quedado sin protección, no era su problema; si los ladrones aprovechaban para colarse y afanar el ventilador nuevo que Jesús había traído de regalo, no era su problema; si cuatro negrones sorprendían a Idalys durmiendo y la violaban, no era su problema. ¿Cómo iba a serlo si ella ya no era su mujer?

Entró al cuarto, bajó su vieja maleta del techo del escaparate y la depositó sobre la cama. Comparada con las Sansonite y las Sisleys que había visto en el hipermercado de Key West, aquel era un trasto que sólo merecía la basura. Abrió de par en par el escaparate, extrajo su único pantalón de salir, un Christian Dior gris que Idalys había comprado en el mercado negro, y trató de doblarlo correctamente sobre la cama. Luego de tres intentos fallidos concluyó que su mano izquierda era demasiado torpe como para conseguirlo, introdujo el pantalón en la maleta de cualquier manera y obtuvo un regusto oscuro al sentirse solo e indefenso. Apenas tenía ropa. Dos de los tres cuerpos del escaparate estaban ocupados por los trapos de Idalys; los suyos bailaban en el tercero. Arrambló con ellos de un tirón y los dejó hechos un lío sobre la cama. Lio, se dijo ahora, así se pronunciaba en inglés el nombre de su hermano Leo, pero aquella coincidencia no le hizo gracia. Levantó la cabeza suspirando; el sol ya había teñido de rojo el cielo de Miami, sin embargo él sentía el pellejo tan ardiente como si tuviera fiebre o como si estuviera aún en su casa habanera en medio de la noche de su derrota.

Abrió la única gaveta que le correspondía de las seis con que contaba el escaparate. Sólo tenía cuatro pares de medias, dos de ellas con huecos, y tres calzoncillos horribles, de patas anchísimas, que la cabrona de Idalys calificaba de matapasiones. Se dijo que quizá, de haber tenido unos calzoncillos bonitos, la pasión de Idalys por él no habría muerto, y tiró tristemente los suyos sobre el lío de ropa que había en la cama. Entonces concibió una venganza que le pareció a la vez cruel y justa. Se llevaría las sábanas y las toallas. Estaban lullidas, pero eran suyas, e Idalys no tendría modo de reponerlas. ¡Ah, como sufriría la muy perra! ¡Que se jodiera! ¡Que durmiera sobre el colchón pelado y saliera en cueros a la calle a secarse al aire! ¡Que todos la vieran desnuda! ¿Acaso no provocaba a los turistas noche tras noche en el cabaré saliendo a escena con estrellitas en los pezones e hilo dental entre las nalgas? ¡Pues a secarse al parque! Tiró el bulto de sábanas y toallas sobre la cama y se dirigió hacia el bañito a grandes trancos, dispuesto a elevar su venganza a niveles de guerra total.

La muy hijaeputa se enteraría de quién era él. ¡Iba a dejarla sin pasta de dientes! Tomó el tubo de aluminio temblando de placer; no tenía ni siquiera marca, pero estaba casi nuevo. ¡Y de acuerdo al ciclo de distribución de la Libreta de Abastecimiento no darían otro hasta dentro de cinco semanas, por lo menos! Sí, a la muy cabrona le apestaría la boca y se le pudrirían los dientes de coneja; no habría dios que se le acercara. Abrió el tubo, lo apretó pensando que se trataba del pescuezo de Idalys y rompió a reír como un endemoniado al ver brotar la pasta, rosada como si fuera la lengua de la maldita pidiendo clemencia. Pero él no volvería a ser débil nunca más y no cesó de apretar el tubo hasta vaciarlo en el inodoro. Entonces cogió el desgastado cepillo de dientes de Idalys e intentó quebrarlo. No pudo, pues disponía de una sola mano, y lo tiró al suelo, pisoteándolo como deseaba hacerlo con el rostro de la puta. Al levantar la cabeza vio los jaboncitos que él se había robado de la habitación de Carles y los frasquitos de perfume, los creyones de labios, los estuches de sombras y las cremas que la muy canalla utilizaba para atraer a los machos y luego traicionarlos y hundirlos en la mierda. Aquella potinguería era resultado de complicadísimos cambalaches en los que Idalys había invertido ingentes cantidades de dinero, habilidad y tiempo. Reponerlos de una vez era prácticamente imposible, se dijo mientras vaciaba los frasquitos de Paloma Picasso, Christian Dior y Puig en la vieja taza del inodoro. Tiró de la cadena, pero aún así aquella insoportable mezcla de fragancias que tanto le recordaba a su mujer continuó impregnando las paredes del baño.

¿Baño? ¿Podía llamársele baño a aquel cajón con paredes de azulejos rotos en el que se apiñaban ducha, lavamamos, inodoro, repisita y un espejo astillado en el mismísimo centro, donde incluso una hembra tan bella como Idalys se vería horrible? No, baño era el de Jeff, por ejemplo, del que había tenido que salir huyendo aquella misma mañana. En Cuba, ¿hubiera podido aspirar siquiera a tener alguna vez un baño o al menos un cepillo de dientes eléctrico como los de su sobrino? Jamás. Y entonces, ¿por qué la nostalgia lo atacaba ahora, como aquella noche lo habían atacado los celos, hasta el extremo de volverlo loco? Alteradísimo por la persistencia del olor de aquellos malditos perfumes en el bañito, metió los estuches de sombras en el lavamanos, abrió la pila y mezcló bajo el agua los polvos destinados a embellecer a Idalys hasta convertirlos en una melcocha, luego partió en pedazos los jaboncitos que alguna vez había robado para ella, tiró los trocitos al inodoro, destrozó los botes de crema e introdujo cristalitos en los restos de potingues para que ella se rajara la cara si se atrevía a usarlos.

Aquella ordalía lo excitó hasta el extremo de hacerlo concebir una nueva venganza, y se dirigió a la cocinita. Las paredes y cacharros estaban impregnados de una pátina gris, mezcla de kerosene, hollín y grasa, que se había ido acumulando durante años. Las obsesivas sesiones de limpieza que Idalys y él solían emprender juntos contra aquella sucia capa de sebo resultaban prácticamente inútiles dada la exigua cantidad y la pésima calidad de los detergentes que muy de cuando en cuando distribuían por la Libreta de Abastecimientos. Pues bien, ahora todo sería aún peor para ella, porque él estaba dispuesto a atreverse incluso contra lo más sagrado. Abrió el venerable refrigerador General Electric que Idalys había heredado de su abuela, y los tres huevos que les habían tocado aquel mes por la Libreta brillaron en el interior del aparato, blancos como la inocencia. Se iba a enterar la muy degenerada. Sacó los huevos, la mano le tembló como si estuviera a punto de cometer un crimen, pero se sobrepuso a las dudas y los fue reventando uno a uno contra la pared con tanto placer como si reventara la cabeza de Jesús. ¡Ahora la cabrona se moriría de hambre!, pensó mientras tiraba a la basura otro tesoro, las rebanadas de pan duro que ella ahorraba como una fenicia y que solía tostar de dos en dos para su desayuno. ¡Ah, pero había algo mejor que matarla de hambre!, se dijo, excitadísimo, al mirar el recipiente de cristal que contenía la riqueza más preciada de Idalys: un cuarto de libra de café. Ella lo pagaba a precio de platino en el mercado negro, asegurando que cuando no podía tomar café en las mañanas la migraña la perseguía hasta la noche sin darle tregua, exactamente como ahora lo perseguía a él la insoportable sensación de haber sido traicionado en su propia cama. Destapó el recipiente, y el intenso olor a amanecer que emanaba de aquel polvo oscuro como su desgracia lo tentó a hacer una colada. Pero desechó la idea de inmediato. ¡Aquella malvada debía pagar!, pensó al tiempo que mezclaba el polvo de café con otro, todavía más oscuro, que servía como matacucarachas. ¡Así moriría la hijaeputa, temblando de dolor patas arriba, como un insecto!

Soltó la carcajada, regresó a la habitación y cuando se enfrentó al lío de trapos que lo esperaba sobre la cama, junto a la maleta, volvió a experimentar el oscuro placer de estar abandonado e indefenso. Empezó a guardar la ropa con una sola mano, sabiendo que ésta iba a arrugarse de mala manera y que Idalys no soportaba las arrugas. Mejor, se dijo, así todos sabrían que la muy traidora lo había dejado en la cuneta; con sólo caminar por las calles de Casablanca hecho un espantapájaros estaría acusándola ante los vecinos. En eso, escuchó el ruido de la llave en la cerradura e instintivamente se volvió de espaldas a la puerta de la habitación. Se sabía sin fuerzas para mirarla, pero fue contando como un ciego el sonido de sus pasos; fueron trece, malasuerte, hasta el momento exacto en que ella se detuvo en el dintel y saludó con una voz tocada por la culpa.

—Buenas noches.

No pudo responderle; aquella presencia le había puesto la carne de gallina y volvió a ponérsela ahora, en el recuerdo. ¡Ah, de que modo tan intenso había deseado entonces que su encuentro con Jesús hubiese sido un sueño, o por lo menos no haber cedido después a la tentación de destrozar tantas cosas imprescindibles para Idalys! ¿Cómo decirle buenas noches si en verdad pensaba que aquélla no podía ser más horrible?

—Perdóname —dijo ella.

Durante unos segundos él albergó la ilusión de que aquel ruego significase que pese a todo estaba dispuesta a volver, e intentó imaginar cómo aceptarla y salvar al mismo tiempo su condición de hombre, pero ni siquiera tuvo tiempo de intentarlo.

—¿Cómo se te ocurrió volver? Estaba segura de que te ibas a quedar en Miami. Me empaté con Jesús pensando que... que ibas a rehacer tu vida allá, y ahora... Ahora las cosas no tienen arreglo.

—¿Por qué? —dijo él en un tono sorprendido, sordo y tembloroso—. Si yo te quiero.

—Porque no estoy enamorada de ti, Stalin. Y no puedo engañarte.

Él se removió en el catre, tomó un sorbo del refresco que le había dejado su cuñada y sonrió amargamente ante el recuerdo de aquella ironía. ¿Acaso Idalys no lo había engañado ya? Sin embargo, entonces no cedió al impulso de enfrentarla a la evidencia porque había entendido perfectamente lo que ella quiso decir. Se había acostado con otro cuando él estaba en Estados Unidos y en ese supuesto no existía engaño. Era como si él hubiese muerto, o quizá como si hubiese renacido al llegar al extranjero, que ella concebía como una especie de paraíso situado en el más allá, desde el que nadie en su sano juicio regresaría a la isla. Miró al sol ya rojizo del crepúsculo, rodeado por grandes nubes color sangre que nimbaban Miami con una luz de muerte, y consideró la paradoja. Entre las varias razones por las que había vuelto a Cuba la primera fue justamente retener a Idalys, sin saber que la había perdido de antemano y que las cosas, como ella misma dijo, no tenían arreglo.

Pero entonces no se resignó a aceptar aquella realidad y exageró al máximo su torpeza mientras continuaba haciendo la maleta de mala manera, con una sola mano, decidido a dirigirle a Idalys un doble reclamo. El de la acusación silenciosa y el de la evidencia de que a él le resultaría prácticamente imposible vivir sin su ayuda. Se sintió solo y desgraciado como un huérfano, feliz en medio de su insondable tristeza, como si volara en fiebre y disfrutara del exquisito placer de reprocharle en silencio a su madre que no viniera a arroparlo. No necesitó mucho tiempo para ganar aquel pulso y obtener la ayuda y el cariño que sin duda alguna merecía. Idalys se le acercó por la espalda, lo apartó con dulzura y empezó a rehacer la maleta en silencio. Entonces él se dejó caer en la cama sintiendo que el cansancio de todo lo sufrido se empozaba en su alma, como ahora, cuando se dio vuelta en el catre con la misma sensación de vacío que desde entonces andaba como un perro tras su sombra. Cansado de sufrir se aferró a la ilusión de que lo ocurrido desde el secuestro de la *Nuevo Amanecer* no había sido más que un sueño, y se fue aletargando hasta que le resultó imposible discernir si estaba en su cuarto habanero junto a Idalys, presa de una pesadilla en la que era condenado a insolarse en una azotea porque un niño estúpido lo había confundido con Fidel Castro, o si estaba en Miami soñando algo mejor, que Idalys había muerto en medio de dolores atroces, como una cucaracha envenenada por un poco de café.

DOMINGO 26

El turbio despertar lo remitió de nuevo a la mezquina realidad de la azotea. Orinó a través del tubo que descargaba en el jardín y se dio un lavado de gato con el agua salada y herrumbrosa que quedaba en el fondo del tanque. No tenía fuerzas ni ganas para meter medio cuerpo allí, sentía las piernas y la voluntad como de estopa y si se atrevía a hundirse podía quedar patas arriba como el ratoncito Pérez del cuento infantil, el que había caído en la olla por la golosina de la cebolla dejando viuda a la cucarachita Martina. De pronto, sin saber por qué, recordó un versito aprendido no sabía dónde: «Cucaracha Martínez, viuda de Pérez/ se casó esta mañana con un alférez.» Eso mismo podría hacer Idalys ahora con Jesús el taxista sin incurrir siquiera en el delito de bigamia, pues en Cuba, desde el momento en que cualquiera de los cónyuges optaba por el exilio el vínculo matrimonial podía disolverse con una simple denuncia. Técnicamente él estaba muerto e Idalys era viuda.

Regresó al catre, se enjuagó la boca con un buche de refresco rancio, se zampó un bocadillo socato y empezó a examinarse con la minuciosidad de un entomólogo. Daba asco. Su piel, que apenas unos días atrás estaba bronceada por el sol y el agua de mar, tenía ahora tantos colores como los del arcoiris de un cielo podrido. Había zonas muertas de un marrón macilento, casi negro, de las que el pellejo salía en tiras al halarlo, con tanta facilidad como una cáscara de plátano; junto al marrón podía aparecer el blanco sucio de una ampolla, el rojo asqueroso de una postilla o el rosado enfermizo de una llaga. Lo peor era que la piel le ardía con tanta intensidad como los recuerdos, como si su memoria también estuviese cubierta de pústulas. Por suerte, y por primera vez desde que vivía en la azotea, el día estaba nublado. Buscando algún quehacer, se decidió por lo más fácil y empezó a arrancarse las tiras de pellejo.

Eso mismo estaría haciéndole ahora Idalys en La Habana. Lo había dejado dormir en su cama como un acto de caridad, y él fue tan estúpido como para despertar esperanzado, tan indigno como para humillarse rogándole por lo que más quisiera que no lo abandonara, tan imbécil como para revelarle que había envenenado el polvo de café soñando con matarla, por amor. Pero ella no sólo se mantuvo en sus trece, sino que llevó a cabo limpiamente la venganza de no perder la calma y de no reprocharle nada, ni el intento de envenenarla ni los desatinos de la noche anterior, de los que él se arrepintió al amanecer, cuando fue al baño y contempló avergonzado el estropicio, y de los que volvía a felicitarse ahora, mientras iniciaba el paseo ritual alrededor de la empalizada. ¡Que se jodiera, la muy puta! ¡Que sufriera hasta el fondo la falta de perfumes, de comida y de pasta de dientes! A él, ¿qué le importaba? Si ella no hubiese preferido a un taxista, si hubiese accedido a volver, a hacer shuapi shuapi una última vez, a responder a los ruegos, a las lágrimas o a las terribles recriminaciones y ofensas que él le había dirigido, si hubiese reclamado parte de las sábanas y las toallas, si no le hubiese preparado la ropa con la resignada obstinación de quien acepta pagar el final de una condena, o si al menos hubiese habido en su rostro, cuando lo acompañó a la puerta y le puso la maleta en la mano sana, algo más que aquella mezcla inextricable de piedad y alivio, él se estaría lamentando ahora de haberla perdido.

Pero no, ¡que se hundiera, jodiera y recontrajodiera! El estaría feliz, libre como un pájaro en cuanto abandonara aquella horrible azotea y engañara a los yankis haciéndose pasar por un balsero. Iba a escribirle día a día, enviándole fotos del cadillac, del chalé, de la piscina y sobre todo de la Gran Clínica Estomatológica Marty, hasta matarla de envidia y hacerla sufrir como una madre mexicana. Sí, se vengaría como el mismísimo Llanero Solitario; todos los que le habían hecho daño alguna vez tendrían que arrodillarse ante su éxito. Empezando por Idalys y siguiendo por la doctora Bárbara Cifuentes, aquella gorda malvada y sabia. Porque Fidel Castro moriría alguna vez, ¿no? Y al día siguiente él trasladaría la Gran Clínica Estomatológica Marty a La Habana y la Cifuentes se vería obligada a humillarse y pedirle trabajo. Se lo daría, ya que la hijaeputa era una cirujana estrella, pero el jefe sería él. Jamás y nunca tendría que volver a rebajarse ante los poderosos, como lo había hecho ante la Cifuentes el día en que llegó al hospital con un brazo en cabestrillo y la vieja maleta en el otro, destrozado por la traición de Idalys y porque no tenía dónde vivir.

Estaba dispuesto a todo con tal de no regresar derrotado a casa de su madre, pues tanto ella como su hermana se habían opuesto a que él se casara con Idalys, a quien desde siempre habían considerado una puta. El tiempo les había dado la razón, pero a él no le salía de los reverendísimos timbales reconocer la evidencia ante ellas, ni mucho menos mudarse a la casa materna, donde tendría que soportar los sordos reproches de las hembras de su tribu y además hacer de pinche en La Cazuela Cubana, preparar ensaladas, pelar papas, servir comida y encima fregar los cacharros, la loza y la cocina como si fuera una mujer. Si, por ejemplo, hubiese estado aquí, en Miami, todo sería tan fácil como alquilar un apartamentico, un hueco donde vivir solo. Pero la desgracia de quedarse sin casa le había ocurrido en La Habana y allí no había ni tan siquiera un cuarto en alquiler salvo para quien pudiera pagarlo en dólares. Él no podía, desde luego, y por tanto no tenía otra alternativa que intentar conmover al Estado, único casateniente del país, que además podía asignar las viviendas en propiedad. El Estado, en su caso, empezaba por ser su jefa, la doctora Bárbara Cifuentes, que no tenía el poder de asignar casas, pero sí el de empezar a mover los hilos que llevaban, a través de la lejana Dirección Provincial de Salud Pública, a la inextricable madeja del ministerio, que a su vez conducía a la verdadera madre de los tomates, el remotísimo Consejo de Estado.

Supuso que no le resultaría difícil conmover a la Cifuentes, pues ahora ella lo consideraba algo así como un héroe, y en cuanto la vio aquella mañana en el hospital decidió lanzarse a fondo. Ella estaba loquita por escucharlo y él se dejó arrastrar a una consulta vacía y allí empezó un cuento en el que si bien no se propuso conscientemente mezclar verdades con mentiras tampoco titubeó al hacerlo. Avanzó a trompicones en la estrategia de decir aquello que su jefa quería escuchar, y le contó cómo se había opuesto al secuestro de la *Nuevo Amanecer* intentando soliviantar al pasaje contra los secuestradores, aunque, dijo, desde el punto y momento en que aquellos agentes del enemigo lo encañonaron con sus pistolas, dejó de ofrecerles resistencia, la verdad fuera dicha. Ella entendió aquel gesto, calificándolo de prudente, y él siguió narración

arriba. Al llegar a Cayo Hueso, dijo, ya estaba esperándo-
los la televisión yanki, previamente advertida por la CIA,
que era quien manejaba los hilos de aquella operación an-
ticubana. Pues bien, él no sólo se negó a solicitar asilo político sino que defendió a la revolución frente a las cámaras que trasmitían de costa a costa, para todos los Estados
Unidos.

De pronto, la Cifuentes le estampó un beso en la mejilla y él tuvo el pálpito de que ella estaba húmeda. Se la hubiese podido tirar allí mismo de haberlo querido. No
quiso, por suerte, y no tuvo que avergonzarse ahora de haber caído tan bajo. Pensó hacerlo, eso sí, para ganar más
puntos y amarrar cortico a su jefa, pero el recuerdo de
Idalys acudió en su ayuda como un relámpago, conven-
ciéndolo de que solo la deseaba a ella y de que si cedía a la
posibilidad abierta por la Cifuentes no se le pararía la picha. Para enfriar el asunto siguió hablando de política. La
televisión había localizado a su hermano, dijo, y como
parte del plan enemigo éste lo invitó a que pidiera asilo. Él
ni siquiera consideró la propuesta, desde luego; su hermano, que se llamaba Lenin y a quien la revolución hizo
abogado, había sido presionado por la gusanera de Miami
para que cambiara de nombre; ahora se hacía llamar Leo y
no era más que un pobre payaso muerto de nostalgia, a
quien tuvo que soportarle tremendísimo llantén por vivir
fuera de Cuba.

Así habían sido las cosas, dijo, y sin embargo, ¿usted
podría creer, doctora, que el regreso no pudo haber sido
más terrible? Unos ladrones, pura escoria contrarrevolu-
cionaria, le habían robado la bicicleta que le regaló el partido como premio por haber regresado a la patria, y además lo habían golpeado cuando él los enfrentó, gritándole
que eso le pasaba por no haberse quedado en la Yuma. ¡No
me diga!, exclamó la Cifuentes, mientras, como buena cubana, hacía gestos de que siguiera diciéndole. Entonces él

dijo que también Idalys le había echado en cara que no hubiese pedido asilo político en Miami, para reclamarla a ella después, y que él le había armado tremenda bronca. ¿Cómo se atrevía, dijo que había dicho, a sugerirle siquiera semejante cosa? ¿Cómo se le ocurría pensar por un segundo, dijo que había preguntado, que él, Stalin Martínez nada menos, pudiese actuar como un traidor a la patria? ¡No y mil veces no!, dijo que había gritado antes de hacer la maleta y largarse. Prefería verse así, afirmó con vehemencia, sin bicicleta, sin mujer y sin casa, antes de ser un traidor a la patria.

¿Lo era?, se preguntó ahora, mientras se arrancaba una tira de pellejo podrido. De pronto, se sintió tan frágil que la palabra patria le pareció demasiado grande para que un pobre diablo como él pudiera medirse con ella en ningún sentido, ni como traidor ni como héroe. «Patria o muerte», murmuró sin énfasis, y aquella expresión, que en otro tiempo le resultaba tan familiar, le sonó extraña e incomprensible como un acertijo. ¿Qué coño tenía que ver una cosa con otra, la patria con la muerte, el culo con las témporas, el tocino con la velocidad? Y sin embargo, en Cuba, la muerte siempre salía en la foto junto a la patria, la libertad o el socialismo, como si fuera el gran premio de un programa de televisión, la hembra espectacular que sólo se llevaría a la cama a los vencedores muertos en combate.

Las gentes como él quedaban condenados a correr de un lado a otro dándose topetazos a ver si por casualidad conseguían escapar del laberinto. Sólo que él se había confundido en algún punto del camino y por eso estaba insolado en aquella azotea en la que había una sola salida que apuntaba a una balsa en medio del mar. No había imaginado siquiera aquel destino cuando acompañó a la Cifuentes a la oficina del director de la clínica, un calvo vergonzante que se dejaba crecer los veinte pelos que le crecían en las sienes, diez a cada lado de la cabeza, y se los cruzaba en el centro del craneo conformando una especie de corona canosa. El tipo estaba esperándolo y lo recibió con un «Hombre, nuestro héroe», que estremeció a Martínez de orgullo. Ahora, en la azotea, aquellas palabras le parecieron una broma de mal gusto, pero entonces, cuando la Cifuentes desgranó uno a uno lo que llamaba «los méritos de nuestro colega», él alcanzó a creer que, en efecto, merecía aquellos elogios por haber llevado a cabo varias acciones excepcionales. Volvió a evocarlas y todas y cada una le parecieron estúpidas, especialmente la de no haber pedido asilo político en Estados Unidos, como le había aconsejado su hermano; quizá por eso, se dijo ahora, el pulso le latió con más fuerza entonces, cuando, después de haber ordenado café para todos, el director le preguntó que si estaba dispuesto a representar a Cuba en el Congreso Latinoamericano de Cirujía Maxilofacial que se celebraría próximamente en México.

¿Por qué la mera idea de salir de la isla excitaba tanto a los cubanos? Las razones de esa excitación no eran sólo políticas ya que, por ejemplo, en el momento en que le hicieron la propuesta él ni siquiera soñaba en dar el salto desde México a Miami, como hizo luego, y sin embargo en cuanto el director mencionó la posibilidad de un viaje al extranjero, él empezó a salivar de ganas y de inmediato dijo que sí, que le encantaría ir, desde luego, si bien cubrió enseguida la obligada cuota de modestia añadiendo que no se sentía digno de semejante honor. En ese momento la Cifuentes aprovechó para recordarle al director que el viaje a México le pertenecía a ella, y la tensión creció en la estancia como si alguien hubiese activado una bomba reló. El director y Martínez se quedaron mirándola mientras la Cifuentes hurgaba en el pequeño lunar de pelos que tenía en la mejilla izquierda y seguía argumentando que ya ella había hecho los trámites y escrito la ponencia para el evento, «Microcirugía láser aplicada a molares impactados», una técnica, deslizó, de la que el doctor Stalin Martínez no sabía absolutamente nada; ¿por qué, entonces, no mandarlo a Nueva York, al Congreso Mundial de Endodoncia?

La pregunta quedó en el aire y Martínez giró la cabeza y miró al director, como si estuviera asistiendo a un juego de ping pong de cuyo resultado dependía su destino. Imposible, doctora, replicó el director, que era quien asistía siempre a los congresos mundiales y que ahora se disponía a rematar, el doctor Martínez no sabía inglés. La respuesta fue tan aplastante que el director ganó el punto, pero la Cifuentes no se dio por vencida y sacó de nuevo. ¿Por qué no zanjar el asunto mandando al doctor Stalin a Camagüey, al Congreso Nacional de Administración de Clínicas Estomatológicas? La pelota estaba otra vez en el aire y el golpe había sido tan fuerte esta vez que Martínez lo sintió en la cabeza. Si el director asentía no habría viaje al extranjero y eso no le parecía justo. ¿Por qué siempre tenían que viajar los mismos, los jefes? ¿Por qué en Cuba la gente se dividía en A y B: a México, a París, a Nueva York; ve a Camagüey, ve a Pinar del Río, ve a Oriente? El siempre había sido un tipo *b*, una basura; ignoraba la técnica láser, no sabía inglés, pero tampoco tenía la menor idea de administración de clínicas. Lo suyo era la estomatología pura y dura y en eso era tan bueno como el mejor. Y quería viajar, coño, quería ir a México o a Nueva York, por una vez en su vida quería ser un tipo A. Lo deseaba con tanta fuerza que casi abraza al director cuando éste decidió enviarlo a México por razones políticas, como un premio al heroísmo de que había dado pruebas al resistir a los secuestradores, negarse a pedir asilo en Estados Unidos y regresar voluntariamente a Cuba.

Se tendió en el catre mirando las grandes nubes grises que se desplazaban en dirección al sur, y se dijo que tanto La Habana como Miami, tan distintas, eran inconcebibles sin sol. Siempre le había gustado muchísimo la luz del día, pero ahora tenía el pellejo achicharrado y ardiente y la odiaba. Que llueva, que llueva, la virgen de la cueva, cantó como cuando era niño, con la ilusión de que el agua de lluvia serenara el ardor que lo torturaba. Aunque nada, salvo la presencia de Miriam, era capaz de serenar su cabeza. ¿Vendría a visitarlo hoy? Deseó tanto aquella presencia que empezó a invocarla, musitando una vieja tonada de Elvis Presley, Lof mi tender, lof mi suit, never let mi gou. Yu haf meid my laif complit, and ai lof yu sou. Era incapaz de decir con exactitud qué significaban aquellas palabras, pero sabía que hablaban de amor y eso era suficiente. ¿Se atrevería a decírselas? La extrañaba tanto como a Idalys, aunque en un sentido absolutamente opuesto. El recuerdo de Idalys era amargo y le provocaba deseos de venganza; el de Miriam, en cambio, era dulce como la caña de azúcar.

Invocó a la muchacha con tanta fuerza que alcanzó a imaginarla de un modo casí físico. Acostó al recuerdo en el catre, junto a él, y de pronto se separó un salto, horrorizado de sí mismo. La había imaginado desnuda. Se volvió de espaldas diciéndose que no tenía derecho a violentarla de aquella manera, pero la ilusión que había logrado entrever empezó a atraerlo tanto como el recuerdo de Cuba. Cerró los ojos como cuando jugaba de niño a la gallinita ciega, se sentó en el suelo junto al catre y no pudo sustraerse a la tentación de pasar la mano izquierda a dos palmos de la loneta y acariciar el aire. ¡Allí estaría ella desnuda, dios! Su pelo negro como la desgracia de estar solo en la azotea, sus ojos verdes como el futuro que soñaba tener alguna vez, sus labios rojos como la excitación que lo cegaba, sus teticas blancas como la niña que estaba gozando, su vientre liso como la playa de Varadero, su sexo húmedo como el aire de aquel día de verano, caliente como la fiebre que lo acometía, abierto como las puertas del paraíso.

Introdujo el índice en el centro de aquella ilusión y empezó a moverlo dulcemente, suavemente, mientras soplaba ansiedades en el recuerdo del oído de la muchacha, putica mía, perrita mía, pequeñita mía, americanita mía, mamita mía, miamita mía, gusanita mía. ¿Te gusta, putica, perrita, pequeñita, americanita, mamita, miamita, gusanita? ¿Te gusta cómo te lo hace tu amigo cubano, tu tío cubano, tu papá cubano, tu macho cubano, tu cubano? Sí, ¿verdad? Pues ahora vas a ver, ahora ábrete, ahora entrégate, ahora regálate, ahora voy a entrar en ti, ahora entro en ti, ya entré en ti como la isla en el mar, ahora vamos a bailar un son, un danzón, un danzonete, un bolero dulce y caliente y rico, suave como la lluvia, creciente como esta ruñidera que se convierte en rumba, arrolla, cubana, que esto es tuyo, goza cubana, que esto es tuyo, dámela, mami, que soy tuyo.

Quedó tendido, exhausto y humillado, mirando la mancha que se extendía por su entrepierna como un escupitajo. Por suerte, su pantalón estaba tan sucio que muy pronto el semen se confundiría con las otras manchas que habían dibujado sobre la tela un mapa de islas inexistentes, tan incomprensible como su propia vida. Su brazo, su piel, su ropa y sus recuerdos estaban rotos. No poseía nada más que jirones. Evocó la tarde en que se había detenido frente a la casa de su madre, con un brazo en cabestrillo y la vieja maleta en el otro, carcomido de encabronamiento por no haber atinado siquiera a decirle al director que no tenía dónde vivir. ¿Por qué no lo había hecho?, se preguntó. Porque estaba encandilado con el viaje a México, pero también y sobre todo porque le resultaba muy cuesta arriba contarle a otro hombre que Idalys lo había dejado en la cuneta.

Lo peor era que ante su madre y su hermana no podía mentir ni posponer siquiera la confesión de su vergüenza, pues había llegado allí a pedir refugio. Stalina lo humillaría primero, echándole en cara la traición de Idalys, a quien siempre había considerado una puta, y lo esclavizaría después, acomplejada porque el peso principal de La Cazuela Cubana recaía sobre ella, que era absolutamente incapaz de entender y asumir que él era un profesional en ejercicio. Pero no había nada que hacer, se dijo al empujar la puerta de entrada, dispuesto a enfrentar cualquier cosa menos el panorama que se ofreció ante su vista. Las mesas habían desaparecido; el salón comedor de La Cazuela Cubana era otra vez la simple sala de casa de su madre.

—Pero ¿qué pasó aquí? —exclamó como para sí mismo, dejando la maleta en el suelo.

—Que nos cerraron esto, mi hermano, lo cerraron —Stalina venía desde el fondo de la casa, junto al oficial de la seguridad que había interrogado a Martínez en el aeropuerto. Al llegar junto a él le dio un abrazo y un beso—. ¿Qué te pasó en el brazo?

Martínez se miró la escayola que le habían puesto la noche anterior como si lo hiciera por primera vez, el yeso estaba brillante como la nieve, reposando sobre un cabestrillo limpio, pero aún así pesaba un montón y él todavía no se había acostumbrado a llevarla consigo, de modo que sentía la mano frágil, a punto de volverse a quebrar. Ahora en la azotea, sin embargo, apenas percibía el peso de aquel trozo de yeso churroso, incorporado a su brazo como una prótesis. Se preguntó cómo proceder con él una vez que hubiese engañado a los yankis haciéndose pasar por un balsero, e inconscientemente, sin encontrar respuesta, se sumió de nuevo en los recuerdos. En aquel momento no le había explicado a Stalina la causa de la fractura porque sentía instintivamente que cualquier cosa que dijese delante del mulato seguroso podía ser utilizada en su contra. De modo que despidió a su hermana con un beso en la mejilla y un después hablamos y se volvió hacia el policía de piel color verde oliva intentando dominar la rabia, decidido a emplear la recién ganada fama de héroe, que ya le había valido la concesión del viaje a México, para reabrir La Cocina Cubana.

—¿Por qué nos cerraron la paladar? —preguntó con un cierto deje de perdonavidas—. ¿Cómo se atrevieron?

El mulato no parecía tener apuro en responderle; se dio la vuelta con toda su calma, se dejó caer en una butaca y le ofreció la otra con tanta naturalidad como si fuera el dueño de la casa. Ahora, al evocar aquel momento en la húmeda tarde de la azotea, Martínez se preguntó por qué coño había aceptado sin rechistar la autoridad del mulato, cuya intensa mirada lo escrutaba con calma, desarmándolo. Aquel tipo se había adueñado de la situación, y para reafirmarlo extrajo un tabaco del bolsillo superior de la chaqueta de su conjunto gris, le arrancó la perilla de un mordisco, la depositó en el cenicero que hacía las veces de centro de mesa, encendió la breva despaciosamente y formó un anillo de humo antes de empezar a formular una batería de preguntas que pusieron a Martínez contra la pared.

—Vamos a ver, compañero Stalin —dijo con cierto desgano, como si se dirigiera a un alumno de primaria particularmente lerdo—. Tú te negaste a que la televisión enemiga te manipulara políticamente, ¿no?

—Sí —aceptó él.

—Rechazaste la propuesta de tu hermano de pedir asilo en Miami, ¿no?

—Sí.

—Regresaste voluntariamente a la patria, ¿no?

—Sí.

—Aquí saliste en la televisión, ¿no?

—Sí.

—Peleaste con los ladrones que te robaron la bicicleta que te regaló el partido, ¿no?

Martínez recordó ahora cómo se había soliviantado ante aquella afirmación, pues a aquel policía le constaba que él había traído la bicicleta desde Key West. Recordó también que estuvo a punto de mencionárselo y que la fría mirada del mulato lo convenció de que le era mejor dejar las cosas como le habían sido propuestas.

—Sí.

—Dejaste a tu mujer porque te había pegado los tarros, ¿no?

—¿Cómo sabe?

Por toda respuesta, el mulato se encogió de hombros aspirando la breva con la suficiencia de un profesor. Martínez recapituló febrilmente; sólo cuatro personas conocían su deshonra, Idalys, Jesús, el Director y la Cifuentes. ¿Cuál de ellos había sido el chivato? ¿La gorda hijaeputa, el taxista hijoeputa, el director hijoeputa o la puta a secas? se preguntó, concluyendo, quizá porque le dolía menos, que la soplona había sido su jefa.

—¿Sí o no? —lo presionó el policía exhalando el humo.

—Sí.

El seguroso golpeó levemente la breva en el borde del cenicero y un anillo de ceniza se desprendió con suavidad, como la hoja de un árbol.

—Eres un ejemplo para nuestro pueblo, ¿no?

—Sí —dijo Martínez, convencido. Pero la satisfecha sonrisa del mulato lo hizo caer en la cuenta de que le habían tendido una trampa, e intentó reaccionar—. O sea, no. Es decir, ¿ejemplo de qué?

Fue en ese momento donde terminó de perderlo todo, se dijo ahora, caminando sin rumbo por la azotea, cuando le dio pie al seguroso para sonarle un teque, un discurso en el que nadie creía pero que todos estaban condenados a aceptar so pena de señalarse como disconformes, lo que podía llegar a ser tremendamente peligroso.

—¿Cómo que ejemplo de qué? —se preguntó el seguroso. Y procedió a enumerar una sarta de elogios que dejó a Martínez inerme, incapaz de defenderse ni muchísimo menos de alegrarse por poseer tantas virtudes como el policía empezó a atribuirle—: Ejemplo de hombría, de patriotismo, de capacidad de sacrificio, de espíritu revolucionario —el mulato fue marcando todos y cada uno de los dones de Martínez con golpecitos del tabaco sobre el cenicero, y abrió los brazos al preguntar—: ¿te parece lógico que alguien como tú, compañero Stalin, alguien a quien nosotros hemos premiado además con un viaje a México, explote un negocio privado para ganar dólares?

—¿Nosotros? —dijo él, preguntándose quién habría decidido mandarlo a México, ¿el director de la clínica o la Seguridad del Estado? Y añadió, dispuesto a poner en claro el asunto—. ¿Qué significa nosotros?

—Nosotros significa nosotros —replicó didácticamente el mulato.

Sin proponérselo, Martínez llegó junto al tanque de agua salada y se miró en la superficie. El reflejo de su rostro era tan oscuro como la tarde, como los restos de aquella agua herrumbrosa que cubría el fondo. ¿O quizá sólo tenía la cara sucia, vencida como el corazón y la memoria? Abandonó el tanque sin intentar siquiera enjuagarse la jeta, perseguido por el recuerdo de que el viaje a México le había sido proporcionado por la policía. ¿Y qué?, se dijo, escudándose en la certeza de que aquello no había sido culpa suya. Pero necesitaba refugiarse en algo para olvidar, y acudió al recuerdo del momento en que tuvo al fin que enfrentarse a su madre y a Stalina sin haber conseguido la reapertura de La Cazuela Cubana. Ellas le habían preparado una cena como dios manda, arroz, frijoles negros, cerdo asado y tostones. Rosa freía los plátanos en tandas para que él los comiera crujientes, como debe ser, mientras Stalina le cortaba la carne en trocitos porque él tenía el brazo en cabestrillo y no podía hacerlo.

—¿Pero por qué no te quedaste en Miami con Lenin, a ver? —le preguntó su hermana, enfrascada en picar un pellejo de puerco—. ¿Por qué?

—Porque mi trabajo estaba aquí, mi mujer estaba aquí...

—¡Tu mujer! ¡No me hables de esa puta!

Fue entonces cuando Carmencita, que se había quemado los dedos al robar un tostón y se los estaba soplando, se volvió hacia ellos con un brillo de admiración en los ojos.

—¿Tía Idalys es turista?

Rosa soltó la carcajada y contagió a Stalina, que empezó a reír también ante la confusión de la niña.

—No, mi amor —le explicó él—. Tía no es turista.

—¿Y puta? —insistió Carmencita.

—Puta sí —terció Stalina.

Él iba a salir en defensa de Idalys como una reacción automática en la que verdaderamente no creía, pero en eso Rosa aplastó una rodaja de plátano de un golpe tan fuerte que cortó en seco el diálogo.

—¡Ta bueno ya! —exclamó antes de sentenciar—: ¡No se habla mal de la familia!

Martínez se dijo ahora que la moral de su madre era verdaderamente envidiable, sobre todo porque siempre sabía a qué atenerse con respecto al bien y al mal. Estaba pensando que él, en cambio, era un tipo lleno de confusiones, cuando escuchó el sonido de unos pasos saltarines en la escalera de caracol y automáticamente se pasó la mano izquierda por la cabeza, intentando alisarse el pelo sin lograrlo, convencido de que Miriam estaba subiendo a traerle provisiones y a pedirle que le dijera algo sobre Cuba. En realidad él estaba loco por hablarle de amor, pero sabía perfectamente que jamás se atrevería hacerlo. Y no sólo porque no conociera su idioma sino también porque temía ofenderla. Un espantapájaros como él jamás podría esperar nada de un ángel como ella. De pronto, recordó la época en que hablar tonterías era sinónimo de discutir sobre el sexo de los ángeles y sonrió. Tratándose de Miriam aquella discusión carecía de sentido; ella tenía una sensualidad tan intensa como ingenua, una especie de sexualidad angelical, por así decirlo, que lo volvía loco. Caminó hasta el dintel de la empalizada dispuesto a recibirla, pero la sonrisa se le heló en los labios al ver a su sobrino Jeff junto a la puerta de la caseta.

El niño, tocado con una gorra de béisbol, lo miraba con tamaños ojos, como paralizado por el miedo. Martínez también se asustó ante la idea de que Jeff volviera a confundirlo con Fidel Castro y empezara a chillar otra vez. Estuvieron unos segundos midiéndose en silencio hasta que Martínez decidió atraerlo, pensando que después de todo aquel niño era su sobrino.

—Jalou —dijo, agitando la mano en el aire—. Com aquí, com —Jeff no se movió de su sitio, y Martínez decidió insistir—. Com tu mi, ai am tu tío.

El niño dio un pasito tímido, pero de pronto desapareció corriendo tras la portezuela de la caseta. Martínez desechó la idea de ir en su busca, pues para hacerlo de acuerdo con las reglas debía ponerse en cuatro patas y avanzar pegado al muro, lo que no le apetecía en absoluto. En eso, escuchó unos pasos lentos y pesados, como si una elefanta estuviera subiendo la escalera, y suspiró con alivio al comprender que quien venía era Cristina, su cuñada. Segundos después ella llegó a la portezuela de la caseta, jadeante, y avanzó hacia la empalizada con Jeff escondido tras la saya. Traía la cestita de la comida en una mano y el termo de té en la otra, y Martínez suspiró al comprender que tampoco hoy Miriam vendría a visitarlo.

—Buenos días —dijo Cristina sonriendo; dio un traspié y a duras penas consiguió recobrar el equilibrio y evitar que se le cayeran la cesta y el termo—. ¡Que me vas a matar, muchacho! —exclamó volviendo la cabeza hacia atrás, donde Jeff permanecía escondido—. *Don´t be silly!*

Martínez quedó perplejo. La primera parte de la escena, tan cubana como sus recuerdos, había sido cortada de pronto por aquella frase cuyo significado apenas había conseguido intuir. ¿Qué significaría sili? ¿Comemierda, pesao, pejiguera?

—*How are you?* —Cristina llegó al dintel de la empalizada y le propinó un besito en la mejilla—. Te traje al vejigo pa´ que no siguiera *afraid* y no se me meara más en la *bed*, ¿tú sabes?

—Chévere —dijo Martínez, e inconscientemente engoló la voz al añadir—: Jau ar yu, Jeff?

El niño no abrió la boca, y Martínez se preguntó si habría logrado hacerse entender con aquel inglés de medio pelo.

—*Jeff, please* —rogó Cristina, mientras se inclinaba para depositar la cesta y el termo junto al catre.

—*I´m fine, and you?* —respondió al fin el niño, oculto aún tras la saya de su madre.

Martínez experimentó una sensación agridulce. Aquel mocoso había entendido su jau ar yu; pero a cambio le había hecho otra pregunta que él no estaba seguro de poder responder correctamente, por lo que permaneció en silencio, con cara de tonto. En eso, Cristina dio un paso sorpresivo a la derecha y el niño quedó al descubierto; era flaco y trigueño y nervioso y su gorra de pelotero lo hacía parecer todo un cubanito.

—*Stop!* —dijo Cristina deteniéndolo, al ver que intentaba volver a esconderse tras ella—. *Look at him* —añadió dulcemente, señalando a Martínez con el índice de la mano izquierda mientras le pasaba la derecha a Jeff por la mejilla para tranquilizarlo—. *He is not Castro. He is your uncle Stalin, okey?*

El niño recorrió a Martínez con la vista de pies a cabeza; tenía las pestañas largas, los ojos negros, grandes y vivaces.

—*How are you, uncle Sta? Do you play baseball in Cuba?*

Esta vez fue Martínez quien pestañeó, intentando descifrar la pregunta. Le tomó algún tiempo, pero no le fue difícil, plei beisbol in Kiuba era una frase clarísima, onkel significaba tío, evidentemente, como el onkel Sam; y lo que más le gustó fue la simplificación de Stalin, aquel Sta tan deportivo que sería sin duda un buen apodo para un boxeador o un pelotero.

—Ies —respondió acuclillándose hasta ponerse a la altura de su sobrino, que había empezado a moverse como un rapero—. In kiuba ui ar champions.

—*Champions?* —replicó el niño de inmediato, sin dejar de moverse—. *Champions of what? We are the champions here in America, the champions of the world.*

Martínez no supo qué decir; había entendido a su sobrino pero no tenía palabras para responderle. No sólo le resultaba imposible explicar en inglés que Cuba era campeón mundial de bésibol aficionado, tampoco podía matizar que los jugadores cubanos eran en realidad profesionales encubiertos, ni muchísimo menos que no se habían enfrentado nunca a un equipo norteamericano de grandes ligas. Martínez estaba convencido de que si lo hacían los norteamericanos ganarían casi seguramente, pero el caso era que no lo habían hecho, y se aferró a ese dato para aliviarse de la prepotencia infantil mostrada por aquel niño que seguía moviéndose como aquejado por el mal de San Vito, una prepotencia típicamente yanki según la cual los campeones de América lo eran de todo el mundo y el nombre mismo del continente era sinónimo de Estados Unidos.

Se incorporó porque las rodillas habían empezado a temblarle y como se sabía incapaz de sostener el diálogo con Jeff se dirigió a Cristina.

—¿No habla español?

—*Only a little* —dijo ella sonriendo brevemente, como avergonzada—: Un poquito. Tu hermano no quiere, ¿tú sabes? Quiere que Jeff sea americano.

—*I'm american* —precisó orgullosamente el niño, como quien reafirma una evidencia. Hizo la pantomima de rasgar las cuerdas de una guitarra eléctrica y canturreó—: *Born in the USA, born in the USA, born in the UUUUU SSSSS AAAAA.*

Cristina volvió a sonreír, embobada ahora por la habilidad de su retoño, y Martínez dio dos palmadas desabridas pensando que desgraciada y definitivamente Leo se había salido con la suya. Jeff era todo un americanito. ¿Cómo podría entenderse alguna vez con Carmencita, su prima hermana? De pronto, decidió provocarlo hablándole en español.

—¿Cuál es tu equipo preferido, Jeff?

El niño, a quien parecía resultarle del todo imposible estarse quieto, había empezado a levantar lentamente los brazos sobre la cabeza.

—*Jeff, please* —rogó Cristina—. *What are you doing now?* Respóndele a tu tío. ¿Lo entendiste, *right?*

Pero Jeff no le hizo el menor caso. Y Martínez comprendió perfectamente por qué su sobrino permanecía en silencio; estaba concentrado en realizar los movimientos preparatorios de un lanzador de béisbol antes de soltar la bola. Admirándolo, Martínez recordó que los narradores cubanos llamaban waind op a aquellos lentos movimientos que tenían la calma de los de un tigre segundos antes de saltar sobre su presa. Jeff estaba de perfil, con las manos unidas sobre la cabeza como si estuviera esperando una señal, y Martínez sobrentendió súbitamente que el niño esperaba por él, que le estaba dirigiendo un mensaje secreto, y se acuclilló entusiasmado, olvidando incluso la debilidad que sentía en las piernas. De inmediato se estableció entre ellos la complicidad soterrada que existe entre *pitcher* y *catcher*, entre lanzador y receptor. Jeff levantó la pierna izquierda hasta la altura del mentón, giró el torso hacia la derecha mostrando la espalda como hacen los grandes *pitchers* en los momentos espectaculares del juego, y volvió a girar el tronco hacia la izquierda al tiempo que lanzaba una pelota inexistente apoyado en el peso de su cuerpo e imitaba el cortante sonido de la bola que Martínez aparentó haber recibido justamente a la altura de las rodillas.

—*Strike!* —exclamó Jeff.

Martínez sintió que las piernas le temblaban, no tenía fuerzas para mantenerse acuclillado ni tampoco para incorporarse, de modo que se dejó caer de culo y permaneció sentado en el suelo de la azotea.

—Buen estrai —dijo.

—*Oh, yeah!* —reafirmó Jeff—. *A good strike, eh? I'll be pitcher, you know?*

—¿No hablas español?

Jeff enrojeció instantáneamente, bajó la cabeza, se quitó la gorra y empezó a rascarse el pelo.

—Buenou... —dijo con fuerte acento americano—, *dad* no me deja.

—¿Por qué?

—Quiere que Jeff se cure de Cuba —dijo Cristina pasando el brazo por sobre los hombros del niño, como para protegerlo—. Dice que los cubanos estamos *crazy* pa'l carajo, y yo creo que quien está *crazy* es él. Pero... ¿quién le pone el cascabel al *cat*?

Perplejo, Martínez se apoyó en el catre y consiguió incorporarse lentamente mientras evaluaba la intención de Leo: que Jeff se curara de Cuba como de una enfermedad contagiosa. Aquello le parecía un crimen, pero no se sentía con derecho a decirlo delante de su cuñada y de su sobrino.

—¿Cuándo viene mi hermano?

—Hoy mismo —dijo Cristina—. Y *for sure* va a subir a verte enseguida. Está *crazy* por verte. Por suerte ya te queda poco en esta cárcel.

Jeff se liberó del abrazo de su madre y volvió a moverse al ritmo de un rap imaginario.

—*Why are you here, uncle Sta?*

Martínez se encogió de hombros. ¿Cómo explicarle a Jeff las razones de su encierro en aquella azotea si él mismo no entendía a ciencia cierta por qué un cubano procedente de Cuba era aceptado por los yankis con los brazos abiertos y otro que proviniera de un tercer país enfrentaba tal cantidad de problemas que aconsejaban engañarlos haciéndose pasar por un balsero?

—*We made a deal, Jeff; didn't we?* —Cristina procedió a sellarse los labios con el índice, y luego añadió—: Nos tenemos que ir, Stalin, *because Jeff has to study.*

Se dio la vuelta en dirección a la caseta, pero Martínez la retuvo por el hombro.

—Este... ¿Miriam... no va a volver a subir?

Cristina le dirigió una sonrisa cómplice.

—Te gusta, ¿verdad? —preguntó acusándolo con el índice—. *She* estuvo *busy* to´el *week end*, pero *don't worry*, va a venir mañana. Tú también le gustas a ella.

Martínez quedó encandilado, ¿sería posible? No, se dijo, no lo era. Seguramente se trataba de una confusión debida al pobre español de su cuñada.

—*Bye, bye* —dijo Cristina.

Y echó a andar hacia la caseta de la escalera seguida de Jeff, que avanzaba sin dejar de moverse al ritmo de su rap imaginario.

—*Adious, uncle* Sta.

—Gud bai —dijo Martínez agitando el brazo con tanta fuerza como si despidiera a los pasajeros de un tren o de un barco.

Cristina y Jeff desaparecieron escaleras abajo, y Martínez se mesó la barba. Así que él le gustaba a Miriam. ¿Qué quería decir eso exactamente? ¿Quizá que le caía bien, que le resultaba simpático, nada más. Pero agradarle a Miriam era más que suficiente para su soledad. Lo otro podría venir después, ¿por qué no? Cierto que él era un viejo para ella, pero no lo era menos que ahora estaba desastrado como un náufrago y que cuando dejara de estarlo y se convirtiera en el flamante dueño y especialista principal de la Gran Clínica Estomatológica Marty todo podría ser distinto. Se consagraría en cuerpo, alma y cuenta corriente a Miriam y quizá ella terminaría aceptándolo. ¡Ah, cuanto iba a hacer rabiar a Idalys si tuviera esa suerte! No sólo le mandaría fotos del chalé, de la clínica y del cadillac sino también de la boda: él de frac y Miriam de blanco con la catedral de Miami al fondo.

Cayó en la cuenta de que estaba pensando en la plaza de la catedral habanera, que le gustaba tanto, y se dijo que aquella composición no era posible. Miami, ¿tendría catedral? Nunca había oído mencionarla ni la había visto en fotos ni en tarjetas postales. Quizá no existía o era un edificio feo, indigno de su boda. Se dijo que no era católico, que Miriam no era su novia, retiró mentalmente la catedral del fondo de la foto y la composición completa se le deshizo en un santiamén. Miró al cielo, grandes nubes negras seguían desplazándose lentamente hacia el sur, lo que significaba que dentro de poco llovería en Miami y quizá también en La Habana. Que llueva, pidió con la esperanza de que el agua de lluvia le calmara el ardor de la piel y de la cabeza, disparada otra vez en busca de recuerdos que le permitieran explicarse cómo había llegado a aquella azotea.

La memoria lo arrastró hacia la habitación donde había dormido las noches que antecedieron a su viaje a México. Su madre no había permitido que se cambiase nada en aquel cuarto desde que él lo abandonó para mudarse a la casita de Casablanca con Idalys, y ahora, al evocarlo, Martínez tuvo la impresión de que aquella visita al recinto de su juventud había sido una especie de preparación para el exilio, algo así como cuando los agonizantes reviven su pasado segundos antes de pirarse al otro barrio. Allí estaba su guante de béisbol, sus patines marca Unión 5, ya oxidados, y su foto de graduación como estomatólogo, enmarcada en la pared. Se detuvo frente a ella, dispuesto a evocar a sus compañeros de estudio a ver si así conseguía borrar el lacerante recuerdo de Idalys, y muy pronto comprobó que más de la mitad de aquellos colegas se habían ido de Cuba; algunos a través de Mariel, otros reclamados por sus familiares, otros, en fin, desertando de misiones en el extranjero que les habían sido encomendadas por el gobierno.

¿Fue entonces, se preguntó ahora, mientras se rascaba furiosamente la piel del antebrazo bajo la escayola, cuando decidió no regresar a Cuba una vez que llegase a México? No, en aquel momento no había tomado aún aquella decisión; sentía tanto peso sobre los hombros debido a la traición de Idalys, al cierre forzado de La Cazuela Cubana y a la pérdida de la bicicleta, que no le alcanzaban las fuerzas para pelear por el futuro. Se echó a reír, comparar a Idalys con un negocio y con una bicicleta le pareció una buena venganza; aunque pensándolo bien la comparación seguía siendo exacta, recuperar a Idalys era tan imposible como reabrir La Cazuela o comprarse otra *mountain bike*. La carcajada se le quebró en los labios al recordar que entonces, mientras miraba el retrato de aquellos colegas que habían tenido el coraje de reiniciar su vida en otra parte, no le pasó siquiera por la mente la sencillísima idea de que también él podía intentarlo. Más bien pensó en suicidarse. Fue una idea dulce, que le garantizaba calma total a cambio de un segundo de decisión, apretar un gatillo,

saltar desde un puente, hacerse un breve corte en la muñeca. Aquella posibilidad lo atrajo de un modo tan intenso
como el miedo que le provocaba pensarla. Había empezado a golpear rítmicamente la pared con la cabeza cuando
sintió que alguien entraba al cuarto.

—Más duro —dijo Stalina—. A ver si te la rompes de
una vez.

Se tendió en el catre, miró a las nubes que seguían desplazándose hacia Cuba y les pidió por favor que le dijeran
a su hermana que la quería mucho, pese a todo. Aquel día,
Stalina le había entregado una carta para un mexicano
amigo suyo, una carta sellada con engrudo casero que resultaría ser como un salvoconducto para el salto al exilio
que entonces todavía Martínez no había siquiera imaginado conscientemente. Lo hizo por primera vez cuando el
avión que lo sacó de Cuba dejó detrás La Habana, las palmas reales del valle de Yumurí y los cuatro azules del mar
de Varadero, y él se estremeció al sentirse con las raíces al
viento como un árbol arrancado de cuajo y tuvo tanto
miedo como el que sufría ahora, al imaginar el desamparo
que experimentaría pasado mañana, cuando estuviera
solo en una balsa en medio del mar, y deseó desesperadamente que el avión regresara a la isla de inmediato y que
algo tan poderoso como la saya de su madre lo encerrara
allí, haciéndolo invulnerable para siempre.

Pero el aparato ascendió hasta un mundo de nubes
blancas como el limbo, y Martínez fue acompasando los
tumultuosos latidos de su corazón al decirse que después
de todo nadie lo obligaba a exilarse, que el Congreso Latinoamericano de Cirugía Maxilofacial duraría apenas una
semana y que el sábado siguiente ya él habría vuelto a
Cuba. La idea no lo satisfizo, sin embargo, porque sabía
perfectamente que al regresar se encontraría sin mujer, sin
casa, sin restorán, sin bicicleta y sin futuro. ¿Fue aquella la
primera vez que llegó tan lejos como para incluir la falta

de futuro entre las consecuencias con las que tendría que apechar si regresaba? Quizá, pero en todo caso Stalina lo había hecho antes, acusándolo de imbécil por estar dispuesto a volver, diciéndole que esta vez el gobierno lo condecoraría con la orden Bonifacio Byrne, y recitando, burlona, los versos de aquel pobre poeta que ambos habían estudiado en la escuela, «Al volver de distante ribera/ con el alma enlutada y sombría», para convertir de inmediato el segundo verso en una parodia según la cual él volvería de distante ribera «con la bolsa estrujada y vacía».

Dejó de rascarse bajo la escayola; tenía las uñas largas, curvas, sucias y duras como las de un gavilán y había terminado por hacerse una llaga. Se escupió la piel justo al borde del yeso, inclinó el brazo para permitir que la saliva se deslizara hacia abajo, hasta cubrir la llaga, y obtuvo una especie de alivio. Entonces se olió los sobacos, apestaba a un sudor viejo, asentado, rancio como el azufre. Miró al cielo con rabia, el aguacero seguía siendo inminente, pero no acababa de caer. «¡Aura tiñosa ponte en cru!», exclamó de pronto, incorporándose y poniendo los brazos en cruz, como solía hacerlo cuando niño, mas le fue imposible precisar si aquella invocación estaba dirigida a provocar la lluvia o a impedirla. Entonces cantó, «Que llueva, que llueva, la Virgen de la Cueva», mientras bailoteaba al ritmo del sonsonete. Miriam, ¿sabría bailar música cubana? ¡Ah, cuánto le gustaría echarse un bolero con ella, mejilla con mejilla! Cogerla por la cinturita así, rozarle levemente las tetas con el pecho y susurrarle al oído, «En la vida hay amores que nunca pueden olvidarse».

¿Por qué coño el recuerdo de Idalys volvía para atosigarlo e impedirle seguir disfrutando de aquella ilusión? De acuerdo, mientras apestara de un modo tan atroz no podría bailar con Miriam, pero en cuanto rompiera a llover iba a quedarse en cueros vivos y a darse un baño único, espectacular, miamense, que lo purificaría por dentro y por fuera. ¿Cuándo se había bañado por última vez? En México, adonde había llegado diez días atrás, diez días que ahora le parecían diez años. Evocó la sede del congreso, un hotel de cinco estrellas tan lujoso como el Nacional de La Habana de donde se había robado los jaboncitos y el papel higiénico. En México, por lo menos, ser cubano no era una desgracia como lo era en Cuba, pero no obstante también allí se había sentido como un piojo. El traje que le habían vendido en El Louvre, la tienda habanera para viajeros en misión oficial, era de color gris ratón y le quedaba estrecho, la maleta tenía el cierre medio roto, y al subir a la habitación no le salió del alma dejar propina porque sólo tenía cinco dólares y prefirió hacerse el loco fingiendo que miraba las luces de la ciudad a través de la ventana, mientras el empleado se hacía el tonto y fingía que le explicaba una y otra vez donde estaban el baño y el armario.

«¡Qué baño, dios mío!», pensó evocándolo mientras se dirigía hacia el tubo de desagüe por donde empezó a orinar. También lo había hecho entonces, segundos antes de desnudarse, envolver el brazo escayolado en la bolsa de náilon de la lavandería y meterse en el jacuzzi con la intención de dejar allí su suciedad y sus dudas. Al terminar se envolvió en un espléndido albornoz que tenía el escudo del hotel inscrito en la pechera, regresó a la habitación y miró las luces ilimitadas de la Ciudad de México sintiéndose como todo un señor. ¿Por qué coño tenía que regresar a Cuba? Pues porque aquel hotel era una ilusión que duraría apenas una semana, en cuanto terminara el Congreso. Decidido a olvidar sus tensiones se sentó frente a la preciosa mesa de madera rústica donde había dejado el maletín de mano y extrajo la ponencia escrita por la doctora Bárbara Cifuentes, «Microcirugía láser aplicada a molares impactados». Con el trajín del viaje no había tenido tiempo de estudiarla y ahora debía hacerlo para no aparecer ante los restantes congresistas como lo que era, un impostor.

Se miró en el gran espejo de bordes labrados que había en la pared y bajó la cabeza. En realidad no merecía aquel viaje, pero en cambio había merecido tantas cosas que no le fueron otorgadas que era mejor no obsesionarse con eso. Abrió la carpeta de la ponencia, vio junto a la portadilla el sobre con la carta que Stalina había dirigido a Javier Reyes Heroles, su amigo mexicano, y de inmediato lo asaltó la tentación de leerla. No debía hacerlo, desde luego, no lo haría, pensó sopesándola. Estaba metida en un sobrecito verdaderamente horrible, pegado con un engrudo de pésima calidad, casi abierto. ¿Por qué no cambiarla de sobre? ¿Por qué no introducirla en uno de los del hotel, por ejemplo, que eran tan elegantes? Imitar la letra de Stalina para reproducir el nombre, la dirección, el teléfono de Reyes Heroles e incluso aquella expresión tan delicada, puesta entre paréntesis, («Cortesía de mi hermano Stalin»), no le resultaría un problema insoluble, pues había estudiado en el mismo colegio que su hermana y tenía una caligrafía muy semejante a la de ella. Cerró los ojos, deslizó el meñique por la solapa del sobrecito, sobre el engrudo seco, y el envoltorio se abrió fácilmente. A tientas, comprobó que Stalina le había escrito cinco cuartillas al tal Reyes Heroles. Las dejó sobre la mesa y se miró al espejo. Ahora veía su rostro y el reflejo invertido de la carta en el azogue. Se sintió febril. Estaba convencido de que su hermana hablaba de él en la carta, quizá tendría derecho a leer al menos esos fragmentos; así por lo menos sabría cómo reaccionar cuando se enfrentara al mexicano. Si limitaba la lectura a los párrafos que tuviesen que ver consigo mismo nadie podría acusarlo de indiscreto. En todo caso, la abusadora habría sido Stalina por estar escribiendo sobre él sin consultarlo.

Bajó la cabeza, sintió que se mareaba de deseo por conocer el texto y, venciendo sus últimos escrúpulos, empezó a leer con el fervor de un drogadicto. Stalina le llamaba mi rey al tipo, desde que él se había ido, le decía, no tenía consuelo. Las cosas estaban fatal en Cuba y para colmo el gobierno acababa de cerrarles La Cazuela. Era un horror. Los mil dólares que le había dejado estaban invertidos allí, y ahora, ¿de qué iba a vivir la familia? Mi rey, repetía, aquella se la iba a entregar Stalin, su hermano preferido, de cuyo nombre tanto se habían reído juntos. Stalin era casi bobo de tan bueno; tímido e inseguro, incapaz de decidir por sí mismo. Quizá por eso, pobrecito, su mujer lo había dejado por otro. Alguien debía empujarlo, decidir por él, ayudarlo a vivir. Quizá lo que ahora iba a pedirle fuese mucho, se atrevía a hacerlo porque ella lo había quemado todo por aquel amor, incluso la esperanza. Por favor, por lo que más quisiera, le rogaba que ayudara a Stalin a cruzar la frontera y llegar a Miami de un modo seguro, no como un espalda mojada, porque él no tenía coraje para eso y además llevaba un brazo roto. Stalin era como un niño grande a quien ella y su madre habían protegido hasta que se fue de casa y cayó en manos de la bruja de su mujer, que ahora lo había abandonado. No era capaz de trasmitirle cuánto iba a sufrir sin tener cerca a su hermanito del alma, pero cualquier sacrificio era preferible a que Stalin siguiera en el infierno.

En eso, un relámpago iluminó la azotea con la fuerza de un incendio breve y voraz, como si un árbol de fuego estuviese ardiendo en la negrura del cielo. Martínez lo miró sobrecogido; el retumbar de un trueno hizo crecer hasta lo insoportable la presión de la atmósfera y de sus recuerdos, y él sintió que la cabeza iba a estallarle si el aguacero no terminaba de descerrajarse de una buena vez, permitiéndole limpiarse y olvidar que había seguido leyendo la carta incluso después de ser consciente de que los fragmentos referidos a él habían terminado. Quería asesinar a su hermana por haberle llamado bobo, tímido, inseguro y pobrecito, y besarla después y revivirla como el príncipe de un cuento por haberle dicho hermanito del alma. Partido entre la rabia y la ternura cedió al deseo de seguir violando impunemente la intimidad de Stalina, y en el pecado llevó la penitencia de descubrir que en la segunda parte de la carta su hermanita le describía con pelos y señales al tal Reyes Heroles las brutales obscenidades que habían hecho juntos.

Un nuevo rayo rasgó el cielo, iluminándolo. Martínez creyó advertir una señal oculta en el relámpago de tronco rojo y ramas y raíces color naranja que parecía un árbol de fuego pintado por un loco, pero se sintió incapaz de descifrarla. El cielo se hizo otra vez oscuro. Retumbó un trueno y él evocó a Stalina cuando niña, en la época en que ambos tenían miedo de los truenos y su madre los calmaba explicándoles que aquél era el ruido de los muebles del cielo, que Dios se estaba mudando. ¿Para dónde?, se preguntó ahora, sintiéndose abandonado por la suerte mientras recordaba los remordimientos que lo carcomieron cuando terminó de leer la carta. Después de aquellas obscenidades, Stalina cambiaba de palo pa´ rumba, como solía decirse en Cuba, y le aconsejaba a Reyes Heroles que mimara a su mujer y a sus hijos, pues lo único que realmente valía la pena en este mundo era la familia; ella, a quien la vida se la había destrozado, lo sabía muy bien, por eso jamás sería un obstáculo entre Reyes y los suyos. Y se despedía con ambigua dulzura, diciéndole que lo quería mucho y que estaba dispuesta a atender, como siempre lo había hecho, a cualquier amigo mexicano que viniera a Cuba y necesitara cariño y compañía.

Martínez miró su rostro en el pulido espejo de la habitación del hotel y bajó la cabeza, avergonzado de haberse atrevido ´a leer aquella carta. Ahora todo estaba claro y

201

comprobado. Su hermanita del alma, la dulce niña que temía a los truenos, se había convertido en una jinetera; por eso pudo montar La Cazuela Cubana a todo tren, sacándose los dólares del culo, como había comentado Idalys alguna vez. Entonces, al escuchar lo que le había parecido una infamia, Martínez estuvo a punto de abofetear a su mujer, y ahora, en la azotea, recordó el asombro de Idalys ante su violenta reacción. ¿Qué tenía de malo que una hembra se buscara la vida con lo que dios le dio?, había preguntado Idalys, antes de añadir, sin dejarlo hablar siquiera, que Stalina no tenía la culpa de que el gobierno pagara en pesos y vendiera en dólares. Él había cortado por lo sano, negándose a seguir con aquel tema cuya mera enunciación le parecía un chisme asqueroso. Desde entonces había reprimido sus dudas sobre el asunto y ahora la memoria de aquella carta que nunca debió leer lo manchaba.

Una fría gota le cayó en la nuca y empezó a deslizársele por la columna vertebral, erizándolo. Levantó la cabeza y recibió el primer chaparrón como un bálsamo sobre la piel achicharrada. A punto de llorar de entusiasmo se quitó zapatos, camisa, pantalón, calzoncillos y medias e hizo un lío de trapos sobre el catre; su ropa rota y asquerosa daba grima, pero no se detuvo a lamentarlo. Empezó a cantar como si al fin estuviera bajo la ducha, con la certeza de que una vez que estuviera limpio se sentiría una persona. Pero cuando empezó a restregarse pegó un aullido de dolor; su piel lacerada no soportaba el roce de las manos. Pensó que con las barbas y las llagas debía parecerse a san Lázaro, el Babalú Ayé de los yorubas, el Viejo Luleno de los congos, el santo de los enfermos y los desgraciados. Sólo le faltaban los perros para completar la imagen, pero quizá bastara con su perra vida. Levantó la cabeza con la sonrisa iluminada de un beato, intentó mirar al cielo y la fuerza del aguacero lo obligó a cerrar los ojos. Entonces alzó los brazos y el agua empezó a correrle por las axilas llevándose la peste. Feliz por primera vez en muchos días, se abandonó a sentir la lluvia sobre su cuerpo como un bautizo, como un augurio de buenas nuevas, como si el mismo Dios le estuviese diciendo que había terminado la mudada y que ahora vivía en Miami.

Tres minutos después empezó a sentir calambres en los brazos alzados. No podía permanecer indefinidamente así, como en una foto, y empezó a limpiarse pústulas, llagas y costras con ayuda de la lluvia. Le resultó doloroso, mas no tanto como temía al principio porque el agua corriente y fresca lo sedaba y la sensación de estar expiando para siempre antiguas culpas convertía el dolor en dicha. El agua que ahora lo limpiaba se iba tornando rosada debido a los rastros de sangre. Cuando hubo terminado con su cuerpo concibió la idea de lavar la ropa para reaparecer limpio de polvo y paja en cuanto cesara de llover. Tomó la camisa que alguna vez había sido blanca y ahora estaba gris, casi negra de churre, y empezó a restregarla con fuerza. La tela podrida por el sudor se desgarró como un papel y él permaneció unos segundos mirando los pedazos. El estropicio tuvo algo de mágico, pues el percutir del aguacero sobre la loneta del catre impidió escuchar el siseo de la tela al desgarrarse. Súbitamente, tomó el trozo más grande de los restos de su camisa y lo ató por las mangas al horcón que sostenía la empalizada por el lado sur, en dirección a Cuba. Pero su deseo de izar bandera blanca nació roto porque el aguacero mantuvo el trapo pegado al mástil. Aquella derrota le pareció un mal augurio y se sentó en el catre, junto al lío de trapos sucios. La piel de los zapatos que el sol había agarrotado se estaba suavizando y eso podía ser una buena señal, pero los calzoncillos matapasiones seguían estando asquerosos y la escayola había empezado a reblandecerse.

Se sentó en el suelo, metió el brazo escayolado bajo la loneta del catre para proteger el yeso, se preguntó por enésima vez cómo coño había llegado allí y la memoria de una carcajada coral volvió a remitirlo a México. Estaba sentado al fondo del anfiteatro donde se desarrollaba la sesión plenaria del Congreso, cuando el presidente anunció que le correspondía el turno a la ilustre delegada de la república de Cuba, doctora Bárbara Cifuentes, quien daría lectura a los resultados de una investigación intitulada «Microcirugía láser aplicada a molares impactados». Él permaneció inmóvil, sin la más mínima capacidad de reacción ante el silencio que se hizo entonces. El presidente de la sesión, un boliviano cetrino, de cara ancha, esperó unos segundos antes de repetir la invitación a la colega Cifuentes. Martínez no encontró fuerzas para levantarse, pese a que el desconcierto había empezado a abrirse paso entre los delegados, que movían las cabezas buscando a la doctora Cifuentes en diferentes direcciones. Entonces el boliviano se ajustó el nudo de la corbata, demasiado estrecho en relación con su cuello gordo y corto.

—La doctora Bárbara Cifuentes, de Cuba —dijo haciendo visera con la mano derecha—, ¿está con nosotros? Doctora Cifuentes...

Martínez tuvo el pálpito de que el tipo estaba a punto de llamar a otro ponente y se puso de pie. Entonces estalló a su alrededor la carcajada que recién había recordado y que se fue ampliando por simpatía mientras él huía hacia adelante por el pasillo central deseando que lo partiera un rayo, de modo que cuando llegó al podio todos los delegados, incluidos los cinco miembros de la presidencia, estaban partidos de risa.

—Supongo... —el boliviano hizo un esfuerzo por contenerse—, que usted no es la doctora Bárbara Cifuentes.

—No.

Las carcajadas aumentaron y él se dejó ganar por la hilaridad general y empezó a reír también. El boliviano se mordió los labios para no seguir riendo, volvió a ajustarse el nudo de la corbata e intentó retomar el control de la situación.

—Silencio, por favor —dijo paseando la mirada por el salón; recobró su dignidad de presidente y se volvió hacia el podio—. ¿Cuál es su nombre, entonces?

Martínez carraspeó e hizo una pausa innecesaria, como si no hubiese entendido la pregunta. Pensó responder que se llamaba Esteban, como lo había hecho ante la televisión de Miami, pero algo en su interior lo traicionó.

—Stalin Martínez.

El boliviano lo miró incrédulo durante un instante, entonces soltó la carcajada y arrastró a los otros y el anfiteatro entero volvió a partirse de la risa. Pero aquello no fue lo peor, pensó él ahora, mientras volteaba el catre para vaciar el agua que se había empozado en la loneta, lo verdaderamente desastroso fue el éxito que cosechó a renglón seguido, pues la ponencia escrita por la Cifuentes sobre la base de una rigurosa investigación de campo era de primer nivel e impresionó muchísimo a los delegados, que le atribuyeron el mérito a él y desde entonces empezaron a llamarlo profesor Stalin. La conciencia de ser un impostor se le fue haciendo cada vez más insoportable, y aquella sensación de autodesprecio alcanzó su clímax cuando el jefe de la delegación mexicana, atendiendo una solicitud formulada por varios delegados, lo invitó públicamente a realizar en su clínica privada una operación con láser como las descritas en la ponencia. Él no había hecho jamás una intervención semejante, e intentó escudarse ante sus colegas diciéndoles que le resultaba imposible operar porque tenía el brazo escayolado. Pero el mexicano había tomado en cuenta esa circunstancia y le dijo que para él sería un honor servirle de asistente, bastaría con que el profesor Stalin lo dirigiera en una especie de clase magistral.

Martínez puso de nuevo el catre sobre las patas y metió el brazo escayolado bajo la loneta para proteger el yeso; le sirvió de poco porque el aguacero era fortísimo, grandes goterones se filtraban a través de la tela cuyo color verde oliva se había oscurecido hasta hacerse casi tan negro como el cielo. La escayola había empezado a reblandecerse, pero al menos el pellejo no le ardía como lo seguía haciendo el recuerdo del pánico que lo había acometido en el congreso, frente a aquellos colegas decididos a hacerle dictar una clase sobre un tema que ignoraba completamente. ¿Cómo decirles que estaba allí por razones políticas, que era un impostor, que había leído una conferencia escrita por otra persona? No podía hacerlo, desde luego, pero muchísimo menos podía arriesgarse a dirigir en público una operación con láser. Y sin embargo se comprometió a ello como último recurso para que lo dejaran tranquilo y poder escapar hacia la habitación donde se sintió acosado. También lo estaba ahora, en la azotea, bajo aquel aguacero inclemente, y lo estuvo en Cuba a raíz del cierre de La Cazuela y de la pérdida de Idalys y de la bicicleta, como si Dios se hubiese empeñado en divertirse persiguiéndolo.

Sacó el brazo escayolado de abajo de la loneta; estaba aburrido de aquella posición absurda que lo obligaba a recibir toda la fuerza del aguacero en la espalda y a mantenerse sentado en el suelo por donde ya habían empezado a correr riachuelos de lluvia. Además, el agua había vuelto a empozarse sobre la loneta y a traspasarla con gordos goterones y de todas formas el yeso terminaría por reblandecerse y ceder, como había cedido él mismo en el hotel mexicano cuando no se le ocurrió otro modo de huir de sus colegas que vencer la repugnancia y marcar el teléfono de Reyes Heroles. Sonaron tres timbrazos y luego trompetas y trombones y la voz de un cantante cubano entonando «¡Mambo! ¡Qué rico mambo!»; estaba a punto de soltar el aparato, sorprendido, cuando la música pasó a segundo plano y una voz de mujer con dulce acento mexicano le informó que estaba hablando con la casa de la familia Reyes Lara y que podía dejar un mensaje o enviar un fax después de la señal. Entonces sonó un pitido, se hizo un silencio y él colgó desconcertado, sin decir ni pío.

Recordaba vagamente haber visto funcionar algún contestador automático en una película, pero nunca se había enfrentado a ninguno y ahora sentía vergüenza de no haber sabido cómo reaccionar ante aquel mensaje amable, levemente inhumano. Estaba seguro, sin embargo, de que aquella era la casa que buscaba. Probablemente la esposa de Reyes Heroles era quien había grabado el mensaje, de modo que él tendría que sufrir la humillación suplementaria de no mencionar siquiera a Stalina si se decidía a dejar un recado. No volvería a llamar, qué carajo, tenía bastante con haberse convertido en impostor para hacer además de correveidile. Se tendió en la cama y se fue calmando hasta sentirse tan tranquilo como si hubiese abolido el transcurrir del tiempo y flotara en un especie de limbo donde no le era necesario tomar decisiones. De pronto el teléfono sonó, sobresaltándolo. Aunque pensó no responder levantó el auricular como un autómata y dijo: «Oigo». Entonces el jefe de la delegación mexicana lo llamó profesor Stalin y añadió que lo invitaba al restorán para ajustar ciertos detalles técnicos de la clase magistral mientras almorzaban.

Él respondió que sí, que muchas gracias, colgó y empezó a sudar como si sufriese un repentino ataque de fiebre; la camisa se le pegó a la espalda, el pantalón a las piernas, las medias a los pies. En apenas unos segundos se sintió casi tan empapado como lo estaba ahora, en la azotea, bajo el torrencial aguacero. Con mano temblorosa volvió a marcar el número de Reyes Heroles; escuchó timbrazos, trompetas, trombones, al cubano de la banda de Pérez

Prado cantando «¡Mambo! ¡Qué rico mambo!», a la dulce voz de mujer que autorizaba a dejar un mensaje o a enviar un fax después de la señal y a la señal misma, aquel pitido tras el que otra vez no supo qué decir. Colgó sintiéndose enfermo y estúpido, incapaz incluso de grabar su eseoese. El haber pensado en aquella expresión desesperada lo hizo comprender que era un náufrago y le dio fuerzas para intentarlo por tercera vez. Marcó el número, preparado para no dejarse embelesar por la zarabanda de sonidos que sobrevinieron, y después de la señal estuvo listo al menos para balbucear que hablaba Stalin Martínez y que traía carta de La Habana.

Fue como un ábrete sésamo. Alguien levantó el auricular desde el otro lado de la línea, una voz de baritono le dijo inmediatamente hola, se identificó como Reynaldo Reyes Heroles y le preguntó si hablaba con el hermano de Stalina. Desde entonces todo había sido más fácil o quizá más difícil, pensó Martínez ahora, mientras se cogía la picha, decidido a darse el gustazo de desafiar las reglas establecidas por Lenin y mear por primera vez en medio de la azotea, bajo el aguacero que haría desaparecer su orina sin dejar rastro, como las huellas de un crimen perfecto. Dirigió el chorro hacia arriba con la desfachatez con que lo hacía de niño, cuando competía contra Lenin en la cumbre de la loma del Chaple, en el barrio de la Víbora, con La Habana a los pies, a ver quién meaba más alto y más lejos, y ambos elevaban al cielo los respectivos chorros de orina que refulgían bajo el sol como oro líquido antes de precipitarse sobre los lejanos tejados de las casas, sobre las azoteas de los edificios y sobre las torres de las iglesias creándoles la impresión de estarse meando en la Víbora, en La Habana y en Cuba entera mientras lanzaban al viento altas carcajadas resonantes.

Pero Lenin tenía la picha más grande y meaba siempre más alto y más lejos y durante más tiempo y después gritaba tarmanganíii y se golpeaba el pecho con la fuerza de un gorila mientras él, Stalin, lo aplaudía sintiéndose un monito pichacorta. Por eso había invitado a competir a Stalina a espaldas de Lenin, para ganar por lo menos una vez; ella no podía siquiera elevar el chorro pero tuvo el coraje de quitarse el pantaloncito, levantarse la saya, escarrancharse al borde mismo del barranco y echar el chochito hacia adelante y así consiguió al menos mearse en el barrio mientras él le miraba las nalgas, feliz, fascinado y culpable, y se defendía de la excitación carcajeándose de las hembras que no tenían pito y le mostraba el suyo, enhiesto como un pequeño mástil, y empezaba a mear sobre Cuba con la ilusión de sosegarse una vez que la hubiese vencido. Orinó más alto y más fuerte que nunca mientras ella aplaudía y no dejaba de mirarle el pito que se mantuvo enhiesto y retador incluso después de cumplir su hazaña, pese a que él se golpeó el pecho hasta hacerse daño y gritó una y otra vez tarmanganíii con la esperanza de vencer la obstinación que lo hizo avanzar hacia ella como un sonámbulo, abrazarla y apretarle las nalgas con fuerza. Entonces ella se abrió de piernas y se levantó la saya y él sintió que su verga rozaba al fin la pelusa de aquel chochito húmedo de orina y descargaba un chorro de locura entre los muslos de su hermana.

De pronto, cayó en la cuenta de que la sobrexcitación le había impedido seguir orinando, evocó a su madre, y empezó a zumbar shshshshshshsh con la misma dulzura y paciencia conque lo hacía ella para ayudarlo a orinar cuando niño, antes de llevarlo a la cama. No obstante, siguió trancado hasta que pensó en Leo y en sus malditas normas y entonces empezó a mear de nuevo, aguijoneado por el turbio goce de desobedecer a su hermano. El pertinaz aguacero disolvió de inmediato todo rastro de orina y de peste, haciéndolo sentir como los fugitivos que en las películas escapan de cárceles inexpugnables y luego cruzan ríos profundísimos para que el agua borre su olor y sus huellas. Así, como un fugitivo, se había presentado por teléfono ante Reyes Heroles, aquel hijoeputa tan amable. No le dijo que estaba metido en un atolladero por culpa de la clase magistral sobre microcirujía con rayos láser que se sabía absolutamente incapaz de impartir, sino que se sentía vigilado por unos tipejos de la seguridad cubana que se hacían pasar por miembros de la embajada. Eso fue suficiente para que Reyes Heroles se dispusiera a salvarlo, disparándose de inmediato hacia el hotel. Martínez decidió seguir huyendo hacia adelante con tal de no tener que dar la cara ante sus colegas, y tres cuartos de hora después se detuvo ante la puerta del hotel con la maleta en la mano izquierda, según habían establecido por teléfono para que Reyes Heroles lo reconociera. Un Mercedes negro y reluciente lo estaba esperando a unos cincuenta metros de la entrada con el motor en marcha; en cuanto Martínez llegó junto a la puerta el auto hizo tres cambios de luces y empezó a avanzar tal y como estaba convenido. En eso, un grupo de congresistas lidereado por el boliviano salió del edificio, advirtió la presencia de Martínez y se dirigió hacia él. El Mercedes abrió la puerta. Martínez entró sin mirar atrás, íntimamente convencido de que lo perseguían, exclamando: «¡Corra, por favor, corra!»

Puso ahora las manos sobre un timón imaginario y evocó la arriesgada carrera que Reyes Heroles había emprendido al volante del Mercedes a través de la Ciudad de México. Seguro de que los agentes de la seguridad cubana iban tras ellos, el tipo se saltaba las rojas en los semáforos, doblaba en las esquinas a velocidad de espanto, e incluso llegó a pedirle a Martínez que abriera la guantera, cogiera una pistola, le pasara otra, y se dispusiera a disparar llegado el caso. Él no había tenido jamás una pistola en la mano, pero obedeció, qué remedio, pues no podía revelar que nadie los estaba persiguiendo. Fue entonces, recordó ahora, cuando sintió por primera vez aquella insoportable picazón en la cabeza; dejó la parabelum en su regazo, procedió a rascarse, y una lluvia de caspa empezó a caerle sobre los hombros, el pecho y la barriga como si de su pelo brotara una nevada indetenible.

Todavía se estaba rascando cuando Reyes Heroles moderó la velocidad, entró a una calle flanqueada por altos árboles, extrajo y operó un mando a distancia y un portón de hierro empezó a levantarse frente a ellos, exactamente como sucedía en las películas. El Mercedes se detuvo en un sendero de grava, junto a un jardín donde brillaba el agua de una piscina que, recordó Martínez ahora, Reyes Heroles había llamado alberca. Después de haber devuelto las pistolas a la guantera Martínez se sintió más tranquilo y siguió a su anfitrión, que estaba contento como un niño por haber conseguido escapar de sus supuestos perseguidores. Ascendieron por una escalera de mármol hasta el primer piso de un palacete donde Reyes Heroles lo condujo a su biblioteca, lo invitó a sentarse en un sillón de cuero y le preguntó qué quería tomar, ¿scotch, bourbon, ginebra, ron, coñac, cerveza, vino, pisco, tequila o mezcal?

Martínez evocó el desconcierto que había experimentado entonces, ante la insólita variedad de aquella oferta, sintió un escalofrío y por primera vez deseó que cesara de llover sobre Miami. Le convendría vestirse, pero su camisa atada al horcón estaba destrozada y no servía ni como bandera. Cuando empezó a restregar el culo del calzoncillo para limpiarlo bajo el agua de lluvia reparó en que el yeso que le cubría el antebrazo estaba hecho una pasta. Quizá convendría quitárselo del todo, pensó sin decidirse a hacerlo, sobrecogido por un nuevo escalofrío. Necesitaba al menos un buen lamparazo como el que se había dado entonces, en la lujosa biblioteca de Reyes Heroles, después de resolver de cualquier modo su confusión ante la variedad de la oferta. Había pedido tequila por aquello de donde quiera que fuereis haced lo que viereis que solía decirle su madre, y ahora salivó excitado por el recuerdo de la sal, del limón y sobre todo del cálido sabor del gran tequila Souza que Reyes Heroles le había preparado de acuerdo con la tradición, como todo un profesional, antes de decir que sin embargo él prefería el scotch, sobre todo el de malta, servirse cuatro dedos en un vaso largo, bebérselos de un tiro y preguntar cómo estaba Stalina, ¡carajo que tenía ganas de verla!

Martínez no pudo evitar un secreto acceso de rabia. Aquel vicioso era sin embargo un tipo de maneras suaves, levemente femenino, alto, de brillante pelo gris y dulces ojos verdes, dispuesto a ayudarlo. Y él necesitaba tanto que alguien lo ayudara, pensó ahora, en la azotea, mientras se ponía el calzoncillo y el pantalón que se pegaron a su pellejo sin conseguir calentarlo siquiera un poquito. Quizá tenía el frío dentro desde entonces, se dijo al evocar la confusión que había experimentado cuando Reyes Heroles le preguntó abiertamente en qué podía ayudarlo. Él había pedido otro tequila para vencer la ansiedad y ganar tiempo; sentía que la carta de Stalina, guardada en el bolsillo interior del saco, lo avergonzaba y le quemaba el pecho. Pero después de lamer la sal, chupar el limón y beber hasta el fondo el tequila extrajo aquella carta y la entregó a Reyes Heroles sin saber si con ello ganaba o perdía la partida. No lo había averiguado aún cuando bajo el retumbar del aguacero sintió pasos en la escalera de caracol, albergó la ilusión de que al fin Miriam volvía a visitarlo, y vio llegar a Lenin envuelto en una capa negra.

Mientras lo miraba caminar hacia la empalizada pensó que su hermano parecía un fantasma o un vampiro, pero en cuanto se abrazaron y Leo lo besó en la mejilla sintió que aquel calor le pertenecía.

—Vine en cuanto terminé esa maldita gira —Leo se separó brevemente para mirarlo a los ojos mientras se explicaba—. Ven, vamos pa´ la casa.

Martínez bajó la cabeza y volvió a refugiarse en el pecho de su hermano.

—No, mejor me quedo aquí.

La negativa le había brotado desde dentro, como el tiritar que lo acometió de pronto. No sentía rencor contra su hermano sino contra sí mismo. Se había sentido débil e indeciso ante la propuesta de Leo, y había estado a punto de rajarse y permitir que decidieran por él como tantas otras veces en su vida.

—Tienes que bajar —Leo le pasó la mano por el pelo, de donde brotó un chorro de agua—. Estás empapado.

—Los balseros se empapan.

Aquella respuesta lo reafirmó en su decisión de permanecer en la azotea bajo el aguacero; no sería un balsero de verdad, pero al menos habría cargado hasta el final con la cruz que le había tocado en suerte.

—Entonces me quedo contigo —Leo volteó el catre para tirar el agua empozada en la loneta, lo puso otra vez sobre sus patas y se sentó levantando un extremo de la capa—. Ven, *sit down.*

Martínez pensó que su hermano parecía una gran gallina negra dispuesta a meterlo bajo el ala y estuvo a punto de rechazar la oferta, pero necesitaba tanto el calor y el cariño que se sentó en medio de un escalofrío. Leo le puso un extremo de la capa por sobre los hombros y lo estrechó con fuerza. Martínez dio un respingo.

—Me arde —dijo; había sentido el contacto con su hermano como un latigazo sobre el pellejo quemado.

—Ya falta poco. Mañana te montamos en la balsa y ya, navegas a *little,* llegas a tierra y ya.

—Y ya —repitió él como un eco.

Bajo el calor que le proporcionaban la capa y la cercanía de su hermano le parecía imposible que su aventura como balsero estuviese tan cerca.

—¿Sabes qué día es hoy? —preguntó Leo.

—No. He perdido la cuenta.

—26 de julio.

Martínez sintió una especie de latigazo en el pecho, como si aquella fecha que alguna vez había sido sagrada para ambos tuviese que encerrar también ahora algún simbolismo. No fue capaz de desentrañarlo, pero alcanzó a alegrarse de que al menos le tocara hacerse a la mar con su balsa el 27, un día cualquiera.

—Ah —dijo.

—Conociste a Jeff —murmuró Leo.

—Sí —dijo él, y añadió un reproche que quizá hubiese debido tragarse—. ¿Por qué lo crías así, vaya, como si fuera americano?

Leo le dirigió una mirada ambigua, a medio camino entre la vergüenza y la rabia.

—Porque Cuba es una mierda —dijo lentamente, como si escupiera las palabras—. Y quiero que mi hijo se la quite de la cabeza para siempre.

Él miró a su hermano y comprobó que se parecían muchísimo, si bien Leo, el mayor, daba la impresión de ser el más joven, pese a que en su calva se marcaba la huella de su peluca de payaso, una raya roja como una cicatriz.

—Estás loco —dijo.

—Todos los cubanos estamos locos —repuso Leo.

LUNES 27

La balsa flotaba en un mar tranquilo como un inmenso estanque de aceite. Martínez estaba desnudo, en cuatro patas, con las muñecas encadenadas a las claves de sol que conformaban el cabezal de la cama de hierro atornillada a la madera de la balsa. Stalina, con las piernas metidas en el agua hasta las rodillas, tejía un abriguito y tarareaba una nana en el otro extremo de la embarcación. Él vio venir tres tiburones en dirección a su hermana y se puso a gritar, pero ella siguió tejiendo como si no lo escuchara. Desesperado, él intentó romper las cadenas que lo esposaban a las férreas claves de sol pero sólo consiguió herirse las muñecas. Los tiburones siguieron avanzando hacia la balsa como atraídos por la nana de Stalina. Él volvió a gritar inútilmente. De una dentellada, el primer tiburón le arrancó el pie izquierdo a Stalina. El mar empezó a teñirse de rojo; ella se puso lívida, sonrió dulcemente y siguió tejiendo pese a que los tiburones continuaron mordiéndola hasta arrancarle las piernas y sólo la abandonaron cuando ya se había desangrado y estaba blanca y consumida como una velita y el mar era rojo fuego y las olas estaban hechas de sangre.

Martínez despertó al soltar el grito que le atenazaba la garganta. Tardó un rato en serenarse y entonces comprobó que la humedad y el miedo lo habían hecho mearse en el catre, sobre la negra capa de Leo. Oscuramente alcanzó a recordar que Leo había esperado a que dejara de llover antes de usar la capa a modo de sábana y de manta, acostarlo, arroparlo y dejarlo dormir como a un niño. Luego el muy cabrón habría bajado a meterse en su cama caliente junto a la gorda Cristina. Aunque de eso no podía culparlo, después de todo Leo lo había invitado a dormir abajo y él se había negado, decidido a empaparse como un balsero en medio de una tormenta. Recordó la pesadilla, se llevó la mano a la frente como si pretendiera borrarla y reparó en que la escayola había adquirido una forma irregular al secarse. No supo definir si aquellas pequeñísimas protuberancias formadas en el yeso lo afectarían, si los huesos de los dedos de su mano derecha soldarían mal, si no podría trabajar otra vez como dentista; miró al cielo y sonrió al descubrir un arcoriris que estaba empezando a formarse hacia el este, en medio de la indecisa neblina del amanecer.

Estimulado por aquella señal abandonó el catre. No supo qué hacer de inmediato, pues recién se había meado sobre la capa de Leo y aunque tenía un hambre brutal no le quedaba comida. Se pasó la lengua por los labios resecos, reventados por el exceso de sol recibido en días anteriores, y se dirigió al tanque situado en un extremo de la empalizada arrastrando la capa que ahora apestaba a orines, como él mismo. El agua de lluvia le sirvió para lavarse la cara y aplacar la sed, pero le dejó un regusto casi tan desagradable como el recuerdo de Reyes Heroles. En realidad aquel hombre se había portado muy bien con él;

no tenía motivo alguno para rechazarlo, y sin embargo la memoria de la noche que había pasado en su casa lo irritaba sobremanera. Decidido a olvidarlo, se despojó del pantalón y del calzoncillo, se dió un baño rápido y superficial, pues la piel le ardía cuando intentaba restregarse, y enjuagó la ropa y la capa en el tanque relleno de agua de lluvia para quitarle la peste a orines. Entonces cayó en la cuenta de que había emporcado aquella agua. Se dijo que hoy era el último día de su desgracia y volvió a mirar al esbozo de arcoiris, cuyos colores se habían ido definiendo poco a poco. Sonreía cuando un mareo le enturbió la vista y lo obligó a apoyarse en un costado del tanque.

Estuvo obnubilado unos segundos. Poco a poco los colores del incipiente arcoiris volvieron a ponerse en su sitio y él se atrevió a regresar al catre donde se sentó a mesarse la barba. A aquellas horas Leo estaría poniendo a punto el yate que tiraría de la balsa donde lo dejarían solo en medio del mar para que regresara a La Florida fingiendo haber salido tres días antes desde Jaimanitas, al oeste de La Habana. No alcanzaba a entender por qué los cubanos que provenían de un tercer país tenían problemas para normalizar su situación en Estados Unidos mientras los que abandonaban clandestinamente la isla y cruzaban el mar a riesgo de sus vidas eran aceptados inmediatamente. Tampoco entendía por qué el gobierno cubano prohibía abandonar el país a quien lo deseara, como si Cuba fuese una cárcel. No entendía nada. Era absolutamente incapaz de decir si, de haber sabido lo que le esperaba en la azotea, hubiese aceptado la ayuda de Reyes Heroles para cruzar clandestinamente la frontera y entrar a Estados Unidos. Aunque entonces tampoco podía regresar al congreso de cirugía maxilofacial del que había escapado como un bandido, y donde se hubiese visto obligado a enfrentar abiertamente su ignorancia y su impostura, ni mucho menos volver a Cuba luego de haber huido del congreso.

Todo era un lío. Quizá no le quedó más remedio que hacer lo que hizo, pensó evocando su breve estancia en casa de Reyes Heroles. Se había sentido fatal en aquella mansión donde fue tratado con exquisita cortesía, aunque en la única noche que pasó allí no pudo dormir. Estaba tan herido por la secreta humillación que le provocaba la carta de Stalina como empezaba a estarlo ahora por el sol que había vuelto a reverberar sobre sus llagas. Pensó en refugiarse en la zona sombreada de la azotea pero no lo hizo. Estaba harto de huir. Pese a todo, le había hecho bien negarse a bajar a casa de Leo y resistir el aguacero en la empalizada, y estaba dispuesto también a recibir el sol sobre sus quemaduras como todo un balsero. Alguna vez Stalina se enteraría de la verdad y ya no podría volver a escribir que él era un tipo sin coraje, alguien a quien era necesario proteger como a un niño grande. Justamente así se había sentido frente a la paternal delicadeza de Reyes Heroles, que durante el desayuno lo presentó a su mujer y a sus cuatro hijos como un viejo amigo cubano perseguido por la policía de su país.

Ni la bellísima señora, a quien Reyes llamaba mi güera, ni ninguno de los niños preguntó nada, y el opíparo desayuno se desarrolló en medio de un silencio cómplice. Para aliviarse de aquella tensión conspirativa Martínez jugueteó con la idea de revelar que en verdad no era amigo de Reyes Heroles ni estaba perseguido por nadie. Llegó más lejos y logró sonreír imaginando la cara que pondría la güera si le soplase al oído que Reyes Heroles era en realidad amante de su hermana Stalina, con quien mantenía relaciones sadomasoquistas. No dijo nada, por supuesto, y ahora la sonrisa se le quebró en la memoria al reconocer que Stalina no era la amante sino la puta de Reyes Heroles. Entonces tenía tanta necesidad de alejarse de aquella casa cuanto antes que aceptó sin rechistar el plan de huida que le propuso el mexicano inmediatamente después del desayuno, sin saber todavía que las heridas abiertas por la carta de Stalina viajarían consigo y estarían presentes incluso aquí, en la azotea. En la biblioteca de la mansión mexicana volvió a sentirse como un niño cuando Reyes Heroles le dijo que iba a ayudarlo a pasar la frontera, le dio trecientos dólares, dos pasajes de avión de primera clase, uno con destino a la ciudad de Matamoros y otro Brownville-Miami, además de una carta dirigida a Hermenegildo Cuenca, dueño del bar La Rana Roja, y le sugirió que por su propio bien obedeciese en todo a aquel cuate.

Las llagas de la espalda le ardían cada vez con más fuerza, levantó la cabeza para mirar de frente al sol que ya había vuelto a achicharrarlo, descubrió una bandera blanca flotando al viento en un extremo de la empalizada y avanzó hacia aquella revelación con paso tembloroso. Paz era justamente lo que necesitaba. Sólo cuando llegó junto a la bandera cayó en la cuenta de que estaba ante un trozo de su camisa atado por las mangas al horcón de la empalizada. No pudo recordar exactamente cuándo había hecho aquello pero se sintió satisfecho, como si la bandera fuera parte de sí mismo. Volvió sobre sus pasos pensando que ahora la azotea era algo así como una balsa que navegaba en son de paz, se tendió en el catre decidido a mirar tranquilamente aquella insignia, y un súbito ardor le recorrió la espalda como una culebra de fuego obligándolo a volver a sentarse. El sol le había dejado el pellejo en carne viva, convirtiendo el contacto de su piel con la loneta en una tortura. La bandera blanca podía ser también una señal de rendición.

Decidió resistir e intentó volver a tenderse. Fue incapaz de aguantar la ardentía en la espalda, se dio la vuelta y quedó bocabajo, mirando con el rabo del ojo el cielo azul y la bandera blanca. El sol se había abierto un hueco entre las nubes grises, disolviendo el arcoiris. Aquella era mala señal, se dijo, y no supo qué sería peor más tarde, cuando estuviera al fin solo en medio del mar, si que el sol lo castigara hasta volverlo loco o que el viento y la lluvia encabritaran las aguas creando el riesgo de un naufragio. La espalda expuesta al sol le ardía como si se la estuvieran cociendo a fuego lento e inconscientemente volvió a darse la vuelta y se puso bocarriba. Sintió otra vez la quemazón del roce de la loneta en la espalda y se mordió el labio para ayudarse a resistir. Sorbió sus lágrimas. En realidad no tenía cómo ponerse. Ahora el sol le castigaba el pecho y la cara y de puro enervamiento fue cayendo en un suerte de sopor. Como en una pesadilla miró otra vez la bandera blanca recortada contra las nubes y tuvo la sensación de haber vivido antes ese momento. En el avión que lo condujo a Matamoros no le ardía el pellejo, pero la cabeza estuvo a punto de reventarle de tantas preguntas sin respuesta como se hizo acerca del cruce clandestino de la frontera con Estados Unidos, de Hermenegildo Cuenca y de La Rana Roja.

No le fue difícil encontrar el bar, que tal y como le había dicho Reyes Heroles estaba en la misma carretera del aeropuerto. Ahora, envuelto en el ardiente sopor de la azotea, recordó que también entonces, cuando bajó del taxi y puso su vieja maleta en el suelo de la estación de gasolina situada frente al bar, el aire quemaba, el viento levantaba un polvo insoportable y el inconfundible anuncio lumínico estaba encendido pese a que aún no era totalmente de noche. En lo alto del edificio donde estaban el bar y la posada se veía el gran letrero de neón que rezaba La Rana Roja; debajo, una enorme rana púrpura sonreía satisfecha, como aletargada, hasta que una mosca verde empezaba a volar a su izquierda. Entonces la rana dejaba de reír y de pronto, sin mover siquiera los párpados, disparaba la lengua color punzó en forma de flecha, pescaba a la mosca, se la zampaba y volvía a sonreír tranquilamente. Martínez se sentía como la mosca de aquel retablo fantasmagórico cuando entró al bar oscuro y frío como las entrañas de la rana.

Demoró unos segundos en adaptarse a la asordinada luz del interior, se dirigió a la barra, puso su vieja maleta en el piso y se sentó en una banqueta alta, de madera, que tenía el asiento forrado en piel de vaca. Una joven lánguida, aindiada, con el cabello negro recogido en una larga trenza, se le acercó tan silenciosamente como si flotara y le preguntó qué deseaba. Él pidió un tequila doble. Hubiese preferido una cerveza helada, pero la pregunta de la muchacha lo sorprendió hasta el punto de impedirle pensar la respuesta. Se sentía tan culpable e inseguro como si estuviera cometiendo algún delito. No quería llamar la atención y sin embargo tenía que hacerlo, preguntar cuanto antes por don Hermenegildo Cuenca, presentársele y entregarle la carta de Reyes Heroles para saber por fin a qué atenerse. Apuró el tequila de golpe, olvidando el rito del limón y la sal, y de inmediato se maldijo por haber procedido como un extranjero. Una ola de calor le subió desde la boca del estómago llenándole los ojos de lágrimas.

Pasó la mano a contrapelo por sobre la piel de vaca de la banqueta y rechazó la tentación de huir; ya no podía hacerlo. No tenía pasaje de regreso a Ciudad México ni conocía a nadie en Matamoros ni podía volver a Cuba, donde a aquellas horas ya lo considerarían un desertor. No tenía más alternativa que seguir huyendo hacia adelante. Paseó la vista por el salón y la detuvo en la gran foto de un guerrero joven, sonriente, bigotudo, con un fusil en bandolera y el pecho cruzado por dos cananas, bajo el que podía leerse «General Francisco Villa, Jefe de la División del Norte». Le hubiese gustado ser un hombre como aquél; un hombre sin miedo, capaz de todo, para no seguirse sintiendo tan miserable como una mosca atrapada en la lengua de una rana.

Se aclaró la garganta, pidió en voz alta una cerveza helada y el haber tomado aquella decisión lo hizo sentirse mejor consigo mismo. Pero en cuanto la joven camarera de larga trenza le preguntó amablemente qué cerveza quería volvió a derrumbarse. Como buen cubano de la isla no tenía ni puta idea de marcas y bajó la voz avergonzado al responder que cualquiera. Súbitamente le pasó por la cabeza la idea de que quizá había perdido la carta de Reyes Heroles, se llevó la mano temblorosa al bolsillo interior del saco y palpó el sobre. El corazón le retumbaba como un tambor en la noche de Santa Bárbara. La joven aindiada le sirvió la cerveza, y él bebió sin respirar de la propia botella, miró la etiqueta y pidió otra Coronita. Ahora también deseaba hacerlo para ver si así conseguía sudar su miedo y escapar del horno en que se había convertido la azotea. Volvió a sumergirse en el recuerdo de La Rana Roja, a echarse al pico una segunda Coronita helada y a pedir una tercera. Iba por la quinta cuando unos músicos ocuparon el pequeño escenario y empezaron a sonar los guitarrones. Aquello le gustó porque le permitía olvidarse de que estaba allí para preguntar por Hermenegildo Cuenca. El solista era alto, de pelo y bigote negrísimos, e imitaba en el atuendo y el talante a Pancho Villa, a quien también dedicaba sus canciones.

«¿Qué se creían soldados de Texas, que la guerra era un baile de carquín?», canturreó Martínez con suave acento mexicano, atisbando la camisa blanca que flotaba como una ensoñación en el extremo de la empalizada. No consiguió recordar cómo seguía la letra de la canción ni cuántas Coronitas había bebido aquella noche. ¿Diez, doce? Daba igual, ahora se conformaría con una, con media o con un simple trago con que engañar al sol que le quemaba los labios. Después de todo, las cervezas que había consumido en La Rana Roja no habían sido suficientes como para tranquilizarlo cuando los músicos terminaron y él decidió atreverse a preguntar por don Hermenegildo Cuenca. Lo hizo en un tono tan alto que se sorprendió a sí mismo, como si hubiese escuchado la voz de otra persona. La camarera de larga trenza se limitó a mirar a un músico que recién se había acercado a la barra y que se volvió de inmediato hacia Martínez identificándose como el mismísimo Hermenegildo Cuenca y preguntándole por qué lo procuraba.

Él le extendió en silencio la carta de Reyes Heroles, pidió otra Coronita, la vació de un trago y quedó pendiente de la reacción de Hermenegildo Cuenca como si hubiese apostado su destino a aquellas líneas. El tipo era bajito, casi enano; su piel renegrida y sus grandes orejas le otorgaban un aspecto de comodín de la baraja, y Martínez quiso creer que ese detalle lo ayudaría a ganar la partida. Cuenca terminó de leer y levantó la vista; tenía los ojos negros, pequeños, duros y brillantes. Miró a Martínez de pies a cabeza, le propinó un abrazo y le pidió que lo siguiera. Bordearon la barra, bajaron por una escalerita estrecha, de cemento, y accedieron al almacén de La Rana Roja, una nave rectangular, mal iluminada, caliente como una mina de carbón. Martínez empezó a sudar tanto como lo hacía ahora, en la azotea, mientras intentaba discernir en qué se diferenciaba aquel calor de éste. Ambos eran húmedos e insoportables, pero el que sufría en Miami era claro como un puñetazo, pues provenía directamente de la luz del sol que lo castigaba reventándole el pellejo, mientras que el que había soportado en Matamoros parecía salir de las entrañas de la tierra y era oscuro como la traición. El miedo, sin embargo, era igual en ambos lugares; ninguno de aquellos dos calores había conseguido aliviarlo del agobio que entonces, ante la perspectiva de cruzar ilegalmente la frontera con Estados Unidos, y ahora, ante la de quedar al pairo en una balsa, le atenazaba el corazón como un trozo de hielo.

Atravesó el almacén fijándose en las piernas arquea-
das y en la espalda recta de Hermenegildo Cuenca, un
hombre evidentemente acostumbrado a montar a caballo,
que extrajo un mazo de llaves del bolsillo, abrió una reja,
entró a una especie de oficina situada en un extremo de la
estancia y encendió la luz. Un bombillo protegido por un
cucurucho de cartón proyectó un cono de claridad amari-
llenta sobre una mesa de madera dura y negra. Hermenegildo Cuenca se sentó en una banqueta y lo invitó a imitarlo con un gesto. Al sentarse, Martínez cayó en la cuenta
de que Cuenca había quedado en una posición superior a
la suya. Era claro que el tipo se sentía más tranquilo en
aquella banqueta privada, alta como un trono, desde
donde se inclinó mayestáticamente, extrajo una botella de
mezcal y dos vasos de un cajón, rellenó los recipientes y
alzó el suyo sonriendo por sobre la cabeza de Martínez,
que aceptó el brindis y bebió hasta el fondo, sin respirar,
seguro de que aquella prueba de hombría era necesaria
para obtener el apoyo que buscaba. Hermenegildo Cuenca
terminó el trago y puso el vaso sobre la mesa con un golpe
seco. Martínez lo imitó, como imantado por el reto implí-
cito en aquel gesto. Entonces Cuenca rellenó los vasos, levantó el suyo y exclamó:

—¡Que viva mi Comandante en Jefe Fidel Castro, azote
de los malvados del mundo!

Martínez sintió un súbito escozor en la cabeza, empezó
a rascarse y de nuevo una nubecilla blanca como la nieve
se posó sobre sus hombros. Cuenca le dirigió una mirada
penetrante y directa como un disparo.

—¿Acaso no eres castrista?

Él sintió que el miedo le impedía mentir, que la cabeza
seguía picándole y la caspa cayendo sobre sus hombros.

—No.

—¡Macho! —exclamó entonces Hermenegildo Cuenca—.
¡Hombre de convicciones! —Rellenó otra vez los vasos; te-

nía la mano pequeña y fuerte, parecida a una garra. De
pronto, echó su rostro de ratón hacia adelante y preguntó—: ¿Pro gringo acaso?

Martínez bebió hasta el fondo a ver si así conseguía
ahuyentar el nerviosismo.

—Tampoco. No soy político.

Hermenegildo Cuenca vació su trago rápidamente,
con la ansiedad de quien no estaba dispuesto a permitir
que nadie lo adelantara en nada, y volvió a golpear la
mesa con el culo del vaso.

—¿Entonces nieve? ¿Llevas nieve en esa astrosa maleta?

Martínez se sintió tan confuso como lo estaba ahora,
en la azotea, durante un segundo no fue capaz de recordar
quién era ni qué coño hacía allí, achicharrándose bajo
aquel cielo azul cobalto. Nieve, en medio del calor pega-
joso del sótano de La Rana Roja el gnomo Hermenegildo
Cuenca le había preguntado que si llevaba nieve en la maleta. Recordó a Rusia, alguna vez, no podría decir cuándo,
había conocido la nieve en Moscú. Era suave, blanca como
la caspa que entonces, en La Rana Roja, rebrotó como un
castigo desde su cabeza cuando Hermenegildo Cuenca le
explicó que estaba hablando de droga, de cocaína. Él se
echó al coleto otro trago de mezcal, dijo que no, que no llevaba nieve y aceptó sin rechistar la decisión del gnomo.
Dejaría la maleta detrás, pasaría la frontera sin equipaje
para no despertar la suspicacia del policía gringo que lo
llevaría escondido en el maletero de su vehículo, un tipo
de pellejo rojo como un camarón que tenía deudas con
Cuenca y así iba a pagarlas el muy hijo de la chingada.

En territorio enemigo, o sea, gringo, le había dicho
Hermenegildo Cuenca, el auto del americano se detendría
en una gasolinera que estaba muy cerca del aeropuerto de
Brownville y el policía iría a mear. Ese sería el momento
de salir del maletero, allí quedaría solo, abandonado a su
suerte, y debería dirigirse al aeropuerto y tomar un vuelo

con destino a Miami, que para eso su cuate Reyes Heroles
lo había provisto de un billete de primera clase. A aquellas
alturas a Martínez le hubiese dado exactamente lo mismo
pasar la frontera desnudo y continuar a pie desde la gasolinera hasta Miami, tenía tanto alcohol entre pecho y espalda que había empezado a sentirse invulnerable y a
creer como en los evangelios en la canción que recordó haber berreado junto a Cuenca, «¡Con dinero y sin dinero,
hago siempre lo que quiero, y mi palabra es la leyyy! ¡No
tengo trono ni reina, ni nadie que me comprenda, pero
sigo siendo el reyyy!». Aquel tipo zambo y orejudo estaba
loco como una cafetera y cuando el mezcal terminó de
convencerlo de que era la reencarnación de Pancho Villa
empezó a cantar canciones de la revolución mexicana en
las que ya Martínez no pudo seguirlo. Cuenca se cansó de
beber, cantar y dar vivas a su carnal Reyes Heroles y entonces subió a hablar con el gringo, que a esas horas, dijo,
ya debía estar en La Rana Roja esperando lo suyo. Martínez, mareado, puso la frente sobre la mesa y se sumió en
una pesadilla tan desconcertante como la que sufría ahora,
cuando creyó sentir pasos en la escalera y no fue capaz de
discernir si estaba borracho en una azotea o en un sótano.
Quizá todavía estaba allá, se dijo, soñando que Hermenegildo Cuenca había subido a hablar con el gringo y ya estaba de vuelta y ahora empezaba a pasarle un algodón
empapado en té frío por sobre los labios y los ojos inflamados.

—¡Miriam!

—*Take it easy* —dijo ella, que estaba arrodillada junto al
catre con una mota de algodón empapada en té en la mano
derecha—. *Keep silence.*

Él tradujo las palabras silencio y fácil y no les encontró
sentido al juntarlas, pero mantuvo los labios cerrados
hasta que ella volvió a empapárselos en té frío como a un
pichoncito. Entonces no pudo ni quiso seguir callado.

—¿Cómo estás? O sea, jau ar yu?

—*I'm fine. I spent some days of vacations in Key Largo, with my boy friend.*

Fina, tradujo él, estaba fina como lo había estado siempre, pero ahora, además, tenía la piel tostada y brillante de quien ha cogido mucho sol. ¿Por qué, en cambio, a él el sol le había reventado el pellejo? No acertó a responderse, empeñado en traducir el resto de la frase según la cual ella había estado de vacaciones con su niño amigo.

—Guat is e boy frend?

Ella lo miró pestañeando, y él se sintió transportado, como si aquellas pestañas negras, largas y sedosas le hubiesen acariciado la piel mitigando el ardor que lo desesperaba.

—*A boy friend...* —Miriam hizo una pausa, buscando el mejor modo de traducir la frase; de pronto abrió los brazos, abrazó suavemente el aire, empezó a mordisquearlo y a besarlo con largos lengüetazos de serpiente.

Novio, se dijo él, boy frend significaba novio o quizá marido. En todo caso estuvo seguro de que ella se refería al tipo con el que había estado revolcándose durante todos aquellos largos días que él había pasado solo en la azotea, y sintió un golpe inextricable de excitación y celos al imaginarla gozando sobre un macho.

—*What's wrong?*

Yo, pensó él, seguro de que rong quería decir mal, equivocado, jodido, abandonado, hecho mierda.

—Ai, ai am rong.

—*You are so sweet.*

Ella lo miró a los ojos con tanta ternura que él tuvo que volver la cabeza hacia un lado. Se sentía agradecido como un perro porque ella le había dicho suit, dulce, y se sabía incapaz de sostenerle la mirada sin ceder al deseo de abrazarla y besarla como ella lo había hecho antes con el aire. Daría la vida por hacerlo, firmaría ahora mismo un contrato con el diablo comprometiéndose a entregarle su alma e incluso a hundirse en el mar cuando estuviera allí con la balsa horas después con tal de hacer el amor con aquella muchacha siquiera una vez. Pero un tipo como él no tenía derecho a soñar con aquella ilusión, no la merecía, debía recordar que era una especie de espantapájaros y contentarse con cerrar los ojos, feliz de respirarla, de que ella volviera a acariciarle las mejillas y a destilarle té en los párpados inflamados y en los labios ardientes. ¡Oh, dios!, ahora los dedos de Miriam le recorrían el rostro aplicándole una crema verdaderamente suit, algo dulce hasta el fondo, suave, un bálsamo capaz de mitigar el ardor de su pellejo cuarteado y hacerlo sonreír y excitarse como si estuviese a punto de entrar al paraíso cuyas puertas se abrieron cuando ella pasó a aplicarle crema en los hombros con un movimiento circular que se extendió lentamente hasta el pecho y la espalda y la barriga y el bajo vientre y que se detuvo de pronto, cortado por una carcajada cantarina.

Él supo lo que había pasado pero no pudo dejar de incorporarse sobre los codos para comprobarlo: su verga enhiesta le había levantado el pantalón. Quiso pedirle excusas pero no encontró palabras con qué hacerlo en inglés.

—Close yours eyes.

No la entendió, y entonces ella le cerró los párpados con el pulgar y el índice como una maga dispuesta a realizar un encantamiento. Él se dijo que ahora era algo así como el feo durmiente y que quizá, cuando ella le rozara los labios con un beso, despertarían haciendo shuapi shuapi en Cuba. Tuvo un segundo de confusión porque no conseguía asociarla físicamente con la isla y no deseaba despertar en un sitio en el que ella no estuviera. Se consoló pensando que las magas tenían justamente el poder de hacer milagros, de modo que quizá, al recibir el beso, despertaría amándola en una Cuba tranquila, sin revolución y sin exilio.

—*Okey. Open yours eyes.*

Por contraste, entendió que esta vez ella lo había autorizado a abrir los ojos. No lo hizo, desilusionado por no haber recibido el beso que esperaba, llegó a pensar en abrirlos sólo cuando ella lo besara e incluso rescató de la memoria la palabra beso. Kis, gif mi a kis, soñó que le decía, y entonces ella le rozaba los labios como una princesa azul y despertaban abrazados, en Cuba. Pero ella no acababa de besarlo y él se dijo que no iba a hacerlo nunca. Había sido un iluso en creer que aquel milagro podía hacerse realidad, no merecía a aquella muchacha, punto. Abrió los ojos, pegó un salto y quedó sentado en el catre.

—¡Coñóoo! —dijo.

Ella estaba desnuda de pies a cabeza. Parecía una niña que ha hecho una travesura, y también y quizá por ello mismo la hembra más bella que él hubiese visto jamás. El sol la iluminaba por la espalda haciendo rebrillar su piel tostada y su negra melena y creando un óvalo de luz alrededor de su rostro. Pero no por ello parecía una virgen sino una muchacha juguetona y descarada, capaz de mirarlo a los ojos sin ruborizarse siquiera y aún de levantar lentamente los brazos sobre la cabeza, como lo hacía ahora, para permitir que él se la comiera con la vista. Tenía los ojos de un verde profundo y vivaz, un vello levísimo y oscuro sobre los labios entreabiertos, los pechos altos, pequeños, firmes, rematados en las puntas por rotundos pezones morados, el arco de la guitarra delgado arriba, abierto en las caderas, marcado en el centro por una línea de pelo crespo y negrísimo que se ensanchaba hasta abrirse en un vellón generoso a la altura de los muslos levemente separados, por donde volvía a colarse el sol como un cuchillo.

Cuando la vio avanzar, Martínez volvió a tenderse bocarriba, convencido de que dios, la suerte, el destino o los tres juntos habían escuchado su ruego y de que bien valía la pena haber llegado hasta allí para recibir semejante regalo. Pero en cuanto la tuvo encima sintió que una corriente de fuego le recorría el pellejo achicharrado, obligándolo a apartarla de un empujón involuntario.

—*Oh my god!* —exclamó ella antes de arrodillarse a su lado—. *Excuse me, please.*

Él maldijo su suerte e inmediatamente ella inclinó la cabeza, empezó a acariciarle el cuerpo con su negra melena, casi sin rozarlo, haciéndolo sentir como si aquel pelo fuera apenas aire o seda, hasta llegar al bajo vientre donde él no tenía la piel quemada y ella lo liberó de la ropa y empezó a besarlo, a recorrerle el miembro erecto con la lengua desde la base hasta el glande y a chuparlo de arriba a abajo una y otra vez, con la delicada pasión de una obsesa. Entonces él sintió que se acercaba el final y se acodó en el catre; necesitaba ver aquel instante, aprender de memoria el rostro de aquella muchacha en el momento cumbre para recordarlo en medio del mar si la suerte le volvía la espalda. Desde abajo, sin dejar de chupar, ella le dirigió una mirada profunda y cómplice y él sintió que empezaba a soltar amarras y a recordar su peregrinar en un segundo, mientras se derramaba en la boca de aquella joven, y alcanzó a pensar que bien valía la pena haber sufrido tanto para verlo.

Las fuerzas lo abandonaron, se dejó caer en el catre en un estado de beatitud inefable, de cara a las nubes grises que habían empezado otra vez a dibujarse en el cielo, y estuvo así durante un tiempo que le pareció infinito, hasta que ella volvió a sentarse en el suelo a su lado, ya vestida, y extrajo la cesta que había dejado a la sombra debajo del catre.

—*Well, here you have tea and some sandwiches* —dijo, y añadió con una sonrisa repentinamente triste—: *I have to go down right now.*

—Senquiu —dijo mirándola a los ojos—. Un millón de senquius. Ai...

Se quedó en blanco. Necesitaba decirle más. Confesarle, por ejemplo, que estaba dispuesto a matar, a suicidarse o a contar una a una las estrellas del cielo sin perder la cuenta si ella se lo ordenaba, y también a quedarse inmóvil como una piedra e incluso a desaparecer de su vida con tal de no incordiarla. Cuando empezó a tartamudear se supo incapaz de articular una frase con sentido y la impotencia se resolvió en un sollozo.

—Exqiusmi. Ai... —cayó en la cuenta de que había reiniciado el peligroso círculo de silencio y añadió—: tú sabes... —convencido de que aquella frase resumía cuanto podía decir.

Ella le secó las lágrimas con los nudillos sin dejar de mirarlo a los ojos.

—*You have been important for me, you know. You teached me so many things about Cuba...*

Como siempre, él se entretuvo torpemente en traducir. Importan era importante, evidentemente, y tiched debía venir de ticher, maestro. Miriam se incorporó y él tuvo el valor de no pedirle que se quedara, pero no encontró palabras para decirle que no creía haber sido importante para ella ni tampoco haberle enseñado nada sobre Cuba, y se limitó a darle otra vez las gracias.

—Senquiu veri moch.

—*Good luck.*

Ella le sopló un beso antes de abandonar la empalizada y él la vio perderse escalera abajo, cerró los ojos, se sintió vacío como una tarde de domingo y tristemente empezó a canturrear, «Pancho Villa los pasa en aeroplano, y desde el aire les dice gud bay». Eso había cantado Hermenegildo Cuenca en el semidesierto aparcamiento de La Rana Roja, justo antes de decirle adiós con la mano y cerrar el maletero del auto del policía gringo en cuya oscuridad Martínez quedó atrapado como un ratón borracho. Quizá había sido mejor, se dijo ahora, sí, seguramente fue mejor haber trasegado tanta cerveza y sobre todo tanto mezcal antes de embarcarse en aquella aventura. Estaba frito, curda hasta las entretelas, embutido entre las cuatro latas del maletero, y no se enteró prácticamente de nada durante el viaje oscuro como entierro de pobre. Pagó la factura en monedas de miedo y dolores constantes y sonantes al final del trayecto, cuando un rayo de sol le hirió las pupilas e instintivamente supo que el policía gringo había abierto el maletero e ido a mear abandonándolo a su suerte.

Estaba acalambrado y aterrado y de buena gana hubiese permanecido como en una tumba en la posición fetal que inconscientemente adoptó durante el viaje. Pero las tumbas eran negras como la desgracia y él estaba expuesto a la luz del sol y debía huir para no ser detenido. Emergió del maletero como un espectro, con los ojos cerrados. Cuando pisó el asfalto las piernas se negaron a obedecerle, tentó el aire como un ciego y sin pretenderlo se apoyó en la tapa del maletero y la cerró. Sentía un dolor minucioso en cada músculo y cada hueso. Abrió los ojos para no dar otro paso en falso y sólo entonces descubrió a un negro joven que lo miraba desde una de las bombas de gasolina con las pupilas blancas y abultadas como bolas de béisbol. Pensó en echar a correr y abandonó la idea de inmediato; el negro parecía un gamo, lo pescaría enseguida. Reconoció que estaba jodido, que todos sus esfuerzos habían sido inútiles, y levantó las manos por sobre la cabeza dándose por perdido como lo hacía de niño, cuando jugaba a policías y ladrones. Pero el negro se encogió de hombros, se dio la vuelta y se recostó perezosamente sobre la bomba de gasolina; entonces él bajó las manos y echó a andar por el arcén de la carretera como si recién le hubiesen perdonado la vida.

El recuerdo de aquella ansiedad lo impulsó a sentarse en el catre. Empezó a beber sorbos del té frío que le había dejado Miriam mientras rememoraba cuán miserable se había sentido al caminar bajo el inclemente sol de Brownville, que según Hermenegildo Cuenca quería decir Ciudad Marrón, palabra que no se usaba en Cuba, donde aquel poblachón de frontera se hubiese llamado más bien Ciudad Carmelita. Pero entonces no pensó en eso ni supo siquiera que iba andando en la dirección correcta hasta diez minutos después, cuando vio a lo lejos la torre de control del aeropuerto y las naves de Delta, Aeroméxico, National y American Airlines aparcadas al sol como la promesa de que llegaría sano y salvo a Miami. Llevaba el pasaje y el dinero que le había dado Reyes Heroles en el bolsillo interior del saco y eso era suficiente para cumplir su propósito si además era capaz de dominar sus emociones y su cansancio. El dolor de músculos y huesos había ido cediendo poco a poco, pero tenía tanta sed como una rata en el desierto, tanto miedo como el malo de la película cuando sabe que van a capturarlo sin remedio para hacerle pagar uno a uno sus crímenes.

¿Cuáles eran los suyos?, se preguntó ahora, mientras tragaba un trozo del sandwich que le había dejado Miriam. «¿Qué delito cometí contra vosotros naciendo?», exclamó lleno de rabia. Aquella pregunta, aprendida en la escuela secundaria tantos años antes y convenientemente olvidada, había rebrotado de pronto desde el fondo de su memoria asombrándolo por su angustiosa precisión. ¿No la había hecho un tipo encerrado en una azotea, como él mismo? No, en las clases de literatura no pasaban esas cosas. ¿O sí? Daba igual, en todo caso no recordaba nada más que aquella pregunta suelta y la repitió de pronto, a voz en cuello, «¿Qué delito cometí contra vosotros naciendo en Cuba?». El grito le hizo recordar una canción que Idalys solía utilizar para exculparse y que él repitió ahora como un exorcismo, «¿Qué culpa tengo yo de que mi sangre suba? ¿Qué culpa tengo yo de haber nacido en Cuba?». Estremecido por la fuerza de las preguntas y de sus propios gritos se tapó la boca, temeroso de que algún vecino lo escuchara y corriera a la policía a denunciar que había un cubano loco y sin papeles en aquella azotea. Durante un segundo quedó atento a los furiosos golpes de su corazón, aquel ataque de miedo lo había remitido al temblor que lo acometió durante el viaje, cuando pudo entrar por fin a la sala del aeropuerto de Brownville.

Allí todo era limpio y tranquilo y olía a un ambientador repugnante como el perfume de una flor levemente podrida que lo obligó a salir disparado hacia el baño. Por suerte lo de *Ladies* y *Gentlemen* era tan claro que lo entendió en un santiamén y entró al de los hombres justo a tiempo para meterse en un gabinete, arrodillarse ante la taza como ante un altar y vomitar hasta el alma. Purificado y tembloroso, se dirigió a los lavamanos y bebió agua directamente de la pila hasta saciarse. Entonces se miró al espejo. Tenía un aspecto fatal, aunque pensándolo bien el de ahora debía de ser mucho más horrible. Entonces había cogido poco sol y su traje gris disimulaba algo el churre que se le había pegado en el maletero del gringo. Cierto que estaba asqueroso, con el pelo y la barba enmarañados y los ojos llenos de legañas, pero quizá cuando se lavara la cara y se peinara alcanzaría a parecer una persona. Se quitó el saco y comprobó que estaba bastante más sucio de lo que había pensado en un principio y que así no iba a engañar a nadie ni mucho menos a conseguir que le permitieran subir al avión. No tenía siquiera un peine; era un zarrapastroso y lo parecía.

—Señor, *here*, señor.

Pegó un salto, asustado como un conejo. A su lado, un mexicano bajito, de cara redonda como una luna oscura, había extendido la mano con la humildad de quien pide una limosna. Martínez lo miró desde arriba, calmado por el poder de sentirse superior, y estuvo a punto de espetarle que se fuera al carajo. Se contuvo porque era incapaz de hacerlo en inglés y eso le dio tiempo para reparar en que el tipo sostenía un cepillo de ropa en la otra mano. Detrás, muy cerca de la puerta de entrada, había una mesa cubierta por un tapete rojo, de fieltro, sobre el que se amontonaban frascos de colonia y un platico con calderilla.

—*Okey* —le alargó el saco con la displicencia de un potentado, y estuvo a punto de añadir «tenga», pero se contuvo para no hacerlo en español.

—*Thank you*, señor.

El mexicano, de cara tan noble que parecía bobo, empezó a cepillar el saco vigorosamente. El agua de la zona roja de la llave estaba bien caliente y Martínez usó la mano izquierda para lavarse la cara; disfrutó al sentir cómo se le abrían y limpiaban los poros, hasta que de pronto el agua empezó a echar humo y pegó un grito.

—Tiémplela, señor —le sugirió el mexicano, que no cesaba de cepillar el saco.

—*Okey*.

Llevó la manija hacia el principio de la zona roja, miró su sombra en el espejo nevado por el vapor y se echó a reír: templar era uno de los modos más comunes de llamar al acto sexual en Cuba. Se echó jabón líquido en el cuenco de la mano izquierda y empezó a lavarse la cara a conciencia. ¡Ah, si pudiera hacerlo también ahora, en la azotea, se sentiría mucho mejor! Pero estaba escrito que un balsero debía parecer un zarrapastroso; en cambio, un pasajero de avión debía al menos dar la impresión de ser una persona, y entonces sí que se había dado el gustazo de dejarse la cara limpia como para una fiesta e incluso de quitarle el churre más gordo a la escayola de su brazo derecho. Terminó empapado, buscando con qué secarse.

—*Here*, señor.

El mexicano, que ya había colgado de un perchero el saco recién cepillado, empezó a suministrarle toallas de papel y lo siguió haciendo hasta que Martínez tuvo la cara y las manos secas y relucientes y volvió a mirarse al espejo. Se dijo que si tan sólo pudiese alisarse el pelo y desenmarañarse la barba conseguiría parecer normal y empezó a intentarlo inútilmente con los dedos.

—*Here*, señor.

El mexicano le alargó un peinecito blanco, plástico, con la leyenda Brownville *airport* inscrita en marrón en la zona superior.

—Gracias; o sea senquiu.

Había metido la pata al hablar en español, pero por suerte el tipo parecía un ídolo de barro y no se dio siquiera por enterado. Él empezó a peinarse y dio rienda suelta a la gratificante sensación de sentirse superior a aquel mexicano. El tipo era bajito, moreno y servil; en cambio él era alto, blanco y resultaba servido. Cuando estuvo además peinado y con la barba lisa aceptó como todo un magnate que el mexicano lo ayudara a ponerse el saco y sacó el dinero para dejar una propina. Sólo entonces recordó que aquellos dólares habían sido una dádiva de Reyes Heroles, un tipo más alto, más elegante y sobre todo más rico que él, tanto que podía darse el lujo de usar a su hermana Stalina como a una puta. «La vida es un gallinero de esos de mucho trabajo», murmuró ahora, en la azotea, aplicando al recuerdo del baño del aeropuerto de Brownville unos versitos que solía recitarles su padre cuando estaba convencido de que así contribuiría a la educación comunista de su prole, «y el que se sube primero siempre caga a los de abajo/ pero si sube un guanajo de peso no muy ligero/ puede que se parta el gajo y se vayan pa´l carajo los de arriba y los de abajo».

Eso era exactamente lo que había pasado en Cuba, se dijo, Fidel Castro era un guanajo de peso pesado, el gajo se había partido, los de abajo y los de arriba se estaban yendo al carajo y dentro de unas horas, cuando se quedara solo en una balsa, le tocaría hacerlo a él. Aunque nadie sabe nunca cuál será su destino, se dijo, y empezó a cantar a grito pelado, «¿Quéi será, será? ¿Guateber wüil bi, wüil bi...?» De pronto, volvió a taparse la boca con la mano; si seguía así terminaría llamando la atención de algún vecino y tirando a la basura el trabajo que le había costado cobrar el aspecto de un balsero. ¿Qué diría el mexicanito del baño del aeropuerto si lo viera allí, en la azotea, con aquel talaje de limosnero? Nada, no diría nada. Un cubano se burlaría, pero aquel indio lo seguiría mirando en silencio, sin mover un músculo del rostro de ídolo de barro que parecía saber demasiado acerca del sufrimiento humano.

Él, en cambio, no sabía lo suficiente en el aeropuerto de Brownville y maldijo a Reyes Heroles al comprobar que le había dado el dinero en billetes de cien, veinte y diez dólares. No tenía calderilla, desde luego, pero tampoco billetes de uno o cinco dólares; Hermenegildo Cuenca no le había cobrado. Pensó largarse sin dejar propina y cometió el error de mirarse al espejo. Su aspecto había mejorado tanto gracias al mexicanito que sería un abuso dejarlo en ésa. Como tampoco le convencía la idea de explicarle en español que iba a buscar cambio y volvía cerró los ojos, dejó caer un billete de diez dólares en el platillo de las propinas y se dirigió a la salida con dolor de su alma.

—*Thank you*, señor, pero *wait a moment*, por favor.

Martínez entendió instintivamente, se detuvo, buscó al mexicano con la vista, lo encontró agachado frente a él, dispuesto a cepillarle el pantalón, y sólo entonces cayó en la cuenta de cuán sucio estaba todavía de la cintura para abajo. Se levantó el saco y se dio un par de manotazos por delante y otro par por detrás porque no soportaba la idea de que le cepillaran el culo. Entonces ofreció el pantalón al mexicano, que se aplicó a cepillarlo concienzudamente desde las rodillas hasta los bajos, de donde le sacó una buena cantidad de polvo.

—*Wait a moment*, señor —dijo otra vez el tipo levantando la mano pequeña y regordeta. Sin incorporarse del todo se desplazó hasta la mesita, extrajo un cajón de limpiabotas de debajo del tapete de fieltro y volvió a acuclillarse frente a Martínez—. *Up*, señor, *please*.

En un dos por tres le dejó los zapatos brillantes como azogue y él volvió a mirárselos ahora, en la azotea, sucísimos, deformes y agarrotados por el exceso de lluvia, sol y sereno, y se dijo que ni siquiera la sabiduría de aquel ídolo de barro podría meterlos otra vez a camino. Pero entonces, cuando los miraba espejear en el baño del aeropuerto de Brownville, se había sentido todo un caballero. Supuso que en inglés sería un *gentlemen*, como estaba escrito en la puerta, y salió al salón sin agradecer siquiera el «*Thank you*, señor, *thank you*, señor, *thankuisita*, señor», que le dirigió el indio, porque no sabía hacerlo en inglés y no quería rebajarse a hablar español en aquel sitio. Pensaba que tampoco le haría falta; tenía un pasaje de primera clase Brownville-Miami con la reserva en orden y Reyes Heroles le había explicado que todo dependía de tener seguridad en sí mismo, que bastaría con poner el pasaje sobre el mostrador de *Executive class* de American Airlines para que el empleado de turno se encargara de todo sin que él tuviera que presentar ningún otro papel ni decir esta boca es mía.

Pero desde que abandonó el baño la confianza en sí mismo que había ostentado frente al mexicano de cara de luna empezó a resquebrajarse. Los texanos altos, fortachones y coloradotes que se desplazaban por allí como verdaderos caoboys lo hicieron sentir pobre, pequeño y débil como un indio. Se sentó tímidamente en una butaca situada frente a los mostradores de American Airlines con la ilusión de hacerse invisible, y se entretuvo en comprobar una y otra vez la hora de embarque de su vuelo en una pantalla que estaba a su izquierda. Le gustó ver cómo los nombres de las ciudades de destino iban desapareciendo del primer cuadrante en la medida en que los vuelos despegaban, y cómo entonces la pantalla disparaba una ininteligible sopa de letras que giraban sobre sí mismas con tanta velocidad como los ojos del Pájaro Loco. ¡Ah, sí, Miami, su caballo, había empezado en último lugar, perdiendo frente a todos, pero poco a poco se acercaba a la cabecera! Todavía tenía por delante a San Diego, San Francisco, Austin y otras dos o tres yeguas, mas ya superaba a un quinteto de bestias rapidísimas y famosas entre las que se encontraban Los Ángeles, Houston y Ciudad México.

De pronto, cayó en la cuenta de que estaba jugando al gana pierde. Cuanto más avanzaba Miami en la carrera menos tiempo le quedaba a él para presentarse ante el mostrador de *Executive class* y culminar la gestión que, según creía entonces, podía conducirlo a la libertad o al desastre. Ahora, sin embargo, mientras esperaba a que Leo subiera para llevarlo al yate que lo transportaría hasta la balsa, sabía que entonces se estaba enfrentando sólo a dos opciones de desastre. Ser descubierto como inmigrante ilegal, o viajar a Miami donde no lo esperaba la libertad sino el encierro en el que ahora maldecía su destino. Aunque quizá no debería hacerlo; después de todo, aquí había conocido a Miriam, llegado a pensar que todo lo ocurrido había valido la pena con tal de que ella lo besara y olvidado prácticamente la traición de Idalys. Se golpeó la frente con la escayola hasta hacerse daño. Sí, todo aquello era exacto, y sin embargo tener que subirse ahora a una balsa le parecía un castigo inmerecido.

Miró al cielo, donde grandes nubes grises volvían a presagiar tormenta, se dijo que quizá podría posponer la salida para el día siguiente y de inmediato rugió que no. No aguantaba más, si seguía encerrado en aquella azotea terminaría por volverse loco. ¿O quizá ya lo estaba? Empezó a caminar de un lado a otro de la empalizada como si así pudiera huir de su obsesión. Pero no había escape; por más vueltas que le daba no encontraba el modo de evadir la condena de subirse a la balsa. Aunque, desde luego, lo suyo iba a ser un juego de niños si lo comparaba con los riesgos tremendos que corrían los miles y miles que salían desde la isla a mar abierto. Algunos terminaban en el fondo, tragados por la Corriente del Golfo o hundidos en ella por el ataque de los guardafronteras, como estuvo a punto de ocurrirles a ellos cuando el secuestro de la *Nuevo Amanecer* y como les había ocurrido a los desgraciados del trasbordador *13 de Marzo.* La memoria de aquella tragedia le hizo perderse en la evocación de un piélago de horrores y se detuvo aterrado, como ante el borde de un abismo. La cubierta de aquel viejo barco cargado de cubanos había sido barrida una y otra vez por chorros de agua a presión disparados por otros cubanos. Decenas de mujeres y niños que clamaban clemencia fueron echados al mar y después el viejo *13 de Marzo* fue abordado, partido en dos, hundido.

Debía calmarse, reconocer que había tenido suerte y olvidar aquellas memorias sin respuesta. Echó a caminar de nuevo de un lado a otro de la empalizada refugiándose en la evocación del aeropuerto de Brownville. Cuando Miami alcanzó al fin el primer lugar en la pizarra estuvo a punto de aplaudir, pero de inmediato comprendió que en lo adelante no tendría escape. Estaba obligado a presentarse y para ganar fuerzas empezó a imaginar una y otra vez que lo hacía. Cuando la mencionaron por primera vez por los altavoces Miami llevaba más de cinco minutos en la punta de la pizarra y él estaba agobiado de tanto mirarse las punteras de los zapatos e imaginar que llegaba frente al mostrador de *Executive class*, ponía su billete sobre el mármol, la empleada nariguda que atendía el asunto le entregaba el pase a bordo y él se iba hacia el avión tan campante. Sólo cuando escuchó por tercera vez la palabra Miami en la amplificación local se decidió a intentarlo, aterrado ante la posibilidad de perder el vuelo.

Frente a los tres mostradores de *Tourist* había sendas filas, pero por desgracia el de *Executive* estaba vacío y no le fue posible demorarse ni un minuto antes de intentar su mejor cara de ejecutivo y dejar el ticket sobre el mostrador. La empleada nariguda, vestida con un uniforme azul marino, empezó procesar el asunto automáticamente, como una computadora, y él suspiró y alcanzó a sonreír hasta que ella levantó la cabeza y le devolvió la sonrisa.

—*Window or aisle, sir?*

Se pasó la mano sudorosa por la frente. No había entendido nada. Pero tenía que responder algo para que ella dejara de golpear el mostrador con la uña y de mirarlo con cara de jueza.

—*Okey* —dijo.

La empleada pestañeó intensamente al mirarlo, como si él fuera sordo o tonto.

—*You mean aisle?* —precisó sin contener la impaciencia; tenía los ojos de un azul acuoso, casi blanco.

Él sintió miedo ante aquella mirada. No podía volver a fallar; de seguir llamando la atención le pedirían los papeles. Para colmo, un *executive* de verdad se le había detenido detrás a esperar su turno. La tipa le había hecho una pregunta. El modo más simple de intentar salir del paso era decir ies o nou y encomendarse a la fortuna como quien juega a la ruleta.

—Ies —dijo.

Ella asintió con la cabeza, suspirando, presionó una tecla y la máquina empezó a escupir el pase a bordo. «Bingo», pensó él, convencido de que la tortura había terminado. Pero ella repitió su sonrisa aséptica como un anuncio de dentífrico.

—*Any baggage, mister Martínez?*

Sintió un salto en el estómago. ¿Cómo coño sabría su nombre la muy hijaeputa? Durante un segundo estuvo convencido de que todo se había ido al carajo, de que lo tenían fichado y él había dicho o hecho algo malo y ahora ella gritaría y los dos guardias grandes como osos que vagaban perdidos por el salón vendrían a esposarlo. O quizá no. Su nombre estaba escrito en el ticket. ¿Qué le habría preguntado? Tenía que responder rápidamente, cedió a la inspiración de repetir la jugada ganadora y en el último instante decidió hacerlo cambiando de tercio.

—*Nou.*

—*Okey* —ella volvió a sonreír y extendió el pase a bordo sobre el mostrador—. *This is your boarding pass* —dijo, y fue subrayando algunas líneas con el dedo como una maestra de escuela—. *Line number one, seat C, aisle. Door number seven. We are boarding right now.* —Le extendió el documento y añadió—: *Thank you, mister Martínez. Have a good flight.*

Detuvo la marcha a mitad de la empalizada y rompió a reír como hubiese querido hacerlo entonces, en la pecera del aeropuerto de Brownville, cuando vio libre al fin el camino hacia Miami y no soltó la carcajada por no llamar la atención. Era un bárbaro, un cabrón, un bicho. Había conseguido hablar inglés sin saberlo. «¡Yo soy!», cantó a voz en cuello en medio de la terraza, recordando un viejo mambo de Pérez Prado, «¡El macalacachimba, que sí, que no, el macalacachimba! ¡Yo soy! ¡El icuiricuiricui, que sí, que no, el icuiricuiricui!». De pronto hizo silencio, se tapó la boca y miró a ambos lados reprimiendo los deseos de cantar como antes había reprimido la risa. Okey, se dijo, no seguiría berreando, pero era un caballo. Había engañado a los yankis una vez y volvería a hacerlo de nuevo dentro de poco. Era una bestia, un pícaro que había conseguido inclusive hacer un minidiccionario de viaje cuando, ya en el avión, recordó que uindou quería decir ventana y dedujo que aisel significaba pasillo. Feliz por ambos hallazgos empezó a murmurar bágash, bágash, bágash, hasta que la palabra bagaje saltó por sí sola remitiéndolo al recuerdo del taxista que había pescado a la salida del aeropuerto de Miami.

El tipo era negro. Martínez supuso que también sería cubano y se le acercó sonriendo y le dio la dirección de Leo en español como si estuviera en La Habana.

—*Cuban, ah* —dijo el taxista con un abierto rentintín de rechazo—. *Okey. I´m from Haiti. Any baggage?*

—Nouu.

Subió al taxi preguntándose por qué el tipo habría sido tan hostil y empezó a mirarlo a través del retrovisor. Era un negro retinto, con los cañones de la barba tan oscuros que parecían azules. Martínez se dijo que era difícil encontrar negros tan prietos en Cuba, decidió olvidar el incidente y empezó a mirar desde la ventanilla del taxi los rascacielos del *downtown* que entonces y ahora, vistos desde la azotea, le parecieron un espejismo. El auto se desplazó durante una media hora por aquella ciudad que él sentía extraña y ajena hasta que se detuvo de pronto frente a un chalecito.

—*Here.*

Él descendió del taxi, lo rodeó mientras miraba la casa de Leo, que comparada con la suya parecía un palacio, y se detuvo junto al chófer.

—Jao moch?

El haitiano tamborileó sobre el taxímetro; tenía las uñas tan blancas como los dientes y como los globos de los ojos.

—*Forty eight dollars.*

Martínez bajó la cabeza para comprobar si había entendido bien y si el taxímetro marcaba exactamente aquella cifra; temía que aquel negro lo timara. Leyó $47.50, prefirió no discutir y extendió un billete de cien pensando que así se daría el gustazo de dejarle al tipo los cincuenta centavos de propina.

—*Thank you, cuban.*

El hatiano tomó el billete entre el índice y el del corazón, lo introdujo limpiamente en el bolsillo de la camisa, pegó un acelerón y el auto salió disparado.

—¡Hijoeputa! —exclamó él dando un salto hacia atrás—. ¡Negro hijoeputa!

Había vuelto a gritar sin pretenderlo mientras recordaba al taxi perdiéndose de vista. Caminó hasta el catre, ¿cómo fue posible que un cabrón, un bicho, un bárbaro, un caballo, un macalacachimba, un icuiricuiricui hubiese sido engañado por un negro de mierda, haitiano por más señas? Recordándolo, se sintió tan desamparado como entonces, cuando tocó el timbre en casa de Leo y desató el lío que lo condujo a la azotea y que hoy estaba a punto de terminar por fin.

Le abrió Cristina, su cuñada, que no lo conocía porque su relación con Leo se había dado en Miami, al margen de la familia que vivía en Cuba. La gorda esperaba a otra persona y estaba de mal genio y al ver a Martínez le espetó, sin dejarlo hablar, que allí no compraban *nothing* y le cerró la puerta en las narices. Por suerte, él alcanzó a escuchar la voz de Leo preguntando quién era y volvió a llamar. Entonces fue el propio Leo quien le abrió la puerta y quedó boquiabierto como ante un fantasma. Cuando se repuso de la sorpresa lo arrastró hacia el interior de la casa para que no fuera a verlo nadie; allí lo acribilló a preguntas y Martínez fue contando su historia de pe a pa mientras la gorda Cristina, avergonzada por haberle tirado la puerta en la cara, se deshacía en excusas, le preparaba cantidades ingentes de comida y lo hacía almorzar con tanta solicitud como si fuera un niño o un enfermo. Ahora, sentado en el catre, Martínez paseó la vista por la azotea preguntándose si el improvisar la empalizada y encerrarlo allí a coger sol para hacerlo reaparecer después como un balsero no habría sido una venganza de Leo.

Para Cristina el invento de la azotea era una locura, los yankis no solían deportar cubanos y ellos debían presentarse ante la ley y resolver así el problema. «¿Resolver qué?», preguntó Leo con hiriente ironía. En ese caso habría que esperar trece meses antes de que le concedieran a Stalin el permiso de trabajo, «¿y dónde y de qué, le dijera, por favor, iba a vivir Stalin durante todo ese tiempo, en el *mid west* o en el norte, de la caridad de unos baptistas o de unos anglicanos?». Cristina alcanzó a decir que podría quedarse con ellos y Leo se negó en redondo, no le daba más el cuero, dijo, trece eran demasiados meses para mantener a alguien en la casa. Martínez recordó ahora el golpe de orgullo que entonces le brotó del pecho; no se quedaría allí ni muerto, dijo, ni mucho menos se iría al norte o al oeste a vivir de limosna, concluyó apuntándose a la solución de la azotea. En rigor tenía pocas cosas que reprocharle a su hermano, salvo quizá la descarga que tuvo que soportarle aquella vez. Leo le dijo que había corrido todos sus riesgos desde que decidió meterse en la embajada del Perú en La Habana, hacía casi veinte años, cuando nadie sabía si el gobierno les iba a permitir o no largarse al exilio, y hasta algún familiar le había gritado escoria metido entre la turba que reventaba huevos podridos contra la ventana de su casa en un acto de repudio que jamás había conseguido olvidar. Martínez se tendió en el catre, hundido por el peso del recuerdo. Sabía perfectamente que el familiar a quien se había referido Leo era él, le agradecía que lo hubiese hecho de manera oblicua y no conseguía explicarse cómo había sido capaz de repudiar a su propio hermano. Pero lo había repudiado y ahora estaba pagando por ello, se dijo, deseoso de saldar de una vez y por todas aquella deuda horrible. Entonces hubiese querido no seguir escuchando, pero Leo había abierto la caja de los truenos y él no era quien para decirle que tenía razón, que se callara de una vez. Hubiera sido inútil, por otra parte, porque Leo necesitaba vomitarle en la cara aquella memoria. No, Miami tampoco había sido fácil, decía, allí los propios cubanazos le llamaron escoria y comunista, le cerraron las puertas y lo hicieron pasar tanto trabajo como un ratón de ferretería. ¿De qué servía en Estados Unidos un *lawyer* cubano, un abogado experto en legislación revolucionaria que además se llamaba Lenin? Tuvo que cambiar de nombre, por suerte, y de oficio, también por suerte, y trabajar en centros comerciales y *parties* de cumpleaños, le había llevado años mudarse a aquella casa y ser quien era ahora, otra persona, Leo, *the best clown in town*. Tenía un hijo, estaba a punto de recibir la ciudadanía americana, pero trabajaba como un demente, aún debía la casa y el carro, era el único que ganaba *fucking* pesos en aquella familia, y Cristina y Stalin debían entender que no podía más.

Entonces había entendido a su hermano, recordó Martínez, y había reunido coraje como para disponerse a subir a la azotea. Pero ahora, bajo el peso del recuerdo y de la cercanía del riesgo que asumiría al amanecer del día siguiente, sólo deseaba que aquel purgatorio terminara a ver si era capaz de olvidarlo todo, incluyendo las horas que pasó en el cuarto de huéspedes como un apestado, hasta que Leo terminó de improvisar la empalizada y lo mandó a la azotea donde maduró en él la certidumbre de estar pagando una deuda contraída no sabía cuándo ni con quién. Le dolía que el cobrador, su propio hermano, hubiese aplicado casi a rajatabla el sálvese quien pueda. Se detuvo largamente en la contemplación de las pocas estrellas que parpadeaban sobre Miami, incapaz de saber si mañana llovería o no, y se dio la vuelta en el catre a ver si así conseguía dormirse hasta que Leo subiera. Sin pretenderlo, se trasladó a la infancia y la memoria de su madre acudió a su lado para susurrarle, como solía hacerlo entonces, que el sueño se buscaba debajo de la almohada.

Pero allí no tenía almohada y se consoló diciéndose que el sueño también podía buscarse en el mañana, en la ilusión de llegar a tener su clínica y de reconciliarse con Leo en una fiesta en la que se harían una foto de familia junto a sus respectivas mujeres, a su madre y a Stalina. Había conseguido instalarse en aquel sueño cuando súbitamente la ilusión se astilló por un costado. Él expulsaba a Idalys de la foto porque ella le había pegado los tarros, Leo rechazaba a Stalina acusándola de puta, él reaccionaba tildando a Leo de payaso y la madre se rajaba en llanto. O quizá no. Después de todo la ilusión era libre, tenía todo el derecho del mundo a imaginar que aquella bronca no iba a ocurrir jamás, a sacar a Idalys de la foto y a introducir en su lugar a Miriam, que ahora sonreía junto a él y era su esposa. Se aferró a la felicidad manifiesta en aquella imagen con la desesperación de un náufrago, se serenó, empezó a sonreír y estuvo haciéndolo hasta que se estrelló contra la evidencia de que los personajes del retrato no vivían en la misma ciudad ni en el mismo país y que no había cámara en el mundo capaz de reunirlos.

Sollozaba cuando sintió pasos en la escalera de caracol, se dijo que quien subía no podía ser otro que Leo y procedió a secarse las lágrimas con el dorso de la mano para que su hermano no lo viera llorando. Al incorporarse sintió que las piernas le temblaban, pero se sobrepuso y avanzó hasta el dintel de la empalizada al tiempo que Leo llegaba a la azotea.

—Listo —dijo.

—Bueno —suspiró Leo desde la puerta de la caseta— *Let´s go.*

Martínez miró la sombra de su hermano en la distancia, se puso en cuatro patas y empezó a gatear hacia él pegado al muro de la azotea.

—¡Pero, *what are you doing?* chico! —exclamó encabronadísimo Leo, llegando hasta él en cuatro zancadas—. ¡Párate, anda!

Lo agarró por los sobacos y lo levantó de un tirón, y Martínez sintió un corrientazo como una serpiente de fuego sobre el pellejo achicharrado.

—¡Suéltame, cojones!

Leo obedeció de inmediato.

—¿Qué pasa?

—Me arde mucho.

—Perdona.

Bajaron en silencio. En un extremo de la cocina, iluminada apenas por la luz que se filtraba desde la calle a través de las persianas, los esperaban Cristina y Miriam. Él sintió que se reconciliaba con el mundo al ver los ojos de la muchacha brillando en la penumbra, pero no quiso exponer sus sentimientos ante Leo y se dirigió a su cuñada.

—Suerte —dijo ella besándolo en la mejilla—. *Tomorrow* estarás aquí, y enseguida conseguirás un *job*, un trabajo, tú sabes.

Él le devolvió el beso y de pronto sintió que quería mucho a aquella gorda y que le dolía despedirse de ella.

—Senquiu por todo —dijo—; de verdad.

Se volvió hacia Miriam con la sensación de que las mejillas de la muchacha habían enrojecido. No pudo comprobarlo porque en la penumbra sólo distinguía el brillo verde de sus ojos de gata.

—*You know...* —ella se mordió el labio inferior, como si fuera incapaz de expresar lo que sentía—. *Well, you know everything.*

—Dice que tú lo sabes todo —tradujo Leo.

—Ies —dijo él.

DIME ALGO SOBRE CUBA

Estrechó a Miriam contra el pecho desnudo sobreponiéndose al ardor que le quemaba el pellejo. Se preguntó qué había querido decir ella exactamente. No tenía palabras ni tiempo para hacer preguntas y se conformó con ratificar lo único que sabía en realidad. Estaba enamorado de aquella muchacha hasta los huesos.

—Gud bai —dijo.

Se desprendió de ella, fue hasta el garage, subió al coche y se puso el cinturón de seguridad con la suficiente holgura como para que no le sajara el pellejo achicharrado. Leo operó el mando a distancia y el portón se abrió como la boca de una ballena. El auto empezó a moverse. Súbitamente asustado, Martínez se dio la vuelta, dijo adiós con la mano y entrevió a Miriam y a Cristina respondiéndole desde la sombra. Leo presionó un botón de la radiocasetera y Willy Chirino empezó a cantar «Oxígeno, esa mujer tiene oxígeno», mientras el auto se desplazaba a través de las fantasmales calles de Miami en la noche. Él empezó a tiritar, pero fue incapaz de saber si lo hacía por miedo o simplemente porque el aire acondicionado del vehículo le erizaba el pellejo.

—¿Apago el aire? —preguntó Leo.

—No. No hace falta.

Aferrado a la idea de que tenía una cuenta inexplicable que saldar, consideraba el frío que sufría ahora como parte del pago y suponía que así, cuando estuviera solo en la balsa en medio del mar, debería menos. Quizá eso lo ayudaría a salvarse. Aunque también se había negado a que Leo apagara el aire porque no quería reconocer ante sí mismo que los dientes le castañeteaban de miedo. El auto enfiló por un *expressway* y se preguntó si aquella autopista sería la misma que solía mirar desde la azotea, si se dirigían al norte, al sur, al este o al oeste, y se dejó llevar sin saber adónde hasta que Willy Chirino terminó con *Oxígeno* y atacó *Ya viene llegando*.

En eso dejaron atrás Miami. El auto se desplazaba ahora por una carretera desde la que podía presentirse el mar. Poco después el himno cubano empezó a escucharse junto a una gritería descomunal y a un sonar de campanas al vuelo. Martínez tardó unos segundos en comprender que aquello era parte de *Ya viene llegando*, y cuando alcanzó a hacerlo empezó a musitar para sí la letra del himno, «Al combate, corred bayameses/ que la patria os contempla orgullosa», pero justo en ese momento Leo apagó la radiocasetera con un gesto de rabia.

—No lo quites —protestó él—. Es el himno.

—*Bullshit!*

—¡No me hables más en inglés, cojones!

Leo lo miró boquiabierto, como si estuviera a punto de gritar. No lo hizo, se agarró al volante, pisó a fondo y el automóvil empezó a ganar velocidad de un modo permanente y suicida. Él estuvo a punto de pedirle que redujera la marcha, pero comprendió a tiempo que eso equivaldría a perder el pulso cuya misma existencia lo había liberado, e insistió en exigir.

—¡Traduce, coño!

—Mierda de toro —Leo mantuvo la aceleración obsesivamente, como si pretendiera escapar de algo—. *Bullshit* significa mierda de toro, o sea mierda. En español significa mierda, y todo eso del himno y de que morir por la patria es vivir es mierda, ¿te enteras?

Martínez sintió que Leo le había subido la parada y que aquella tensión suicida había estrechado la carretera hasta convertirla en una larga cinta que se disparaba hacia él como un látigo e iba a ahorcarlo si no reaccionaba pronto. Quiso ceder, pero de sus labios brotó una orden.

—Pon la música.

Leo dejó de mirar la carretera y se volvió hacia él sin aminorar la marcha, redoblando el reto. Frente, en la oscuridad, apareció un camión enorme, iluminado como una carroza. En lugar de advertirle a Leo del peligro, Martínez le sostuvo la mirada y trancó las mandibulas para que los dientes no le siguieran castañeteando. El bólido que se avecinaba pidió cambio de luces. Leo miró al frente, golpeó el centro del timón como si no pudiera reprimirse y el sonido del claxon llegó asordinado hasta el interior del auto, como un aullido lejano.

—*Bullshit!*

Leo sacó el pie del acelerador, y maniobró para evitar a la mole iluminada que remeció el auto al pasar junto a ellos cortando el aire como un tren. Él sintió deseos de aplaudir, pero se contuvo. Leo presionó con rabia una tecla del radiocasete, *Ya viene llegando* volvió a sonar y él se refugió en sí mismo murmurando otra vez la letra del himno, «No temáis una muerte gloriosa/ Que morir por la patria es vivir». Pero Leo había cedido, pese a todo, y la tensión se había apagado como un fósforo. Martínez perdió todo interés en cantar y se sorprendió preguntándose que si la balsa se hundía y él se ahogaba, ¿habría muerto por la patria? En cierto sentido sí, porque todo aquel rollo de la patria era el que había generado a los balseros. De pronto, la idea misma de que morir por la patria era vivir le pareció un disparate, pero se asustó de su propio pensamiento como de una herejía que jamás tendría el valor de confesarle a nadie.

Leo aminoró la marcha casi hasta detenerse e hizo tres cambios de luces. Los focos de otro auto le respondieron desde la oscuridad. Leo aceleró de nuevo y el coche cómplice abandonó el arcén y empezó a seguirlos. Poco después Leo dobló a la derecha, entró a una especie de urbanización y detuvo el auto junto a un muelle. El coche cómplice aparcó detrás. Leo se volvió hacia Martínez.

—¿Estás *ready?*

—Sí.

—*Okey, then let´s go* abajo.

Al abrir la puerta, él aspiró una gran bocanada de aire cálido, húmedo y salado. Decenas de yates estaban amarrados al espigón, moviéndose levemente bajo la turbia luz de algunos faroles. Sus cuerdas y velámenes producían ruidos asimétricos e inquietantes. El chófer del coche cómplice vino hasta ellos rápidamente y Leo procedió a presentarlos en voz muy baja, como un conspirador.

—Stalin, *my brother;* Régulo, un ecobio.

Su propio nombre le sonó a Martínez tan lejano como si perteneciera a otra persona; en cambio le sorprendió y le gustó que Leo hubiese calificado a Régulo de ecobio, una clave de barrio habanero para designar las complicidades profundas, a vida o muerte.

Régulo, un blanco amulatado por el sol, de manos anchas y ásperas como papel de lija y pelo de color rubio quemado, echó a caminar hacia su automóvil haciendo gala de un cierto balanceo de marino, y los invitó a seguirlo con un amplio ademán.

—Es un bárbaro —susurró Leo—. Se fugó de Cuba en balsa; hombre a todo.

Bajo el primer farol del espigón, sobre un trailer unido al buick de Régulo, había una especie de bote llamado justamente *Mi balsa*, presidido por una vela artesanal, empercudida y rota.

—Lo hizo menda —Régulo se golpeó el pecho como un mono orgulloso y luego mostró las palmas de las manos—, *with my own hands.*

Mi balsa le pareció un desastre a Martínez, las piernas le temblaron y tuvo la tentación de pedir la vuelta a casa. Pero como no tenía casa a la que volver ni tampoco podía rajarse a aquellas alturas ante un balsero ni mucho menos ante su hermano, se aplicó a empujar junto a Régulo y a Leo el trailer donde descansaba *Mi balsa*. Ochenta metros después llegaron hasta el botadero del muelle, una grúa que Régulo empezó a operar como todo un maestro.

—Trabaja aquí —dijo Leo—. Es el mandamás, el *boss* de toda esta marina.

Estaba tan orgulloso de su ecobio que Martínez llegó a preguntarse si no sería consciente de lo que estaban preparando, si no habría pensado acaso que dentro de un rato él, su hermano, estaría en medio del mar a bordo de *Mi balsa*, aquel tareco que ahora se balanceaba en el aire como una cascara de nuez, guiado y sostenido por los ganchos de la grúa. Cerró los ojos deseando con toda la fuerza de su miedo que *Mi balsa* se hundiera al primer contacto con el agua. Pero Régulo emitió un gruñido de satisfacción y cuando él reabrió los ojos ya el barquichuelo flotaba sobre el mar con la desastrada vela caída sobre su único palo como una confesión de impotencia.

—¡Ni el *Queen Mary!* —exclamó Régulo en sordina, y se volvió hacia ellos reclamando que compartieran su admiración ante aquella maravilla.

Leo lo hizo de inmediato, en silencio y con gran aspaviento. Pero Martínez no tuvo fuerzas para imitarlo ni siquiera por cortesía; necesitaba que aquello terminara pronto o se echaría a correr. Régulo puso la grúa en la posición en que la había encontrado, retiró el trailer, avanzó hasta el muelle y abordó un yate de mediano tamaño llamado *Cubita bella*. Ellos lo siguieron en procesión. Cuando Martínez estuvo a bordo se sintió tan tenso como quien ha jugado todas sus cartas y sólo está pendiente de la decisión de la partida. El motor del *Cubita bella* empezó a ronronear y el yate se fue despegando del muelle con las luces apagadas, a una velocidad muy baja, hasta detenerse junto a *Mi balsa*, hacia la que Régulo saltó con la habilidad de un gato. La pequeña embarcación empezó a balancearse peligrosamente con el impacto. Pero Régulo la dominó moviéndose con calma, sin pelearse con ella, tiró un cabo que Leo pescó en el aire con una reacción automática y juntos acoplaron *Mi balsa* a la popa del *Cubita bella*. Régulo subió entonces al yate ayudado por Martínez, que no cesaba de envidiar aquella habilidad felina, y en un dos por tres hizo un nudo con el cabo y amarró ambas embarcaciones. Entonces, escudado en la negrura de la noche y en la especie de muro que formaban los restantes yates, el *Cubita bella* se hizo a la mar a oscuras, tirando de *Mi balsa* como de un perrito faldero.

En cuanto dejó detrás la caleta artificial donde estaba fondeado, el *Cubita bella* empezó a cobrar velocidad y a corcovear ligeramente por la proa. Impelido por el miedo, Martínez fue hasta popa y clavó los ojos en *Mi balsa*. El bote seguía la estela del *Cubita bella* moviéndose como un papelito, iluminado por el relente de las luces de Miami que brillaban al fondo como una inmensa pompa de neón. Poco a poco la noche y la distancia se lo fueron tragando todo, las luces de Miami pasaron a ser apenas un celaje, *Mi balsa* una sombra casi imperceptible, y Martínez empezó a mesarse la barba como si necesitara agarrarse de algo. Cuando las luces de la ciudad quedaron definitivamente atrás Régulo encendió las del *Cubita bella, Mi balsa* reapareció en toda su endeblez y Martínez se volvió inmediatamente hacia proa porque no pudo seguir mirando aquella especie de ataúd. Las maderas y los cobres del *Cubita bella* refulgieron entonces ante su vista como los de un soberbio saloncito de lujo extrañamente perdido en la abisal oscuridad del océano.

—*Take it easy*, asere —Régulo le habló desde la caseta de mando con tanta dulzura como si se dirigiera a un niño—. Echa pa´ca, ven. *Sit down there.*

Martínez obedeció de inmediato, decidido a escapar de la obsesión en que se le estaba convirtiendo la fragilidad de *Mi balsa*. El *Cubita bella* era otra cosa, pensó al sentarse junto a Leo en una de las cuatro butacas giratorias adosadas a cubierta, frente a las cuales había sendas cañas de pescar, un yate quizá no muy grande pero de verdad, de ricos, en el que se podría viajar a Cuba y al fin del mundo. En eso, Régulo fijó el rumbo y bajó a cubierta luciendo una flamante gorra blanca de capitán.

—*Something to drink, gentlemen?* Whisky, rhum, coñac, cerveza Hatuey recién traída de La Habana?

Consiguió su objetivo de impresionar a Martínez, que se preguntó cómo coño Régulo habría conseguido aquella cerveza y la pidió de inmediato. Leo quiso *whisky on the rocks.* Régulo hizo una venia, bajó por la escalerita hacia la barriga del yate y reapareció poco después portando una bandeja donde había un cuenco de maní, una botella de Chivas Regal, vasos, hielo y cuatro botellas de Hatuey. Martínez cogió una cerveza helada, comprobó que efectivamente estaba hecha en El Cotorro y no pudo reprimir la inquietud.

—¿Cómo la consigues?

De inmediato comprendió que había metido la pata. Leo lo miró como si quisiera acribillarlo.

—En *mouth* cerrada no entran moscas —dijo.

Martínez se mordió los labios para no responder; le parecía un abuso que su hermano aprovechara su fallo para llamarle la atención frente a un tercero.

—El *brother* de mi ecobio es mi ecobio —sentenció Régulo en tono filosófico y conciliador—. Voy a Cubita bella *all the weeks.* Llevo cosas pa´lla, computadoras, medicinas, equipos...; traigo cosas pa´ca, tabacos, Havana Club, cocaína... cosas así, *you know.*

Una fuerte ola embistió al *Cubita bella* por estribor, el yate dio un respingo y Martínez se aferró a la butaca preguntándose si habría oído bien, si en verdad Régulo traficaría droga desde Cuba o si aquella afirmación había sido simplemente un bluff y el tipo no era más que uno de tantos cubanos alardosos. En todo caso, la cerveza de la que empezó a beber en ese mismo instante con cierta desesperación era una Hatuey legítima, que sólo se producía en Cuba.

—Okey, señores —Régulo arrastró la erre como un *croupier* francés y miró a sus interlocutores; parecía a punto de empezar a repartir las cartas—. Estamos entrando a la zona; si por una casualidad se nos acerca un *Coast Guard* yo suelto las amarras de *Mi balsa*, tú —señaló a Martínez— te hundes en el sollado y te encierras en el *water closet,* y tú, Leo, recuerda que me rentaste el *Cubita bella* para salir de pesquería, *all right?*

Propuso un brindis, al que Martínez se sumó en silencio, abrumado por la posibilidad de que la operación abortara, pues se sabía sin fuerzas para empezar de nuevo. Pensó pedir que el traslado a *Mi balsa* se produjese de inmediato para jugársela solo contra el mar y hacer definitivamente irreversible su apuesta, pero una segunda ola estremeció al *Cubita bella* y lo hizo preguntarse cómo aguantaría *Mi balsa* aquellas embestidas.

—Voy al baño —dijo.

Bajó los seis escalones que conducían a la barriga del yate, entró al bañito y empezó a liberar el vientre. Pero no fue capaz de liberar la cabeza; abajo, el empuje de las olas se sentía con más fuerza obligándolo a preguntarse una y otra vez si *Mi balsa* podría sostenerse a flote y sobre todo si él sería capaz de mantener el rumbo en medio de aquel oleaje. En el fondo, pensó mientras se limpiaba, triunfar en la vida consistía en eso, en saber cómo no ahogarse y mantener el rumbo. Él lo había perdido y por eso estaba allí, con el pellejo achicharrado y una mano rota, a punto de enfrentar la disyuntiva última. Hundirse de una puta vez o alcanzar la costa de la Florida y ganar con ello el derecho a empezar de nuevo, prácticamente desde cero. Estuvo un larguísimo rato entrampado en aquellas ideas como en un laberinto; de pronto, creyó escuchar que Leo lo llamaba desde arriba utilizando la cantinela conque solía putearlo cuando eran niños. Levantó la cabeza, presionó un ancho botón negro que tenía a un costado y un fortísimo golpe de agua se llevó sus miserias al mar. Al ponerse de pie reparó en el tubo de Colgate y en el cepillo que reposaban en un extremo del minúsculo lavamanos, renunció a limpiarse la escayola por miedo a que el yeso volviera a reblandecerse, pero se dijo que el estar a punto de jugarse la vida justificaba el atrevimiento de usar un cepillo ajeno, y procedió a lavarse los dientes con la mano izquierda, sin la más mínima sensación de culpa, como si aquél fuera el último deseo de un condenado a muerte. Regresó casi entusiasmado a cubierta, con la convicción de que enfrentar el destino con los dientes limpios le traería suerte.

—¿Cómo va la cosa? —dijo.

—Lo mismo puede haber virazón como que no —respondió Régulo escrutando el cielo donde apenas se veían algunas estrellas remotas. Miró al mar, que estaba cada vez más rizado, y añadió—: Depende de los caprichos del viento.

—Si quieres volvemos —propuso débilmente Leo—, y lo intentamos mañana o pasado.

—*Niet!* —exclamó él.

Había negado en ruso, como solía hacerlo tiempo atrás en Cuba, cuando necesitaba expresar algún rechazo absoluto. Estaba convencido de que no soportaría volver a encerrarse en la azotea y sobre todo de que si abandonaba ahora el *Cubita bella* jamás tendría cojones para volver a abordarlo. Régulo y Leo lo miraron a la vez, a medio camino entre la admiración y la sorpresa, y Martinez forzó una sonrisa. Aquellos dos no habían entendido que su decisión se debía al miedo, no al valor. Y no era él quien iba a aclarárselo.

—Pa´ luego es tarde —dijo.

Y se dirigió a popa, seguido por un Leo sorprendido, silencioso y solícito. La sucia vela del bote estaba ahora tan tensa como el propio Martínez, que se detuvo en seco al ver a *Mi balsa* subiendo y bajando vertiginosamente pequeñas montañas de agua tras la estela del *Cubita bella*. De pronto, los motores del yate se detuvieron, ambas embarcaciones quedaron al pairo, y él tuvo la impresión de que el mar había empezado a serenarse. Entonces Régulo vino hasta la popa con una bolsita de tela de saco al hombro.

—Si consigues mantener el rumbo norte, en cosa de una hora estarás en la costa —dijo. Abrió la bolsa, mostró su contenido, un pan con queso, tres botellas de cerveza Hatuey llenas de agua y una brújula, y la tendió a Martínez—. La corriente te ayudará. *Remember:* la vela desplegada, el timón firme, rumbo norte contra viento y marea. No hay pérdida. *All right?*

—Olrai —aceptó él.

Aunque sabía perfectamente que nada estaba bien. Jamás había leído una brújula ni gobernado una vela ni manejado un timón. Podía llegar a Cayo Hueso, o amanecer en Cuba, o perderse en el mar y enloquecer de insolación, o terminar en el fondo del Atlántico. Pero le resultaba imposible formular aquellos temores; gobernar un bote era para Régulo algo tan sencillo que no lo entendería. Leo fue a decir algo, enrojeció de pronto, empezó a toser violentamente y se dobló sobre la barandilla como si estuviera a punto de ahogarse. Régulo se puso lívido. Pero Martínez sonrió tristemente frente al truco con que su hermano lo había sorprendido por primera vez cuando eran niños y que ahora repetía para despedirse. Ante el asombro de Régulo, Leo se golpeó bruscamente la cabeza con la mano abierta, escupió un huevo y abrazó a Martínez con dulzura, para no hacerle daño en el pellejo achicharrado. Régulo rompió a reír; de pronto, como si hubiese recordado algo urgente, agarró el cabo y tiró de *Mi balsa* hasta abarloarla al *Cubita bella*.

Martínez comprendió que no había tiempo para más, se dio la vuelta con la intención de bajar hacia *Mi balsa* de espaldas al mar, pasó a la escalerita adosada a la popa del *Cubita bella*, miró hacia abajo para guiar sus pasos por los travesaños y se detuvo ante la repentina visión de las aguas, tan oscuras y agitadas como su propio miedo.

—Si quieres volvemos —insistió Leo, que estaba a su altura, del otro lado de la escalerita—. Puedes vivir en mi casa trece meses, dos años, cinco, el tiempo que necesites para resolver los papeles, revalidar el título y montarte por tu cuenta.

—No repitas eso, broder —Martínez miraba a los ojos de su hermano e inconscientemente se tocó la escayola—. O me rajo.

Se sentía tan asustado como solía estarlo cuando era niño y no se atrevía a saltar desde la tapia alta, húmeda y musgosa que marcaba el final del patio del abuelo.

—Déjalo —Leo le agarró la cabeza y lo besó en la frente —. Tengo miedo.

—Yo también. Perdóname, mi hermano, perdona to´ lo que te hice.

—Te quiero con cojones, Stalin. No hay na´ que perdonar.

Martínez empezó a descender con la mirada clavada en su hermano hasta que tentó el aire con el pie derecho y supo que la escala había terminado. Entonces cerró los ojos para vencer la tentación de subir de nuevo al *Cubita bella* y meterse otra vez bajo la saya de Leo. Estuvo unos segundos con un pie suspendido en el aire y de pronto saltó hacia atrás, cayó en la cubierta de *Mi balsa* haciendo equilibrio con los brazos en cruz y durante un instante experimentó la salvaje alegría de haberlo conseguido. Pero muy pronto las piernas empezaron a temblarle. *Mi balsa* se balanceaba como un trapecio y él empezó a recular, pasó junto a la vela, tensa por la presión del viento, y cayó sentado en una tabla atravesada muy cerca de la popa, junto a la que se encontraba la guía del timón del bote. Allí intentó en vano acompasar la respiracion, miró al yate para darse ánimo reafirmándose ante Leo, y alcanzó a sentirse vagamente incómodo por la banderita americana y por la asociación sugerida en la leyenda inscrita en la popa «Cubita bella. Miami». Y a él, ¿qué más le daba?, se dijo, con tal de que consiguiera llegar a tierra alguna vez.

Régulo repitió sus instrucciones a grito pelado, rumbo norte, timón firme, vela desplegada, contra viento y marea, formó la V de la victoria con el índice y el del corazón y soltó el cabo que unía a *Mi balsa* con el *Cubita bella*. Liberado a sus fuerzas, el bote inició su propia deriva y empezó a alejarse rápidamente del yate. Desde popa, Leo decía adiós con los brazos en alto. Martínez se puso de pie e imitó el gesto de su hermano. El motor del *Cubita bella* arrancó con un rugido y el yate se puso en marcha acrecentando la fuerza de las olas que batían a *Mi balsa*. Martínez volvió a caer sobre el banco y miró hipnotizado cómo las luces del *Cubita bella* desaparecían en la distancia. *Mi balsa* siguió su deriva durante un largo rato; de pronto, el aullido de la renovada violencia del viento sobre la vela arrancó a Martínez de la estupefacción en que lo había sumido la soledad. Tomó la brújula, cuya esfera refulgía en medio de la sombra, y comprobó que la aguja temblaba tanto como su propio corazón.

MARTES 28